Tradução
CARLOS SZLAK

COPYRIGHT © 2009, BY SYLVIA DAY
COPYRIGHT © FARO EDITORIAL, 2016

Todos os direitos reservados.
Nenhuma parte deste livro pode ser reproduzida sob quaisquer meios existentes sem autorização por escrito do editor.

Diretor editorial PEDRO ALMEIDA
Preparação TUCA FARIA
Revisão GABRIELA DE AVILA E LIGIA AZEVEDO
Capa e diagramação OSMANE GARCIA FILHO
Imagem de capa © GERGELY ZSOLNAI | SHUTTERSTOCK,
© MR.BIG-PHOTOGRAPHY | ISTOCK

Dados Internacionais de Catalogação na Publicação (CIP)
(Câmara Brasileira do Livro, SP, Brasil)

Day, Sylvia
  Marca do caos / Sylvia Day ; tradução Carlos Szlak. — Barueri, SP : Faro Editorial, 2016. — (Série marked)

  Título original: Eve of chaos
  ISBN 978-85-62409-81-3

  1. Ficção norte-americana I. Título. II. Série.

16-07047   CDD-813

Índice para catálogo sistemático:
1. Ficção : Literatura norte-americana 813

1ª edição brasileira: 2016
Direitos de edição em língua portuguesa, para o Brasil, adquiridos por FARO EDITORIAL

Alameda Madeira, 162 – Sala 1702
Alphaville – Barueri – SP – Brasil
CEP: 06454-010 – Tel.: +55 11 4196-6699
www.faroeditorial.com.br

Para todos que seguiram as aventuras de Eva até aqui, muito obrigada.

A Faren Bachelis, preparadora de originais da Tor, pela atenção dispensada aos meus livros e por todos os amáveis elogios espalhados pelas margens.

A Gary Tabke, por preparar o delicioso sanduíche com ovo que Eva adora.

A todos da Tor que fizeram um esforço especial em favor desta série. Vocês são o máximo! Adoro todos vocês.

A Kate Duffy, que se superou, como sempre. Obrigada pela paciência e pelo apoio.

E a Patricia Briggs, por sua generosidade e suas palavras amáveis. Não há nada melhor no mundo do que receber elogios de uma autora cujo trabalho faz você acampar na frente de uma livraria para ser a primeira a comprá-lo.

Deus estenderá sobre Edom o caos como linha de medir, e a desolação como fio de prumo.
— Isaías 34;11

COM OS DENTES CERRADOS, EVANGELINE HOLLIS VIU UM demônio Kappa, com um sorriso, servir um prato de *yakisoba* — macarrão frito com carne e verduras — para sua mãe. Eva supôs que a proporção entre mortais e demônios no Festival Obon anual do templo budista do condado de Orange fosse de meio a meio.

Após três meses convivendo com a Marca de Caim e seu novo "emprego" como caçadora a serviço dos Celestiais, Eva resignou-se à realidade dos Demoníacos misturando-se despercebidos entre os mortais. No entanto, ainda a surpreendia a quantidade de demônios japoneses que viera para tocar no festival. Parecia haver um número exagerado deles ali.

— Você quer? — Miyoko ofereceu o *yakisoba*. A mãe de Eva, que estava nos Estados Unidos havia mais de trinta anos, conhecia bem o estilo de vida americano. Ela era cidadã naturalizada, batista convertida, e seu marido, Darrel Hollis, era um bom sujeito do Alabama. No entanto, Miyoko prezava suas tradições e se esforçava para compartilhar a cultura japonesa com suas duas filhas.

— Quero *yaki dango* — Eva respondeu.

— Eu também. Está ali. — Miyoko saiu andando, mostrando o caminho.

O festival se realizava no estacionamento do templo. À direita, havia um grande ginásio de esportes. À esquerda, o templo e uma escola. A área era pequena, mas ainda assim conseguia conter diversas barracas de comidas e jogos. Um tambor *taiko* se achava elevado numa torre *yagura*, com vista para o espaço que mais tarde exibiria os bailarinos do Bon Odori. As crianças competiam para ganhar prêmios, que iam de peixes dourados vivos a bichos de pelúcia. Os adultos procuravam estandes de bugigangas e sobremesas caseiras.

O clima do sul da Califórnia estava perfeito, como sempre. Uma temperatura agradável de vinte e cinco graus centígrados, com muito sol e poucas nuvens. Ajustando os óculos escuros, Eva saboreou o beijo do sol em sua pele e o aroma de suas comidas favoritas.

Então, um fedor asqueroso, trazido pela brisa da tarde, atingiu suas narinas e arruinou seu raro momento de paz.

O cheiro fétido de alma em putrefação era inconfundível. Era uma mistura entre carne em decomposição e cocô fresco. Eva se espantou com o fato de os Não Marcados — os mortais desprovidos da Marca de Caim — não conseguirem sentir aquele odor. Ela virou a cabeça, procurando a origem do cheiro.

Seu olhar inquisitivo se deteve numa adorável asiática no corredor paralelo àquele em que estava. Uma Yuki-onna — demônio das neves japonês. Eva notou o quimono branco dos Demoníacos, incluindo uma delicada *sakura* bordada, e o detalhe em seu rosto, que se assemelhava a uma tatuagem tribal. Na realidade, o desenho correspondia à posição hierárquica da Yuki-onna e era invisível aos mortais. Assim como a Marca de Caim no braço de Eva, era similar à insígnia militar dos mortais. Todos os Demoníacos as tinham. As tatuagens revelavam tanto a espécie de amaldiçoados que eram como as posições que ocupavam na hierarquia do Inferno.

Ao contrário do que a maioria dos teólogos acreditava, a Marca da Besta não era algo a ser temido como o início do Apocalipse; era um sistema de castas que vigorava havia séculos.

A marca de Eva começou a latejar e, depois, a queimar. Um chamado às armas.

"E agora?", ela perguntou para si mesma, exasperada. Eva era uma Marcada — uma entre os milhares de "pecadores" ao redor do mundo que foram recrutados para o serviço de exterminar demônios em nome de Deus. Ela devia matar num piscar de olhos, mas sua mãe estava a seu lado, num local de prática religiosa.

— *Sinto muito, meu bem* — Reed Abel comunicou-se telepaticamente. — *Você está no lugar errado, na hora certa. O número dela na fila é o próximo, e você é a que está mais à mão.*

— *Você não virou o disco a semana inteira* — Eva replicou. — *Nem acredito mais.*

Nos últimos dias, Eva eliminara um demônio por dia; às vezes, dois. Uma garota precisava mais do que só domingos de folga quando seu trabalho era matar demônios.

— *Por que sou sempre a mais próxima?*

— *Será porque você só atrai desgraça?*

— *E você é uma piada.*

Reed — vulgo Abel, de fama bíblica — era um *mal'akh*, um anjo. Ele era um treinador, ou seja, o responsável pela atribuição das caçadas a um pequeno grupo de Marcados. Seu trabalho era como uma missão de rastreamento. Os sete arcanjos terrestres atuavam como fiadores. Reed era um despachante. Eva, uma caçadora. Era um sistema bem azeitado para a maioria dos Marcados, mas afirmar que Eva era uma roda lubrificada seria um eufemismo..

— *Jantar hoje à noite?* — ele perguntou.

— *Depois daquela piadinha, seu canalha arrogante?*

— *Eu cozinho.*

Eva seguiu Mlyoko, mantendo-se de olho em sua caça.

— *Se eu ainda estiver viva, tudo bem.*

No fundo de sua mente, Eva escutou e sentiu Alec Caim — irmão de Reed — resmungar sua desaprovação. Alec era seu mentor. Outrora conhecido como Caim da Infâmia, ele agora era conhecido como Caim, o Arcanjo. Eva e Alec tiveram uma história em comum, que começara dez anos antes, quando ela lhe entregou sua virgindade. Atualmente, a posição de Alec como arcanjo o despojara da capacidade de desenvolver ligação emocional com quem quer que fosse, exceto Deus. Apesar disso, Alec era louco por Eva.

— *O que é mais importante, Eva?* — Caim indagou. — *Alguém querer você porque não é capaz de resistir, por causa dos hormônios ou de alguma reação química no cérebro? Ou porque a escolhe, porque toma a decisão consciente de querê-la?*

Eva não sabia. Por isso, andava à deriva, tentando descobrir.

Considerava-se maluca por se intrometer no caso mais antigo de rivalidade entre irmãos da história, principalmente porque os três compartilhavam um único vínculo, permitindo o fluxo livre de pensamento entre eles. Muitas vezes, Eva se perguntava por que brincava com fogo. A única resposta era que ela simplesmente não conseguia evitar.

— *O café da manhã de amanhã é comigo. Tenho prioridade* — Alec insistiu, ríspido.

— *Vai ter sanduíche com ovo?*

Ninguém os preparava como Alec. Uma fatia de pão de forma torrado, com um furo no meio capaz de conter um ovo frito, amanteigado e crocante, coberto com melaço e polvilhado com canela e açúcar. Delicioso.

— *O que você quiser, anjo.*

Era óbvio que Reed não estaria presente no café da manhã, uma vez que namorar dois homens ao mesmo tempo significava que todos os três passavam as noites sozinhos.

A Yuki-onna dispensou seu companheiro bonitão e se dirigiu ao ginásio de esportes, dando os passos minúsculos impostos pelo corte justo do quimono e pelos *geta*, os tamancos de madeira. Eva levava vantagem com seu traje. Sua calça capri de malha e a regata de algodão canelado não impediam seus movimentos. Seus coturnos eram funcionais. Ela estava pronta para a luta. Mas isso não significava que a quisesse.

— Preciso lavar as mãos — Eva disse à mãe, sabendo que, como enfermeira aposentada, Miyoko apreciava a higiene e o asseio pessoal.

— Tenho álcool em gel na bolsa.

Eva torceu o nariz.

— Eca! Essa coisa deixa as mãos grudando.

— Você é muito exigente. Quantos *dangos* você quer?

— Três.

Os *dangos*, bolinhos de farinha de arroz, grelhados em espetinhos de madeira e cobertos com melaço, eram um dos doces favoritos da infância de Eva, que tinha poucas oportunidades de saboreá-lo. E isso agravava seu descontentamento: se aquele demônio estragasse seu apetite, as consequências seriam bem desagradáveis. Sem brincadeira.

Eva entregou à mãe uma nota de vinte dólares e, em seguida, começou a perseguir sua presa.

Ela alcançou a Yuki-onna e entrou no ginásio de esportes, onde mesas de piquenique estavam montadas para acomodar os participantes. Dezenas de pessoas ocupavam o grande espaço, numa celebração calorosa: rindo, conversando em inglês e japonês, e comendo. Os mortais, em bem-aventurada ignorância, se misturavam aos Demoníacos, mas Eva notou cada um dos habitantes do Inferno. Por sua vez, eles sabiam quem ela era e a observavam com ódio temeroso. A marca em seu braço a denunciava, assim como seu cheiro. Para Eva, o odor deles era de coisa podre; para eles, Eva possuía um enjoativo aroma doce. O que era ridículo, pois nenhum Marcado era doce. Todos eram amargos.

Encostada na parede, Eva observou através das portas de vidro fosco a aproximação da Yuki-onna. De seu posto privilegiado, ela era capaz de ver os pés do demônio. Recuando devagar, Eva contornou a quina da parede, para se colocar fora do alcance da visão. Uma vitrine de vidro estava montada junto à parede, na altura do seu ombro, exibindo troféus e uma *katana* solitária em seu interior iluminado.

Eva deu uma olhada rápida ao redor — todos os presentes no ginásio estavam distraídos. Com velocidade e força sobre-humanas, ela rompeu a fechadura metálica com o polegar e o indicador e retirou a espada colocada na bainha. Segurou-a enfiada entre sua coxa e a parede, esperando que a arma fosse mais do que um adorno. Caso contrário, poderia sempre evocar a clássica espada flamejante. Mas Eva preferia que isso não acontecesse. Os prédios tinham o hábito desagradável de pegar fogo ao seu redor, e Eva tinha mais perícia com a espada do samurai, de um único gume e ligeiramente curvada, do que com o gládio, de dois gumes, mais curto e mais pesado.

Sua presa entrou no ginásio de esportes e pegou a direção oposta, dirigindo-se aos banheiros, exatamente como Eva supusera que faria. Trancar a porta do banheiro feminino enquanto há comida e bebida em quantidades abundantes sempre é uma má ideia, mas Eva não tinha escolha. Sua mãe a esperava, e ela não podia se arriscar a perder seu alvo.

Seu dilema presente era um dos muitos motivos pelos quais os Marcados não deviam ter laços familiares. Em geral, os pecadores escolhidos eram lobos solitários, facilmente transferidos para países estrangeiros. Os parentes eram um empecilho. Eva era a única exceção à regra. Alec lutara para mantê-la perto da família porque sabia o quanto os pais eram importantes para ela. Ele também foi motivado pela culpa, pois a indiscrição dos dois, dez anos antes, foi o motivo pelo qual Eva fora marcada.

As engrenagens da justiça não giram mais rápido no Céu do que na Terra.

Depois que a porta do banheiro se fechou atrás da Yuki-onna, Eva se colocou diante dela e sentiu a marca pulsar quente e intensa na pele do braço, bombeando agressividade e fúria através do sangue. Os músculos tensionaram e o ritmo das passadas se alterou. A reação corporal era básica e animalesca; o surto de sede de sangue, brutal e viciante. Eva passara a ansiar por aquilo como uma droga. Muito tempo entre caçadas e ela ficava irascível e inquieta.

Apesar da agitação, os batimentos cardíacos e as mãos permaneceram firmes. Naquele momento, seu corpo era um templo e funcionava como uma máquina. Ao entrar no banheiro, Eva estava calma e focada. Quando passara a se sentir tão à vontade com sua vida secundária de assassina? Mais tarde teria de refletir sobre isso, quando tivesse alguma privacidade e tempo para chorar.

Todas as portas das cabines estavam ligeiramente entreabertas, exceto a cabine para deficientes, no extremo do banheiro. O fedor da alma decadente dominava o espaço. Fixado na parede perto da porta havia um cano sobre o qual se achava um cavalete de sinalização dobrável em que se lia "Piso Úmido". Eva puxou o cavalete e o pôs do lado de fora do banheiro, no corredor. Em seguida, voltou a entrar no banheiro, fechou a porta e a trancou. O cavalete não era tão útil quanto um cone de "Fora de Serviço", mas teria de servir.

Não houve jeito de impedir o súbito dilúvio de lembranças de outro banheiro, em que ela enfrentara um dragão e pagara com sua vida. Eva fora ressuscitada por causa de um acerto que Alec fizera com alguém, em algum lugar. Eva não conhecia os detalhes, mas sabia que o custo devia ter sido alto. Se ela não estivesse já apaixonada por ele, a disposição de Alec para fazer esse tipo de sacrifício teria sido o suficiente. Ela ainda não estava pronta para morrer, apesar de assassinar demônios e ter uma vida amorosa um tanto maluca.

Algum dia Eva esperava casar e ter filhos, desfrutar de uma carreira de sucesso e passar férias com a família. No entanto, primeiro teria de se livrar da marca, manipulando alguém que estivesse no poder ou reunindo indulgências suficientes para livrá-la de sua penitência.

Claro, havia brechas no sistema de indulgências. Eva matara o filho adolescente do lobisomem Alfa do Grupo Diamante Negro, *duas vezes*, mas só recebera o crédito pela segunda morte. Coisas assim a irritavam. O que uma garota podia fazer quando nem Deus jogava limpo?

Uma lamúria deteve o avanço de Eva. O som tinha uma nota aguda, trêmula, que soava infantil. Ela se aprumou e esperou. Uma caçada envolvia mais posicionamento do que ataque. Eva parou no centro exato, no espaço mais aberto do recinto. A porta estava às suas costas. A Demoníaca ficou sem saída, a não ser através dela. Eva não se moveria só para facilitar as coisas.

A marca de Eva continuava a inundá-la de adrenalina e hostilidade. Seus sentidos se concentraram na presa, irrigando sua mente com informações. Sua postura se expandiu.

— Saia, saia, onde quer que você esteja... — Eva sussurrou.

A fechadura da cabine para deficientes girou e a porta se abriu. Um rosto de criança surgiu, pálido e com lágrimas correndo. Uma bela menina de origem asiática, num vestido leve de verão, com um desenho de melancia na bainha. Tinha seis ou sete anos, talvez. Um instante depois, vibrando com o feito, o belo rosto da Yuki-onna apareceu acima da cabeça da menina.

— Fazer uma refém foi uma má ideia. — Quando Eva tivesse filhos, ela não os deixaria fora do alcance de sua visão.

— Vou sair daqui com a menina — a Demoníaca disse com sua voz ritmada e acentuada. Ela saiu da cabine com a mão no ombro da menina. — Depois, vou soltá-la.

Os dentes da garotinha começaram a bater, e sua boca assumiu um tom azulado. A pele estava arrepiada ao redor do ponto onde a Demoníaca a agarrava.

— Você vai morrer — Eva disse sem rodeios.

A Yuki-onna fora convertida em alvo. Os Marcados a caçariam até que ela fosse morta.

— Você também — a Yuki-onna replicou. — Quer mesmo passar seus últimos momentos me matando?

Há uma refém, Eva informou a Reed, ignorando a intimidação-padrão do demônio e negociando taticamente. *Uma menina. Preciso de você para tirá-la daqui.*

Uma brisa cálida passou pela pele de Eva, numa prova tangível de que seu treinador estava sempre com ela. Reed era proibido de socorrer os subordinados em suas caçadas, mas remover mortais do caminho se enquadrava em seu campo de ação.

— *No momento certo* — ele sussurrou.

Eva não tinha ideia de onde Reed estava no mundo, mas, como *mal'akh*, ele podia se deslocar — ou se teletransportar — de um lugar para outro mais rápido do que um piscar de olhos.

— Vou derrubar você jogando limpo — Eva disse ao demônio, empunhando a *katana* embainhada. — Eu devia saber que você curte lutar jogando sujo.

— Não tenho nenhuma arma.

Mentira. Todos os Demoníacos possuíam certos dons, como a capacidade da Yuki-onna de criar uma condição meteorológica extrema. Os Marcados só tinham sua inteligência e sua força. Eles eram celestialmente avançados em termos físicos — capazes de se curar e reagir rápido —, mas careciam de poderes sobrenaturais.

— Eu lhe darei a minha se você deixar a menina ir embora — Eva ofereceu, fechando a cara. Então, arrancou a bainha de madeira laqueada da *katana* e a arremessou na cabeça do demônio.

Eva entrou em contato com Reed:

— *Agora!*

O demônio ergueu os braços para repelir a lâmina, e a garotinha foi agarrada por Reed antes que a Yuki-onna conseguisse segurá-la.

A Demoníaca soltou um grito de raiva, acompanhado por uma rajada de vento gelado que irrompeu através do recinto como uma explosão. Eva foi lançada ao ar e bateu as costas com toda a força contra um secador de mão preso na parede. Ela segurou o punho da *katana* com tenacidade, e seus pés calçados com botas pousaram no chão com um baque abafado. Então, Eva começou a mostrar a que veio.

Com o braço erguido e a espada empunhada, Eva avançou com um poderosíssimo grito de guerra. O medo da menina pairava no ar, o cheiro ácido misturando-se com o fedor da alma decadente da Demoníaca. A combinação superexcitou a marca de Eva. Ela saltou numa diagonal, mas o demônio se esquivou, em meio a uma lufada de neve. A temperatura caiu drasticamente. Os espelhos ficaram embaçados, e a respiração ansiosa de Eva se manifestou visivelmente no ar gelado.

Eva perseguiu a Yuki-onna, evitando as pontas de gelo afiadas que o demônio lançava contra ela e que se estilhaçavam como vidro na *katana* cintilante, salpicando os ladrilhos com fragmentos.

Eva avançou com precisão pelo piso escorregadio. A Demoníaca recuava, e seu belo quimono de seda esvoaçava, sendo retalhado pelos ataques calculados de Eva. Outrora a pior esgrimista de sua turma, Eva praticara à exaustão até não ter mais do que se envergonhar. Ainda estava muito longe de ser uma exímia espadachim, mas não se sentia mais irremediavelmente inepta.

Eva começou a cantarolar uma melodia alegre.

De acordo com sua expectativa, o demônio, pego desprevenido, tropeçou. O ataque seguinte da Yuki-onna careceu da velocidade dos anteriores. Eva a acertou com o punho cerrado e assobiou quando o gelo cortou a palma de sua mão. O sangue jorrou, com o cheiro incitando o demônio a urrar em triunfo. Um som audível apenas àqueles com a audição aprimorada.

Eva atirou a ponta de gelo de volta e, logo em seguida, arremessou a *katana*. A Demoníaca desviou do primeiro projétil com um sopro gelado, mas ficou vulnerável ao segundo. A espada cortou-lhe o tríceps direito, drenando sangue antes de se fincar na parede. Uma mancha carmesim começou a cobrir o branco imaculado do quimono.

— Xeque-mate — Eva escarneceu. — Seu sangue pelo meu.

A Demoníaca revidou, lançando uma ponta de gelo que perfurou a coxa direita de Eva, que gritou e dobrou os joelhos. Agoniada, Eva enviou um pedido silencioso por um gládio e manteve a palma da mão aberta para receber o presente...

... que não veio.

O choque deixou Eva paralisada. Ela se arriscou ao perder a *katana* e olhou ao redor exprimindo descrença. Sempre temeu que aquele dia chegasse. Antes agnóstica, Eva não demonstrava deferência ao Todo-Poderoso como os outros. Não era desrespeitosa, mas talvez fosse muito direta em exprimir sua incapacidade de entender como Deus lidava com as coisas.

Eva voltou a pedir, acrescentando um "por favor". O resultado foi o mesmo. Nada. Ela rosnou, furiosa pelo fato de lhe negarem o instrumento necessário para concluir a missão que fora forçada a executar.

Rapidamente, a Yuki-onna deduziu o que acontecera em desfavor de Eva e deu uma risadinha.

— Quem sabe ele se deu conta de que salvá-la é impossível e não vale o esforço...?

— Vá se foder!

— É raro que Samael fixe um prêmio tão alto ou dê a todos do Inferno a chance de reivindicá-lo. — O demônio riu. — No entanto, essa foi a primeira vez que alguém atropelou um de seus animais de estimação.

— Que prêmio? — Eva procurava ocultar o súbito medo que sentiu. — Satanás está transtornado por eu ter atropelado seu cão? Isso é demais.

— *Não vi nenhuma graça* — Alec falou, irritado.

— *Eu sei.* — Eva suspirou. — *Minha vida é uma merda.*

Eva tentou ficar de pé, apoiando a perna perfurada. Estendendo a mão, puxou com força a adaga de gelo da coxa e a jogou para o lado. O sangue escapou da ferida aberta e, em seguida, jorrou. Naquele momento, Eva ignorou aquilo. Tinha problemas maiores.

— Vai ser tão divertido quando todos nós do Inferno fizermos picadinho de você... — a Yuki-onna replicou.

— Todos, é? — Eva deu de ombros. — Satanás terá de fazer melhor do que isso se espera me eliminar.

— *Essa é a minha garota!* — Alec elogiou. — *Nunca deixe que eles a vejam com medo.*

No entanto, Eva percebeu a intranquilidade na voz de Alec. Ela também o sentiu pronto para se lançar em seu resgate.

— *Eu sei* — Eva afirmou, satisfazendo-o. Não tinha certeza de como resolveria aquela situação, mas encontraria uma solução por sua própria conta. Nem pensar que uma vadia de tamancos iria detoná-la.

— Samael a quer — a Demoníaca escarneceu. Seus cabelos desgrenhados e seus olhos dilatados a deixaram ainda mais bela. — E eu serei recompensada por capturá-la.

Rindo para disfarçar seu crescente pânico, Eva fez um terceiro pedido — não exatamente uma reza — por um gládio. Novamente foi ignorada.

Com o cotovelo, Eva desviou a ponta de gelo seguinte lançada pelo demônio e, depois, moveu-se bruscamente para a esquerda para agarrar outra, que atirou para trás. Ao mesmo tempo, diminuiu a distância da parede em que a *katana* se cravou.

— Você pode capturar reféns, mas não é capaz de me pegar — Eva provocou.

Bravata. Às vezes, era tudo o que um Marcado tinha.

— Começo a pensar o contrário — o demônio respondeu com um brilho malicioso em seus olhos escuros.

As duas escutaram uma batida na porta fechada, seguida de uma sequência de palavras em japonês, em tom impaciente. Não pela primeira vez, Eva desejou que sua mãe tivesse lhe ensinado o idioma. Tudo o que ela entendeu foi que alguém queria entrar e a Demoníaca contra quem ela lutava não estava ansiosa para sair. De fato, a Yuki-onna pareceu energizada pela intrusão.

Eva se aproximou mais um passo. Sua bota pisou num pedaço de gelo, e ela escorregou, comprometendo o equilíbrio de sua perna ferida. Inspirando-se na quase queda, sua mente pensou em uma saída. Mas dependia da boa vontade divina de cooperar e lhe dar uma maldita oportunidade, é claro.

Chutando com força, Eva espirrou água e gelo para o alto. Quando a Yuki-onna revidou com uma rápida saraivada de pontas de gelo, Eva se lançou para a frente, usando a neve semiderretida sobre o ladrilho para cair no chão e deslizar com os pés projetados em direção ao alvo.

— Aquela espada seria bem útil agora! — Eva gritou para o céu, com os ladrilhos brancos passando por ela num borrão. — Por favor!

Nada.

O tempo quase parou...

A Yuki-onna saltou graciosamente e foi mantida no alto por correntes de ar geladas. Ao levitar numa posição de bruços, a fachada de beleza da Demoníaca se dissolveu, revelando o verdadeiro mal sob ela: olhos cor de sangue, bocarra escancarada com dentes enegrecidos e pele cinzenta com uma rede de veias escuras. Com os braços bem estendidos, lanças de gelo apareceram em suas mãos como bastões de esqui.

Alec e Reed urraram em uníssono, com os gritos ecoando na cabeça de Eva em tal volume que abafaram todo o resto. Em câmera lenta, ela viu a Yuki-onna pairando como uma aparição fantasmagórica, com seu quimono branco em pedaços e seus cabelos como uma juba sinuosamente contorcida. Eva ergueu os braços para repelir o ataque vindouro e estremeceu de surpresa quando uma carga pesada forçou seu antebraço a cair até o seu peito...

... sobrecarregado pelo aparecimento milagroso de um gládio em sua mão.

Eva agarrou o punho da arma com força e endireitou as costas. Arremessando a espada como um dardo, ela acertou a Yuki-onna em cheio no peito. O gládio penetrou fundo, com um baque surdo.

A Demoníaca explodiu numa nuvem de cinzas.

Eva continuou a deslizar até bater na parede. Com o impacto, a *katana* se desprendeu, quase atingindo sua cabeça. Eva se jogou para o lado, para evitar a lâmina. A *katana* penetrou no piso onde ela estivera um instante antes. Atrás de Eva, o gládio — não mais engastado no corpo do demônio — caiu sobre os ladrilhos.

— Puta merda... — Eva sussurrou.

Um par de botas com biqueiras de aço surgiu perto da cabeça de Eva. Em seguida, uma mão apareceu em sua linha de visão. Ao olhar para cima, encontrou olhos cor de chocolate. Tempos atrás, Alec olhava para ela com um fogo tão tórrido que até queimava sua pele. Então, mais uma vez, ela ardeu o suficiente pelos dois apenas ao secá-lo de cima a baixo.

Com um metro e noventa de altura, Alec era tão musculoso quanto se poderia esperar de um predador hábil. Ele era o executor mais reverenciado e confiável de Deus, e seu corpo refletia aquela vocação. Seus cabelos, como sempre, estavam um pouco longos, mas Eva rechaçaria qualquer um que se aproximasse deles com uma tesoura.

— Por que Deus esperou tanto para me livrar da confusão em que me meteu? — Eva resmungou.

— Você notou a falta de fogo? — A voz de Alec, sombria e levemente áspera, era pura sedução, mesmo quando contaminada com a ressonância única dos arcanjos. Não soava daquela maneira quando ele falava telepaticamente com ela, o que era apropriado, infelizmente. Na realidade, Alec era muito diferente do que era na mente de Eva.

— *Você* me salvou? Que diabos! Ele ia me deixar morrer? *De novo?* — Eva piscou, atônita.

— Claro que não. Você não está morta. Foi uma lição de fé.

— Foi mais uma do tipo: "Eu sou Deus. Veja como Eu fodo com você".

— Cuidado!

Eva aceitou a mão estendida de Alec. Ao colocá-la de pé, o peito poderoso e o abdome rígido dele se flexionaram de forma perceptível sob a camiseta branca justa. Eva não pôde deixar de reparar numa coisa como aquela, ainda que não pudesse tocar no que estava olhando.

— Qual é a ligação de demônios e banheiros? — Eva perguntou.

— Grimshaw iniciou uma tendência quando enviou o dragão pra me matar. Juro que derrotei ao menos meia dúzia de Demoníacos em banheiros desde então.

O dragão fora um cortesão na corte de Asmodeus, mas ele a matara em nome de Charles Grimshaw — ex-Alfa do Grupo Diamante Negro, do norte da Califórnia, e pai do lobisomem que ela tivera de matar duas vezes. A retaliação do demônio era um saco.

Alec praguejou quando viu a coxa de Eva. Os dedos dos pés dela respingavam sangue, encharcando as meias curtas e empoçando nas solas. Ela precisaria de um novo par de botas.

Alec se curvou para examinar o ferimento de Eva com mais atenção.

— Eu teria chegado aqui antes, mas tive de afugentar um monte de Demoníacos no corredor primeiro.

— Um monte?

— Não acho que a vadia de gelo estava brincando quando se referiu ao prêmio.

— O que sabe que eu não sei, Alec? Você não acreditaria num Demoníaco sem algum tipo de prova.

Alec assumira o controle da operação cotidiana das Empresas Gadara — a fachada secular da seção norte-americana dos Marcados — desde que o arcanjo Raguel fora capturado por Satanás, alguns meses antes. Isso significava que Alec estava a par de quase todo acontecimento infernal e celestial que ocorria entre o norte do Alasca e o sul do México.

— A quantidade de Demoníacos no condado de Orange triplicou nas últimas duas semanas.

Ocasião em que Eva terminou seu treinamento. Como fora lembrada muitas vezes, coincidências não existem.

— Não me surpreende que houvesse tantos deles por aqui.

— Muitos mais aparecerão se Samael ficar de olho em você. — Alec lançou um olhar resignado para Eva.

— Com uma competição pelo prêmio aberta a todas as classes de demônios? Caramba, devo mesmo ter ferido os sentimentos dele. Ah, espere... — Eva pôs o peso sobre a perna machucada e se retraiu com a imediata pulsação de dor.

Então, Alec colocou o ombro sob o braço dela para apoiá-la.

— Precisamos enfaixar essa perna, sabichona. — Alec deu um tapinha carinhoso na bunda de Eva. Ele podia estar proibido de sentir amor emocional por ela, mas desejo sexual não era problema.

A marca permitia que Eva sarasse muito rápido. Em uma ou duas horas, haveria apenas uma cicatriz rosada, e, ao anoitecer, o ferimento seria apenas uma lembrança. No entanto, ela podia ajudar a acelerar a recuperação fechando o buraco com algumas bandagens. Teria de correr, pois sua mãe ainda estava a sua espera.

— Vou cuidar de Miyoko — Alec assegurou.

— Eu vou levar Eva pra que se troque — uma voz grave se intrometeu.

Ao se virarem, Eva e Alec se depararam com Reed à porta. As feições dos dois homens eram bastante parecidas, revelando-os como irmãos, mas eles eram polos opostos. Reed preferia ternos Armani e cortes de cabelo impecáveis. Naquele dia, ele usava calça preta e camisa social cor lavanda, com o colarinho aberto e mangas arregaçadas. Parecer tão atraente naquela cor suave era uma prova de como Reed era completa e vigorosamente viril.

Alec aumentou a pressão do seu braço em torno da cintura de Eva. Os dois irmãos eram como óleo e querosene juntos: perigosamente inflamáveis. Eles se recusavam a contar para Eva o que dera início à briga permanente entre os dois, e mantinham a lembrança tão reprimida nos cantos mais recônditos das mentes que ela ainda não fora capaz de descobrir. Fosse qual fosse o motivo, a raiva sanguinária que ele provocava era facilmente estimulada.

Por anos, eles mataram um ao outro — Caim mais do que Abel —, mas eram sempre ressuscitados por Deus, para lutar mais.

O que era simplesmente sórdido, na opinião de Eva. Por que Deus permitiria que os dois irmãos continuassem brigando estava além de sua compreensão.

— O que vamos fazer a respeito dessa confusão? — Ela deu um sorriso reconfortante para Alec e se afastou dele por alguns passos. Uma trilha de sangue marcava seu recente deslizamento camicase pelo piso. O gelo, derretendo rápido, espalhava a mancha carmesim pelas linhas do reboco, criando um mapa estranhamente instigante.

Caminhando pela água, Alec estalou os dedos, e o líquido e o sangue encheram a pia mais próxima, numa transferência tão rápida que Eva não conseguiu captar o movimento mesmo com seus sentidos aguçados. Ela voltaria para casa com Reed de maneira semelhante.

Felizmente, os Marcados dispunham de treinadores para pôr sua bagunça em ordem. A sorte de Eva era maior que a da maioria por também ter Caim, embora isso criasse certo atrito com diversos outros Marcados que achavam que ela estava em vantagem. Eles não levavam em consideração a quantidade de demônios que queriam usá-la para chegar ao Marcado mais mortífero de todos. Eva também podia dar um tiro certeiro em Demoníacos arrogantes e estouvados.

Por outro lado, parecia que Satanás prendera um alvo no peito dela.

— Vamos. — Reed estendeu-lhe a mão — Antes que sua mãe convoque a Cavalaria.

— Esqueça a Cavalaria. — Alec piscou um olho para Eva. — Miyoko atacaria sozinha.

Eva parou a risada no meio por causa do fedor de esgoto. Procurando o demônio cuja proximidade devia ser a causa, ela se viu encarando uma poça inexplicavelmente persistente aos seus pés... e olhos familiares de um azul maligno, cristalino. Um rosto no líquido. De modo instintivo, Eva bateu o pé, destruindo a face do demônio de água numa explosão de gotículas pulverizadas.

— Que merda! — Reed vociferou, pegando Eva quando a coxa ferida a fez cambalear.

Numa fração de segundos, Eva viu-se na cozinha de seu apartamento, no terceiro andar de um prédio em Huntington Beach.

— Você o viu? — ela arfou, inclinando-se expressivamente sobre o corpo rijo de Reed.

— Sim, vi. — Reed a apertou com força.

— *Ele se foi.* — O tom de Alec soou amargo. — *Estou saindo pra impedir a sua mãe, mas precisamos tratar disso quando terminarmos aqui.*

O demônio era um Nix — um espírito da água mutante germânico. Ele tinha Eva como alvo quase desde o momento em que ela fora marcada. Então, foi um estorvo constante até ela matá-lo. Correção: ela *achar* que tinha o matado.

Eva o mataria. Aquele Nix específico tirara a vida de sua vizinha, a sra. Basso, a doce e sincera viúva que fora uma amiga querida. Seu desejo de vingança era o que a motivava quando a caçada dos Demoníacos ficava difícil.

Afastando-se de Reed, Eva seguiu mancando pelo corredor e alcançou o quarto principal. O barulho das ondas quebrando na praia atravessava a porta de correr aberta da varanda da sala de estar. Em sua vida pré-marca, ela era uma designer de interiores. Seu apartamento fora um dos seus primeiros trabalhos, e ainda era um dos seus favoritos. Mesmo os erros que cometera no projeto eram apreciados. Eva não mudaria nada. Sentia-se segura ali, menos como uma assassina de demônios e mais como ela mesma.

Eva absorveu o sossego que encontrou em sua casa respirando fundo e de forma constante.

— Precisa de ajuda para tirar a roupa? — Reed perguntou, chamando-a com um tom tanto sedutor quanto desafiador.

Eva suspirou, silenciosamente. Fora daquelas paredes, os piores habitantes do Inferno convergiam em massa. Ela precisaria estar pronta quando voltasse a se aventurar fora dali.

Como se sua vida amorosa não fosse perigosa o suficiente.

2

EVA SE SENTOU EM UMA BANQUETA NA ILHA DA COZINHA.

— Sabe, eu queria que os demônios que matei continuassem mortos.

Na realidade, eles, em geral, explodiam em cinzas, como a Yuki-onna, e retornavam para o Inferno, onde eram punidos por perderem a chance de conviver com os mortais. Eva foi a única dos Marcados que venceu o mesmo demônio mais de uma vez.

— Ei, eu estou vivo pelo mesmo motivo de eles terem voltado para assombrá-la — Diego Montevista protestou, sentado ao lado dela.

— Isso mesmo. E você merece — Eva afirmou, sorrindo.

— Sem dúvida. — Montevista, ex-chefe da segurança do arcanjo Raguel e um Marcado mal-humorado, concordou com ela.

Do seu lugar, na outra extremidade da ilha, Mira Sydney assumiu um ar interrogativo. Como Montevista, seu parceiro, ela estava vestida de preto da cabeça aos pés: camiseta de algodão e calça militar de náilon, com coldres para uma pistola de 9mm e uma adaga.

— Ainda não entendo como isso aconteceu. — Sydney balançou a cabeça.

Montevista era enorme e ameaçador, ao passo que sua tenente era pequena e meiga. No entanto, era nítido que décadas de trabalho em conjunto haviam criado uma forte afinidade entre os dois.

Alec os designara para a proteção de Eva após o Festival Obon. Afinal, Caim da Infâmia não precisava da mesma proteção que os demais arcanjos. Eva não se importava. Ela se aproximara a Montevista e a Sydney durante seu treinamento, que ficou famoso por ter sido o treinamento de Marcados mais desastroso da história. De uma turma de nove, apenas três sobreviveram. E Raguel Gadara fora capturado; o primeiro e único rapto bem-sucedido de um arcanjo.

— O mundo ficou muito pior desde que Eva entrou em cena. — Reed, junto ao fogão, onde preparava frango xadrez, resmungou. Era óbvio o seu descontentamento com a presença de Montevista e Sydney em seu encontro com Eva.

— Puxa, obrigada... — Eva fez uma careta.

Reed curvou a boca num sorriso malévolo que contrastou bastante com as asas e o halo que vez ou outra ostentava para chocar. Havia muito pouco de angelical nele.

— Pelo menos você é um colírio para os olhos — ele afirmou.

Eva suspirou. Reed piscou um olho.

Por mais belo que Reed fosse — e ele parecia particularmente deslumbrante com o avental amarrado sobre seu elegante traje social habitual —, tinha algumas arestas sérias. Mas Eva não queria apará-las, e sim entendê-las. Ela sabia, por experiência própria, que ele era o tipo de homem capaz de fazer uma mulher pecar com um simples olhar. Nem precisaria de tanto charme. No entanto, Eva suspeitava que a crueza de Reed naquele momento se devia ao nervosismo por estar perto dela. Era estranhamente adorável que ela o afetasse tanto. Eva não conseguia resistir a explorar toda aquela atração.

— Conte-me toda a história — Sydney pediu, pigarreando. — Desde o início.

— Você já deve ter ouvido muitas vezes. — Eva a encarou.

— Não da fonte de que quero ouvir. Ou seja, você.

— Tudo bem. — Eva se inclinou sobre a bancada. — Quando eu era novata, cruzei com um Tengu que não tinha cheiro de merda e não possuía particularidades. Contei pra Caim. Contamos pra Gadara. Gadara nos pediu pra descobrir a origem do demônio. Abel concordou e repassou o pedido.

— Na ocasião, fiquei sabendo que você foi designada para uma caçada antes de concluir o treinamento. — Sydney olhou de relance para Reed.

Ele permaneceu impassível. Como treinador de Eva, era a única pessoa que podia colocá-la para trabalhar. Os Marcados não deveriam caçar antes de completar o treinamento.

— Em defesa de Reed, ninguém acreditou em mim. Acharam que, por eu estar em transição, meus sentidos de Marcada não tinham entrado completamente em ação.

— Quão verde você era, Eva? — Montevista quis saber.

— Um dia ou dois de serviço.

Admirada, Sydney assobiou.

— Sim. Podre — Eva concordou. — Ainda mais depois que provei que não estava louca e que ainda tínhamos de identificar a fonte das habilidades do Tengu.

— O agente mascarante — Montevista afirmou. — A coisa que oculta temporariamente o fedor e as particularidades do Demoníaco.

— Isso mesmo. Caim e eu descobrimos que eles estavam produzindo e distribuindo a camuflagem numa fábrica de artigos ornamentais a menos de uma hora de carro daqui.

— Ah! Upland — Sydney disse, sorrindo.

Eva assentiu, embaraçada. Ela jamais conseguiria superar aquilo.

— O agente mascarante era feito de farinha de sangue e ossos de Marcados, animais e Demoníacos, além de feitiços e outras coisas. Caim sugeriu que destruíssemos os ingredientes no forno gigante da fábrica. Eu sugeri jogarmos o Nix dentro dele e evaporá-lo. Abel recomendou trancar o herdeiro do Grupo Diamante Negro na sala do forno. E foi ideia de Deus a brincadeira de transformar o agente mascarante em boia salva-vidas quando cozido em alta temperatura. Isso manteve o Lobisomem e o Nix vivos quando deveriam ter sido feitos em pedacinhos. Também foi o que salvou Montevista algumas semanas depois.

Sydney lançou um olhar de preocupação em direção ao céu. Quando nenhum raio atingiu Eva por sua blasfêmia, ela disse:

— Ouvi dizer que a explosão do forno deixou uma cratera do tamanho de um quarteirão.

— Pelo menos. — Reed bufou. — Foi como uma minibomba atômica.

— As histórias não são exagero. — Montevista esboçou um largo sorriso.

— Uau! — Sydney exclamou. — Então, Eva, você matou o Lobisomem uma segunda vez, mas o Nix deu as caras hoje no festival.

— Exatamente. — Eva passava as pontas dos dedos sobre os veios da bancada de granito. — De fato, a polícia deixou uma mensagem na minha caixa postal esta tarde. Queria que eles tivessem ligado ontem ou até mesmo hoje de manhã. Assim, eu teria me preparado para o aparecimento do Nix.

— Foram os mesmos investigadores que estão com o caso da senhora Basso? — Reed indagou.

— Sim, aqueles de Anaheim, Jones e Ingram. Não soube mais nada da polícia de Huntington Beach desde a entrevista inicial deles.

— O que eles querem?

— Falar comigo. Não deram detalhes. Acho que o Nix pode estar recorrendo aos seus velhos truques. Antes da senhora Basso ele já tinha matado uma dúzia de pessoas. Não acho que ele vá parar agora. — Eva se comoveu ao pensar em sua vizinha — Já deveríamos estar caçando aquele desgraçado há muito tempo. Não é nosso objetivo salvar vidas?

— *Sinto muito, meu bem.* — A compaixão no tom de voz de Reed provocou um sorriso de gratidão em Eva.

Montevista apertou a mão dela, solidário.

— Ninguém sabe que critérios o serafim usa para mirar os Demoníacos — ele disse.

A maioria dos demônios tenta não chamar a atenção. Ser muito indiscreto não irrita só Deus, mas também Satanás. Nenhum dos dois se achava pronto para o Armagedon. Satanás não era poderoso o suficiente, e Deus gostava das coisas do jeito que estavam.

No entanto, o Nix era muito descarado. Ele assassinara mulheres em todo o condado de Orange e deixara "cartões de visita" inconfundíveis que chamaram a atenção da polícia: uma flor de lótus flutuando numa poncheira da loja Crate and Barrel. A morte da sra. Basso também serviu de aviso para Eva, que, infelizmente, tinha o seu próprio cartão de visita do Nix deixado bem à vista sobre a mesa de centro.

Naquele momento, os investigadores a estavam procurando, em busca de informações. Responder com: "Há um demônio perigoso em liberdade, mas não se preocupem, pois sou uma matadora de demônios em nome de Deus" não aliviaria as preocupações deles.

De repente, Alec apareceu do lado esquerdo de Eva, teletransportando-se para a casa dela sem aviso prévio.

— Deixe-me adivinhar: frango xadrez — ele disse.

— Bom faro. — Eva olhou para os dois irmãos, percebendo a tensão perpétua que preenchia qualquer recinto onde eles estivessem.

Alec devia ter batido na porta, pois morava no apartamento ao lado, o que pertencera à sra. Basso. Isso não teria sido um sacrifício. No entanto, uma entrada tradicional não irritaria Reed da mesma forma.

Alec apoiou uma das mãos na bancada e a outra no encosto da banqueta de Eva. Debruçando-se, encostou a boca no ouvido dela.

— Quando Abel cozinha pra uma garota, ele sempre faz frango xadrez — Alec murmurou.

— Sério? — Eva fitou Reed com as sobrancelhas erguidas, surpresa.

Reed fuzilou Alec com o olhar antes de dizer:

— Só se você considerar a China do século XIX sempre. Ganhamos mais falando da conversa-fiada de Caim: "Ei, garota, monte na moto e vamos dar uma volta". E você acha que sou eu que sou péssimo em cantadas...

— De fato, andando de moto eu consegui algo que vale a pena — Alec falou de um jeito arrastado.

Reed bateu com força a colher de bambu na lateral da frigideira.

— Então, monta na moto e cai fora, bonzão. Ninguém te convidou.

— Chega! — Eva desceu da banqueta. — Lacaios de Satanás estão atrás de mim e vocês dois ficam aí discutindo sobre quem é melhor na cama?

— Ele começou. — Reed franziu o cenho.

— E eu estou terminando — Eva afirmou, desejando que uma dose de destilado fosse uma opção.

Infelizmente, as substâncias psicoativas eram ineficazes em seu organismo aprimorado pela marca. Cruzando os braços, ela perguntou a Alec:

— Você veio porque tem alguma notícia para nós?

Ele fez um gesto negativo com a cabeça.

— Esse é o problema. Nenhuma palavra nas ruas a respeito desse suposto prêmio. Esperávamos saber algo por meio de um informante ou de um Demoníaco procurando proteção, mas o silêncio é total.

— Você teve de se intrometer em nosso encontro para dizer que não tem nada a dizer? — Reed resmungou.

— Não. — Alec sorriu com malícia. — Mas sabia que isso ia deixar você puto.

Eva estalou os dedos para trazer a atenção deles de volta para si.

— O fato de estarmos mais ocupados do que o habitual não pode ser uma coincidência. Vocês vivem me dizendo que coincidências não existem.

— Sem dúvida, Eva — Alec assentiu. — Eu ainda estou investigando.

— Ao recordar aquela noite em Upland, me ocorreu algo importante.

Quatro pares de olhos fixaram-se em Eva.

— O Nix me disse algo pouco antes de eu jogá-lo dentro do forno — ela prosseguiu. — Perguntei: "Por que eu?" E ele respondeu: "Faço o que me mandam fazer".

— Você não me disse isso antes.

— Sinto muito, Alec. — E Eva falava sério. Sobreviver significava não pisar na bola. — O Nix morreu e foi enviado de volta ao Inferno. Eu procurei não me juntar a ele. A lembrança se perdeu em minha mente.

— Merda. É por isso que você não deveria poder nos bloquear.

Eva não sabia como ou por que vez ou outra era capaz de contornar a conexão entre os Marcados e seus superiores, mas era grata por isso. Uma mulher tinha de ter seus segredos, sobretudo quando enredada num triângulo amoroso litigioso.

Ela continuou, antes de eles saírem pela tangente, afirmando:

— Também notei algo novo hoje: as particularidades dele revelam que agora é um dos lacaios de Asmodeus.

— Os detalhes do Nix foram cortesia de um demônio locador — Reed apagou a boca do fogão.

— Eles mudaram desde a primeira vez em que você e eu o vimos — Eva insistiu.

— Samael e um rei do Inferno — Sydney sussurrou. — Nossa.

Eva só conseguiu assentir de modo pouco convincente. E pensar que outrora se achara uma pessoa de sorte...

— Posso saber por que Satanás é um príncipe, mas os demônios abaixo dele são reis? — ela perguntou.

— Não! — Reed e Alec gritaram em uníssono.

— Tuuudo bem, então... — Eva ergueu os braços num gesto defensivo.

— Droga, anjo! — Alec a fitava com os olhos semicerrados.

Evangeline. Eva. Anjo. Um apelido que só Alec usava com ela. Ele ainda dizia isso com o murmúrio sedutor que a envolvera naquela confusão de Marcados.

— Só você teria tantos terceirizados de alto nível sobre si, Hollis — Montevista afirmou, com um sorriso irônico.

— Quem sabe o Nix e o Lobisomem acabaram se encontrando após a explosão e se tornando amigos... — Eva sugeriu. — Talvez Asmodeus e Grimshaw fossem chegados, e Asmodeus esteja tentando ajudar Grimshaw no departamento de vingança. Pode ser que o Nix tenha desertado em favor de Asmodeus pra que tivesse uma desculpa válida pra me caçar.

— Há muitos "quem sabe", "talvez" e "pode ser que" — Alec afirmou — E amizade é relativa quando se trata de demônios. Os favores não são de graça. Asmodeus teria de estar pagando uma dívida ou conseguindo algo em troca.

Aquilo não pareceu bom para Eva.

— Teria de haver uma grande dívida ou um grande lucro pra fazer Asmodeus perseguir alguém importante pra Caim — Montevista assinalou. — Grimshaw veio atrás de Hollis para vingar a morte de seu filho. Asmodeus não tem desculpa, e sabia que enfezaria Jeová e Samael ao mesmo tempo.

Eva suspirou. A batalha entre o Céu e o Inferno não era um vale-tudo. Geralmente, os Celestiais e os Demoníacos viviam lado a lado, numa trégua cautelosa. Os apaniguados de Satanás recebiam ordens de passar despercebidos, para que conseguissem causar o máximo de dano. Os Marcados só eram designados para deixar fora de operação os demônios perigosos. Montevista estava certo. Algo grande motivara Asmodeus a violar as regras de maneira tão cabal.

— A menos que Samael pedisse pra Asmodeus fazer isso — Sydney sugeriu, em voz baixa. Quando todos a olharam, ela deu de ombros, em sinal de dúvida.

Montevista quebrou o silêncio:

— Sydney acertou na mosca.

— Eu ainda não tinha atropelado o cão dele — Eva recordou.

Cão. Pois sim! Como a maldita criatura era do tamanho de um ônibus, a mente de Eva dificilmente poderia ligar, na mesma cadeia de pensamento, um cão ao animal morto por ela na estrada.

— Isso deve envolver mais do que o maldito cão do Inferno de Samael — Reed insistiu. — Ele só se importa consigo mesmo. Todo o resto, incluindo animais de estimação, é supérfluo.

— Então o que ele quer? Não tenho nada de valor. — Eva dirigiu o olhar aos dois irmãos — Exceto vocês dois.

Alec e Reed mantiveram-se calados, física e mentalmente. Eles sabiam que eram responsáveis por Eva.

Ela se recusava a permanecer daquela maneira.

Reed voltou para o fogão. Alec começou a enviar ordens para todos na empresa por meio do painel de comando mental que cada arcanjo possuía. Eva foi para a sala de estar. Ela ainda conseguia vê-los e ouvi-los, mas o espaço ajudava a dar um descanso à sua mente. Desligando-se, Eva acomodou-se no sofá e pensou na confusão em que sua vida se transformara.

O Nix e o filho de Grimshaw não eram os únicos Demoníacos presentes na sala do forno naquela noite desastrosa em Upland. Também havia um grupo de Tengus — demônios japoneses do tipo gárgula. Como o Nix e o Lobisomem tinham sobrevivido àquele dia, era razoável supor que os Tengus também tivessem ganhado outras vidas.

Alec se aproximou do sofá onde Eva se acomodara e se sentou na beirada da mesa de centro com tampo de vidro. O brim grosso de sua calça jeans não ocultava a forma admirável de suas pernas longas e musculosas.

— Você vai se meter em apuros por usar tanto seus poderes — Eva alertou.

Durante sete semanas por ano, cada arcanjo tinha liberdade para usar seus poderes para promover o treinamento de novos Marcados, revezando-se nisso. No entanto, no resto do ano, o uso desses poderes significava encarar as consequências, pois sugerir que os arcanjos levassem vidas seculares era a maneira de Deus encorajar a empatia com os mortais. Eva achava que era uma receita para o ressentimento.

Sorrindo, Alec afirmou:

— Ainda não sou um líder de empresa. As mesmas regras não se aplicam a mim.

— E desde quando se aplicam?

Alec inclinou-se para a frente, pousou as mãos sobre os joelhos e disse:

— Revisei as medidas de segurança que instalamos contra o Nix da primeira vez, tanto neste prédio como na casa dos seus pais. Também designei um serviço de segurança para defender o perímetro contra qualquer nova ameaça.

— Eles não conseguem se livrar daquele maluco da esquina?

— Que maluco?

— Não me diga que você não o viu. O cara que parece um Papai Noel do Mal, pregando o apocalipse com seu violão!

Alec encarou Eva.

— O cara com a placa que diz: "Você vai queimar no Inferno".

Como Alec continuou a encará-la sem entender, Eva balançou a cabeça e alfinetou:

— Você anda se teletransportando tanto de um lado pro outro que ainda não espiou a vizinhança?

Num piscar de olhos, Alec desapareceu. Poucos segundos depois, voltou para o mesmo lugar.

— Eu vi o cara — Alec afirmou — É inofensivo.

— Ele é irritante, e está ali há dias. — Eva estalou os dedos — Ei, talvez Deus considere uma negociação entre mim e ele!

Eva brincava só em partes. Em sua opinião, o sistema de Marcados estava todo bagunçado. Existiam milhões de fanáticos religiosos em todo o mundo que matavam em nome de Deus todos os dias, mas não eram Marcados.

Em vez disso, o Todo-Poderoso utilizava os ímpios. Era como um campo de treinamento para pecadores e céticos.

— Não é uma troca justa — Alec afirmou, com um sorriso leve — Você vale cem vezes aquele cara.

— É a sua opinião.

— Evidentemente eu não sou o único que pensa assim, pois ele está lá fora, e você está comigo. Também vou falar com Abel a respeito de reduzir sua quantidade de casos por um tempo.

— Isso não irá sobrecarregar os outros Marcados da área? — Eva arqueou as sobrancelhas.

— Um pouco.

— Você não pode me pedir pra fazer isso e arcar com as consequências.

— Não estou pedindo.

Por um instante, Eva considerou a afirmação de Alec, com os dedos tamborilando no descanso de copos que estava no braço do sofá. Em seguida, comentou:

— Ser um arcanjo lhe convém.

— Não — ele afirmou.

— Os Demoníacos estão se apinhando no condado de Orange, possivelmente por minha causa, e você quer que eu não faça nada, enquanto outros Marcados cuidam da bagunça? Eles já não gostam de mim...

— Eles vão esquecer.

— Pra você, é fácil falar. Ninguém o odeia por trabalhar comigo.

— Você não faria favor nenhum a ninguém estando morta.

— Ah, não sei... Consigo me lembrar de algumas pessoas que me querem morta — Eva afirmou, com um sorriso amargo.

— Não tem graça, anjo.

— Você me conhece. — Ela suspirou. — Sou uma pessoa bastante arisca. Não quero me meter no meio do trânsito, na contramão, mas não posso ficar aqui vendo as reprises de *Dexter* e tomando sorvete de chocolate enquanto outras pessoas enfrentam uma horda.

— Você pode falar o que quiser, não vai mudar nada.

— Gadara me colocaria lá fora.

— Ele não está aqui.

— E o que está sendo feito a esse respeito? — Eva desafiou — Ou os arcanjos são mais descartáveis do que eu pensava?

Alec estendeu a mão, tocou a panturrilha de Eva com a ponta dos dedos e garantiu:

— Também estamos cuidando disso.

— Faz dois meses. Não sou capaz de imaginar que ele esteja de férias no Inferno.

— Não temos condições de atacar. Seria uma missão suicida.

— Então o que vamos fazer?

— Você seguirá ordens. Eu trabalharei pra garantir alguma vantagem.

Eva ignorou a primeira parte da afirmação de Alec e concentrou-se na última.

— Vantagem? Você sabe de algo que Satanás queira mais do que Gadara? — ela perguntou.

— Sim. Samael tem de trazer Raguel pra nós. É a única maneira de o conseguirmos de volta.

— O que Satanás quer mais do que um arcanjo como trunfo?

— Essa é a questão, não é? — Inesperadamente, Alec desviou a cabeça.

Algo pequeno e branco voou através do espaço que sua cabeça ocupara. Se Eva não fosse agora dotada de visão aprimorada, não teria notado.

— Cuidado, idiota! — Alec gritou para Reed.

— Mantenha as mãos longe dela! — Reed gritou de volta.

O objeto atingiu a porta da varanda, ricocheteou para a sala e rolou até parar perto do pé da mesa de centro. Eva olhou por cima do ombro e disse:

— Uma castanha-d'água?

— Era a castanha ou isto... — Reed mostrou uma das facas Ginsu de Eva.

— Obrigada por mostrar um pouco de controle. Agora chega — Eva ordenou.

— Você não pode esperar que eu goste desta situação — Alec disse.

— Também não estou gostando.

Quando Eva ficava sozinha e pensativa, reconhecia que seus sentimentos de solidão e separação a incitavam a aceitar uma situação que jamais aceitaria em sua vida normal. Tecnicamente, ela só estava perdendo tempo com os dois, mas tecnicismos não eram um grande para-choque para sentimentos dolorosos e possessividade. Eva se sentia desleal em relação a Alec — ainda que ele não pudesse retribuir sua afeição — e se preocupava com Reed, que ficava muito tenso com a coisa toda.

— Talvez seja melhor nossa relação se restringir ao trabalho — ela comentou.

Alec e Reed ficaram calados, com os dentes cerrados. Montevista e Sydney se entreolharam com preocupação.

— Isso não está funcionando. — Eva batia de leve com o pé no piso de madeira.

Reed voltou a cortar os legumes.

— Você vai ficar quieta no lugar, como eu ordenei, Eva?

— O que você acha, Alec? — Ela cruzou os braços.

— Certo. — Ele ficou de pé. — A partir do café de amanhã, você voltará a ter um mentor em tempo integral. Nada mais dessa história de se teletransportar só quando você precisa de mim.

— Você vai ser minha babá?

Com o olhar, Alec a percorreu da cabeça aos pés.

— Só se eu puder dar umas palmadas quando você se comportar como uma menina travessa.

— *Estou com uma faca na mão, idiota* — Reed comunicou telepaticamente.

Eva se deixou cair na poltrona com um gemido surdo. Os dois irmãos seriam a sua destruição. Se os demônios não a matassem antes.

3

EVA ERGUEU UM *SHAKE* DE PROTEÍNA E OFERECEU:
— Quer um?

Alec observou desconfiado a bebida verde. Usando bermuda, camiseta regata branca e botas com biqueiras de aço, ele tinha convertido a aparência de *bad boy* a uma ciência. Os óculos escuros repousavam apoiados na nuca, envolvidos pelas mechas longas dos cabelos escuros que Eva adorava acariciar.

Atrás dele, a luz solar matutina se infiltrava na sala de estar de Eva. Sydney dormia no quarto de hóspedes após a vigília noturna, e Montevista deixara o apartamento para colher os relatórios dos seguranças na rua. Mais além da varanda, surfistas desafiavam-se mutuamente pegando onda antes do dia de trabalho.

— Você está com aquela expressão no olhar. — Alec abriu um sorriso. — Você me quer.

Eva deu-lhe as costas e afirmou:

— Vou considerar isso um "não".

Alec se aproximou de Eva e disse:

— Sim, eu quero o *shake*. Quero tudo o que você tiver para oferecer. E se não se não me der isso logo, talvez eu tenha de pegá-lo à força.

Havia um tom sombrio em sua voz que a colocou em alerta. O antigo pré-arcanjo Alec jamais faria tal ameaça contra ela, mas o novo Alec... Esse não só falava coisas inadequadas como fazia Eva temer que ele não estivesse brincando.

Eva ofereceu o copo. Os dedos de Alec se entrelaçaram com os dela, quentes em comparação ao frio do *shake*. Ele continuou se aproximando, e sua respiração moveu os cachos soltos dos cabelos de Eva, que sempre escapavam do rabo de cavalo. Por meio da ligação, Eva notou o prazer dele com o cheiro de seu xampu e com a maneira como os corpos se ajustavam tão bem. O intercâmbio de informações também trabalhou em sentido contrário; assim, ele teve certeza do que provocava nela. Ele recuou, e então Eva perdeu o calor de seu corpo, mas não deixou de notar a escuridão nele que a arrepiava.

Há algo... em mim, Alec dissera recentemente, e ela acreditara nele. Às vezes, Eva sentia aquilo. Era brutal e frio, e aproveitava cada oportunidade para resvalar nela.

Eva encheu outro copo com a sobra do liquidificador. Suas mãos tremiam de leve, em resposta à proximidade de Alec. O desejo — por sexo e/ou violência — era a única emoção que afetava o sistema nervoso dos Marcados.

— Alec, vamos voltar à construção onde ficamos sabendo sobre a fábrica de artigos ornamentais Geena.

Depois de uma pausa, Alec afirmou:

— Droga... Eu não me lembrava do Tengu.

— Nem eu. Até ontem à noite.

No processo de perseguir o primeiro Tengu disfarçado, ela e Alec acabaram num canteiro de obras de um novo edifício das Empresas Gadara: o Olivet Place. Eles mataram os dois Tengus que encontraram ali, mas...

— O prédio possui quatro cantos. Como eles gostam de se reunir em bandos, imagino que tenham se reagrupado.

— Por que não voltamos pra Upland, Eva, onde eles foram criados?

Encarando Alec, ela se reclinou no canto da bancada.

— Porque nós explodimos o local.

— Você sabe o que quero dizer. Por que o prédio de Raguel? Por que não um dos outros da lista da Fábrica Geena?

— Porque eu fui convidada pra esse. Lembra?
— Certo — Alec murmurou. — O convite.
— Um dos muitos episódios não esclarecidos em minha vida.

Eva topara com o prédio por acaso em sua busca pelo Tengu, mas depois descobriu um convite para a inauguração oficial do Olivet Place em sua caixa de correio. Era um *layout* ainda não finalizado para publicação, mas alguém o enviara para ela pelo correio.

— Eu investiguei isso, Eva. Você foi convidada porque todos os arquitetos e designers de interiores locais foram. Eu mesmo verifiquei. Seu nome estava na lista, assim como o de todos os seus antigos colegas do Grupo Weisenberg.

— Os demais convites foram enviados para os endereços residenciais?

Alec debruçou-se sobre a ilha. A postura casual não ocultou seu estado de alerta.

— Boa pergunta — ele disse. — Devia ter sido enviado pro seu endereço comercial.

— Na ocasião, perguntei a você quais eram as chances de eu ser atraída para um prédio infestado de demônios no exato momento em que era marcada. E você respondeu...

— ... quase nenhuma.

— Por que mudou de ideia?

— Minha linha de raciocínio foi a seguinte: os convites foram encomendados por Raguel, a infestação foi em um de seus prédios, e nós erradicamos os dois Tengus que encontramos quando fomos lá.

— Quer dizer que acha que foi obra da mão divina, Alec?

— Pode ser. A turma do bem ganharia com isso. Seja como for, por que um Demoníaco produziria algo que poderia potencialmente expor a camuflagem? Não faz sentido.

— Será que Gadara não produziu tudo?

Eva não ficaria surpresa com isso. O arcanjo dificultara o trabalho dela desde o início. Como dupla de mentor/Marcado, Alec e ela eram um pacote ideal. Gadara apreciava a nova oportunidade de ter Caim — e o prestígio dele — ligado à sua empresa. No entanto, seu ardil não o impedia de usar Eva para impor sua autoridade sobre Alec. Movendo-a como um peão, Gadara obrigava Alec a obedecer às ordens; caso contrário, exporia Eva ao risco de sofrer as consequências.

— Ele é mais direto, Eva. Você sabe disso.

— Mas, se você acredita que o convite teve motivação celestial, alguém teria de saber a respeito do Tengu. Quem?

— Anjo, poderia ser até o serafim.

— Por que não utilizar a cadeia de comando estabelecida? A ordem seria enviada pra Gadara. Ele designaria a tarefa para um treinador. Por sua vez, o treinador designaria a tarefa para um Marcado treinado e capaz. Designá-la direto pra mim é ridículo.

— Será? Você conseguiu fazer o trabalho.

— A bajulação não o levará a lugar algum neste caso. Em outros, talvez, mas não desta vez.

— Devo supor que você acha que isso é parte de algum tipo de armação? — Alec parecia exasperado.

— Não sei. Por isso é que devemos ir até lá.

— Sabe, sua inteligência me excita. — Alec sorriu.

— Tudo te excita.

— Tudo em você.

— Está animadinho hoje, hein?

— Gosto de estar em ação. Principalmente com você. Sua capacidade de atrair desastres deixa tudo mais interessante.

— Não tem graça. — Eva bebeu o *shake* tentando visualizar Alec num trabalho de escritório. Depois de um minuto, ela desistiu.

— Este *shake* não é ruim. — Alec lambeu os lábios.

— Que elogio...

O *shake* era composto de suco de laranja, banana e pó de proteína de chá verde. Eva achava delicioso e, além disso, mantinha-a alimentada por algumas horas, no mínimo. Os Marcados queimavam muitas calorias. Como Reed dizia: *Máquinas muito eficientes usam mais combustível.* Tradução: ela comia como um lutador de sumô.

— Achei que prepararia um pão com ovo pra você.

— Quando voltarmos. Estou ansiosa pra me mexer.

— Pra enfrentar uma possível horda de Tengus? Por quê?

— Você não consegue ler minha mente? — Eva desafiou, mesmo depois de fechar uma porta mental na cara dele.

Em concentração, Alec semicerrou os olhos. Então, uma sobrancelha escura se ergueu, e ele disse:

— Temos de descobrir como você faz isso.

— Descobrir o quê? Minha adaptação foi fora do padrão desde o começo. — Eva lavou o copo na pia.

Alec se aproximou dela e pôs seu copo sob a água corrente. Foi quando o pensamento sobre o Nix entrou na mente dos dois ao mesmo tempo. Em conjunto, afastaram-no. Um demônio por vez.

— Estou falando sério, anjo. Nossa conexão pode salvar sua vida.

— Não é minha culpa. Meu Novium aconteceu muito cedo. Encaremos isso: a marca e eu não combinamos.

O Novium era uma transição física e mental que os Marcados atravessavam em sua evolução de *trainee* para experiente. Como a puberdade, alterava a constituição física do Marcado, aprimorando sentidos já aguçados e infundindo uma confiança tranquila. Os efeitos colaterais incluíam ansiedade e diminuição das inibições. Gerava uma febre que fortalecia o vínculo do Marcado com seu treinador, cauterizando, ao mesmo tempo, a conexão com o mentor. No caso de Eva, criara uma via de comunicação em triunvirato, que ela podia jurar que a enlouqueceria um dia.

— Não culpe a marca por isso, Eva. Você está me bloqueando de propósito.

— Você não precisa saber de tudo.

Alec a enlaçou pela cintura quando Eva tentou passar e a puxou para si.

— Quero conhecê-la, por dentro e por fora.

— Então faça isso da maneira antiga. É mais interessante.

A paixão de Eva por Alec vinha desde seus dezoito anos. Era muito desagradável que, embora ele estivesse de volta a sua vida naquele momento, jamais poderia estar nela de modo permanente. Alec era um assassino por natureza. Ele não só se distinguia nessa função como a amava. Não era o tipo de homem com quem uma mulher se casava e tinha filhos. Certo, as Marcadas eram fisicamente incapazes de gerar, mas essa não era a questão.

— Você está pronta pra ir? — Alec deu um beijinho na ponta do nariz de Eva.

— Nada de teletransporte — ela disse, rápido. — Vamos pegar a moto.

— Hein? E tornar você um alvo móvel? De jeito nenhum.

— Fica a menos de dez minutos de distância. Além disso, você nem sabe se o prêmio é real.

— Não vou usar você como isca pra descobrir.

Eva estendeu a mão e deu um beliscão na bunda dele.

— Não é justo — Alec resmungou.

— Você se esqueceu de como se pilota uma moto depois de todos esses teletransportes que andou fazendo?

— Até parece.

— Eu posso pilotar — Eva murmurou. — Assim, você protegeria minhas costas. Nenhum Demoníaco mexerá com Caim da Infâmia.

— É melhor você não mexer comigo também — ele advertiu. — A menos que aguente o tranco.

— Você sabe que vai poder me bolinar como quiser enquanto dirijo, né?

— De roupa? Não é muito divertido...

Apesar dos protestos dela, ele se teletransportou com Eva para a garagem, para perto de sua Harley-Davidson modelo Heritage Softail — uma beleza preta e prateada, ostentando alforjes na parte traseira e um assento gasto pelo uso.

— Uau! — Eva assobiou. — Esperava que estivesse toda coberta de poeira.

Alec jogou-lhe as chaves.

— Fica quieta e dá a partida, antes que eu mude de ideia.

Cinco minutos depois, eles saíram da garagem subterrânea. Na esquina, quando o Papai Noel do Mal, segurando uma Bíblia enorme, gritou para ela *"Jezebel!"*, Eva mostrou-lhe a língua. Alec deu um tapa brincalhão na coxa dela.

— *Eu te disse* — ela resmungou.

— *Comporte-se.*

Pela Hamilton e pela Magnólia, Eva conduziu a moto com confiança entre os imensos veículos utilitários esportivos, os reluzentes Porsches e os carros híbridos. Uma variedade musical encheu o ar a partir das janelas abertas: baixos de som grave, guitarras de som agudo e baladas sentimentais. Pela primeira vez em muito tempo, ela não se perguntou quantos dos motoristas próximos eram demônios de hierarquia inferior. Eva se forçou a excluir o mundo ao redor e se concentrou no prazer de dirigir uma Harley com o homem mais gostoso do mundo agarrado nela.

Eles alcançaram o prédio de escritórios de estilo gótico antes que Eva estivesse pronta. Ela considerou seguir adiante e dar uma volta no quarteirão, mas um jipe Liberty estava saindo de uma vaga. Reconhecendo o sinal celestial, Eva estacionou a Harley e desligou o motor.

— Taí: são e salvo — Eva caçoou, retirando o capacete.

Os pensamentos ardentes da mente de Alec se revelaram para Eva, sem meias-palavras: a sensação do corpo dela tão perto do dele era algo que Alec almejava num grau perigoso.

Eva desceu da moto e fitou o prédio, com a respiração alterada pela intensidade da excitação dele. Não havia nada de afetuoso naquilo. Era desejo sexual, puro e feroz.

— Você pode correr... — Alec advertiu.

Mas Eva não podia se esconder. Assim, virou a cabeça, bastante atenta e procurando quaisquer possíveis ameaças. A brisa suave trouxe o cheiro de almas em putrefação, mas não numa quantidade que a alarmou. Os Demoníacos estavam por toda parte, trabalhando em todos os tipos de emprego, vivendo em todas as comunidades. A presença deles sozinhos não era preocupante, somente em quantidade, o que não parecia ser o caso.

A menos que alguns estivessem camuflados.

— Desgastam-se, lembra? — Alec afirmou, prendendo os capacetes na moto.

— Podem existir outros.

— Duvido. Nós matamos os criadores. Além disso, Hank está desenvolvendo um antídoto.

Ela olhou por cima do ombro e indagou:

— Sério?

— Eu mentiria pra você?

— Tem certeza de que quer falar sobre isso?

Alec ergueu os braços num gesto de rendição, mas a curva perversa dos seus lábios arruinou a imagem.

Meneando a cabeça, Eva pôs-se a caminhar na direção da porta principal. O prédio ainda não estava totalmente pronto para uso, mas a área do saguão se achava concluída, e um escritório para os corretores e para o gerente do imóvel estava aberto para negócios. Uma loira jovial, num terninho cinza, apareceu quando eles entraram e, em seguida, riu quando Eva mostrou seu crachá das Empresas Gadara.

— Estava pronta pra abordá-los com meu blá-blá-blá de vendedora — ela disse.

— Já estou convencida — Eva afirmou. — Aquisição hostil.

— *Anjo...*

Havia dois seguranças junto ao balcão de controle; um mortal e um Marcado. O mortal pegou o crachá de Eva e o passou pelo leitor para registrar a hora de entrada.

As medidas de segurança da Gadara não eram mais rigorosas do que as da maioria das corporações, mas, sem dúvida, eram monitoradas com mais atenção. Em vez de manter a vigilância com os olhos celestialmente aprimorados, os arcanjos eram forçados a recorrer à tecnologia dos mortais por causa da questão da empatia. Os arcanjos podiam escolher fazer de outra maneira, mas haveria consequências. Essa era uma das muitas coisas do Todo-Poderoso que deixavam Eva maluca.

— Moto incrível — o segurança mortal comentou com Eva.

— É dele. — Ela inclinou a cabeça na direção de Alec.

— Eu deveria deixar minha garota pilotar.

— Sem dúvida tem suas vantagens. — Alec dirigiu um olhar animado para Eva.

Eva empurrou de volta a folha de registro de entrada.

— Os elevadores já estão funcionando? — ela perguntou.

— Sim. Finalmente.

Eva sorriu ao detectar o alívio na voz do segurança. Patrulhar os três andares sem um elevador era moleza para o Marcado, mas para o mortal era um exercício físico extra.

— Obrigada.

Ao se dirigir aos elevadores, Eva notou o piso de pedra calcária e as fachadas ogivais góticas que circundavam as portas metálicas dos elevadores. Uma janela circular se destacava na parte posterior do prédio, pouco acima da saída. Eva fez uma anotação mental para investigar a identidade do arquiteto. O estilo do prédio destoava dos modernos edifícios vizinhos em forma de caixas de vidro, mas não de modo exagerado. Proporcionava uma elegância de que a área em volta carecia.

Quando as portas do elevador se fecharam, a presença de Alec encheu o espaço. Ele ficou diante de Eva, com as mãos apoiadas no corrimão e com o bíceps e o peitoral expostos de modo destacado pela postura. Seu olhar misterioso era ligeiramente zombeteiro. Aquilo excitou Eva e ela se moveu denotando embaraço.

O Novium era um pé no saco.

Não ajudava o fato de o sexo ser como a respiração para os Marcados. As constantes experiências de quase morte criavam tensão, aliviada por meio de sexo quente e prolongado. A necessidade foi projetada para forçar os Marcados a procurarem a companhia e o apoio de outros Marcados, em vez de se refugiarem em si mesmos. O namoro platônico duplo de Eva significava que ela não tinha o escape do estresse que precisava. Mesmo se esse não fosse o caso, Alec estava diferente. As emoções mais suaves que ele costumava expressar quando a olhava tinham desaparecido. Ele a queria, e Eva acreditou nele quando Alec disse que sempre a quereria, mas sexo de qualidade não era suficiente para ela. Não depois de saber o que era ter mais.

— Qual é a melhor coisa acerca de ser um arcanjo? — ela perguntou, numa tentativa de manter sua mente longe do quarto.

— Alívio em relação ao custo crescente do transporte.

— Fala sério.

— Você quer a resposta-padrão? Fazer a diferença — Alec afirmou, endireitando-se quando o elevador parou. — Ninguém sabe melhor do que eu o quão difícil é ser um Marcado. Há aspectos das Empresas Gadara que posso tentar abrandar pra facilitar as coisas para aqueles no campo.

Não houve mudança de tom em sua voz; nenhuma paixão. Eva se perguntou como Alec conseguia funcionar daquela maneira. Deus achava que era necessário que os arcanjos fossem emocionalmente neutros, mas Eva os considerava como os via: eles eram insensíveis. Era algo bastante deprimente.

— *Sinto o que você sente* — Alec afirmou, observando-a com intensidade.

— *Sinto o que Abel sente, e também ecos de todos os Marcados abaixo de mim.*

Então Alec sabia o que era para Eva amá-lo, e sabia o que era para Abel querê-la. Talvez fosse de onde sua inabitual agressividade sexual estivesse vindo.

Ou talvez estivesse vindo daquele lugar sombrio dentro dele...

De todo modo, aquilo tudo era uma bagunça.

Eva suspirou e dirigiu sua atenção para a abertura das portas do elevador.

O terceiro andar estava numa situação muito diferente da do saguão. A iluminação do teto ainda tinha de ser instalada, as paredes precisavam de pintura, e os rolos de carpete cor de vinho, de ser presos ao longo dos rodapés ausentes.

— Você queria saber por que eu estava ansiosa pra vir aqui. — Eva tomou a direção da escada de acesso ao telhado.

— Fale.

— Quando entrei neste prédio pela primeira vez, não tinha ideia do que fazia. Não sabia o que procurar, onde se achavam as ameaças, o que estava errado. Por isso, precisava vê-lo de novo. Retraçar meus passos. Sinto que deixei escapar alguma coisa, e isso está me enlouquecendo.

Alec a pegou pelo braço. Eva usava uma regata cor-de-rosa-claro e jeans velho. O traje, confortável e feminino, permitia facilidade de movimento.

— Não temos de decidir quando é hora de as coisas acontecerem, anjo. Simplesmente enfrentamos as dificuldades e temos fé de que tudo acontece por algum motivo.

— Não tenho fé num plano divino. Você sabe disso. Acho que a vida é o que fazemos dela. Deus nos surpreende sem mais nem menos só pra tornar seus dias interessantes.

— Cuidado — Alec advertiu, como se um raio pudesse atingi-la no espaço fechado.

Eva não ficaria surpresa. O Senhor ainda tinha de lhe prestar alguns favores.

Eles alcançaram a escada. O ar quente e parado os cercou, em contraste absoluto com o ar frio do sistema de climatização das áreas ocupadas. A pesada porta metálica se fechou atrás deles, e imagens de Reed invadiram a mente de Eva. Ele gravara nela a marca de Caim, na escada da Torre de Gadara; uma união crua e violenta que sempre assombraria a lembrança dela.

— *Se você não parar de pensar nisso, vou substituir essa lembrança por outra. Imediatamente* — Alec afirmou com rudeza.

De imediato, Eva limpou a mente.

O Alec que ela conhecera outrora jamais teria feito tal ameaça. Seduzi-la, sim. Fazer amor com ela até ela não conseguir se mexer ou raciocinar, sim. Mas sexo selvagem era o estilo de Reed. Alec fora um amante. Eva não sabia como lidar com a nova versão dele. Alec estava mais agressivo, menos paciente. Mais como o bíblico Caim, ela supôs. O lado dele que ela nunca vira. Eva sabia que apreciaria o que quer que ele fizesse por ela — ele não toleraria outra reação —, mas ela não poderia se arriscar a mergulhar mais fundo. Já estava profundamente envolvida.

A porta de acesso ao telhado se abriu acima deles.

— A Marcada bonita voltou — o Tengu cantarolou, seguido por um som de pancada frenética, como se pulasse de alegria. — E Caim também. Hora de brincar.

Os Tengus eram criaturas travessas. Careciam de iniciativa e ambição. Assim, situavam-se numa escala bastante baixa em relação às criaturas que deviam ser subjugadas. Reed os comparava a mosquitos — irritantes e dispensáveis, mas não tão nojentos quanto ratos. Eles se infiltravam nas habitações como decorações e, depois, agiam para provocar aflição e ansiedade nos habitantes. Os edifícios com Tengus apresentavam taxas de suicídio mais altas do que aqueles sem sua presença. E também taxas mais altas de fracassos comerciais, extorsões, despejos, desfalques e adultérios. A infestação de Tengus era a causa da decadência das comunidades, dos *shopping centers* abandonados e das cidades-fantasma. Em bandos, podiam ser fatais, ou, no mínimo, seriamente destrutivos.

A porta se fechou, e pancadas barulhentas ressoaram sobre o telhado; o som de pequenos pés de pedra dançando. Muitos pés. Muita dança.

— Caramba, você tinha razão! — Alec exclamou.

Eva suspirou. Às vezes, ela odiava ter razão.

4

— O QUE VOCÊ ESTÁ FAZENDO, *MON CHÉRI?*

Ao som do murmúrio familiar, a tensão tomou conta de Reed. Olhando por cima do ombro, ele se deparou com o olhar fixo de Saraquiel, um dos sete arcanjos terrenos. Ela caminhava pelo escritório de Caim como se fosse dona dele.

— Não é da sua conta — ele falou de forma arrastada.

— Soube que Caim voltou ao campo com Evangeline. Talvez esse seja o motivo pelo qual você está revistando o escritório dele. Como dizem: "Quando os gatos saem..."

A maneira como Sara pronunciou o nome de Eva revelou muito. Ela ainda desejava Reed, ainda que tivessem se separado muito antes do nascimento de Eva. De acordo com os teólogos, o chefe da empresa europeia dos Marcados devia ser do sexo masculino. O erro deles foi risível. Em todos os sentidos da palavra, Saraquiel era uma mulher; que, aliás, compartilhava sua queda por sexo sadomasoquista e roupas de grife.

Reed fechou a gaveta superior do arquivo de aço de Caim. Em geral, os arcanjos permaneciam dentro de seu próprio território. Eles não gostavam de se submeter uns aos outros, o que era provável quando entravam nos limites de outra empresa. Também era perigoso ter arcanjos próximos uns dos outros. Os Demoníacos adorariam incapacitar diversas empresas com um simples sopro. No entanto, Sara estava ali porque pedira para ajudar Caim a assumir o comando da empresa de Raguel. Ela teve seu desejo atendido porque foram seus seguranças pessoais que auxiliaram Caim e Eva em Upland. Sara recebeu elogios por ser proativa, embora sua única razão para ter emprestado sua equipe foi Reed tê-la pago com seu próprio corpo. Naquele momento, a assessoria de Sara ao irmão de Reed a mantinha desconfortavelmente próxima do negócio de Caim.

— O que você quer, Sara?

— O que sempre quero quando o vejo?

Reed sentiu uma onda de inquietação atravessá-lo.

— Hoje não, querida. Estou com dor de cabeça.

Ante a mentira flagrante, Sara mordeu o lábio, furiosa. Os *mal'akhs* eram imunes às doenças dos mortais. No entanto, a beleza de seus traços não foi afetada pela raiva. Alta, esguia e cheia de curvas, Sara era fisicamente perfeita, de um modo que as mulheres mortais gastavam milhares de dólares para copiar. Os cabelos loiros platinados e as feições angelicais eram muito instigantes; esses detalhes eram a força propulsora que bancava sua empresa. A Cosméticos Sara Kiel era um fenômeno mundial, com as vendas inspiradas no rosto inigualável da sua proprietária. Houve um tempo em que a mera visão dela fazia o desejo de Reed se manifestar perigosamente, mas não mais. Naquele momento, seu foco se concentrava em uma morena específica.

Sara caminhou em direção a Reed com seu andar inconfundível, com o terninho de seda vermelha produzindo um murmúrio sedutor conforme ela chegava mais perto. Sara lhe parecia uma tigresa: dourada, ágil, predatória.

— Seu jeito de mostrar gratidão é terrível, querido.

— Você não faz nada por mim, Sara, com exceção de um orgasmo ocasional. — Reed deu de ombros. — Consigo isso em qualquer lugar.

— Você costumava querê-los apenas de mim.

— Isso foi há muito tempo.

Sabendo que Sara levava as aparências muito a sério, Reed afundou-se na grande cadeira giratória de couro de Caim e se forçou a relaxar.

— Você quer o que ele tem — Sara o provocou, sentando-se na cadeira de visitas, do outro lado da mesa. O aceno de sua mão abrangeu todo o recinto: um escritório luxuoso, que ostentava duas paredes de janelas, um banheiro privativo e uma mesa de vidro e metal de estilo industrial. Inclinando-se para a frente, ela passou a ponta dos dedos sobre a moldura prateada que continha uma foto em preto e branco de Evangeline. — Sempre quis.

— Quero o que mereço. Aquilo que provei a mim mesmo ser capaz de ter.

— E Caim continua conseguindo primeiro.

— O que me favorece. Afinal, ele sempre acaba fazendo besteira.

Em toda a sua vida, Reed fora alguém que seguia as regras e superava as expectativas. Ele era perfeito. Perfeito para uma promoção, perfeito para comandar uma empresa. Não fazia sentido que seu irmão fosse o promovido. Caim não queria responsabilidade de nenhum tipo e fora um nômade por muito tempo. Ele jamais aprendera a se relacionar bem com os outros.

— Estou tentando ajudá-lo e você não está me dando nenhum crédito. — Sara fez beicinho. — Mandei Izzie para cá, não mandei?

— Devo te agradecer por isso?

Ele fora imprudente com a loira, e Eva o flagrara. Agora, sempre que ela via Izzie, a lembrança a magoava e fazia Reed perder qualquer pequeno terreno que tivesse ganhado em suas tentativas de conquistá-la.

— Você devia ter ficado longe dela.

— Você sabia o que ia acontecer — Reed retrucou. — E pediu pra Izzie ficar perto de mim.

— Como líder de empresa, é minha responsabilidade tomar medidas preventivas. Havia a probabilidade de o desejo pela namorada de seu irmão o desnortear. Por precaução, tive de fazer ajustes em relação a isso. — Sara tamborilava as unhas pintadas de vermelho na parte superior dos braços da cadeira. — Acha que eu queria que a mulher de Caim o abalasse tanto?

Iselda Seiler fora colega de classe de Eva. Uma mulher cujas sensibilidades góticas se manifestavam na pele pálida, nos olhos maquiados com kohl e na boca pintada de roxo. Izzie também tinha a característica distintiva de ter transado com Caim em algum momento do passado dele; era uma das milhares de mulheres que lhe prestaram serviços ao longo dos séculos. O irmão de Reed não se lembrava dela, mas Izzie não se importava. Ela só queria outra arremetida, tanto pelo sexo como porque gostava de causar problemas. Izzie armara uma emboscada para sabotar Eva, ficando ainda mais disposta a isso quando Reed deixou de raciocinar com clareza por causa dela.

Porém, não fazia sentido Sara querê-lo quase ao mesmo tempo em que admitia ter enviado outra mulher para lhe prestar um serviço.

— Você é uma peça rara mesmo — Reed afirmou. — Gostaria de saber se Deus sente orgulho de você.

Sara agarrou com força as extremidades dos braços da cadeira, mas sua voz saiu com a costumeira uniformidade:

— Está me criticando sem motivo, *mon chéri*. Você e eu somos iguais.

— A não ser pelo fato de você ser um arcanjo, e eu, não. — Houve um tempo em que Reed fora bastante ingênuo, acreditando que Sara o ajudaria a conseguir sua própria empresa. Então, ele se deu conta de que ela jamais o veria como um igual. Reed prestava serviços de garanhão a ela, e nada mais. — Você podia ter me ajudado, mas não ajudou.

— Obviamente Jeová está de acordo comigo, já que ainda não o promoveu.

— Vá se foder!

— Finalmente, uma rachadura em sua compostura — Sara disse, sorrindo. — Vou lhe dar uma dica: Evangeline está esperando um de vocês tomar a decisão por ela. Ela não quer arcar com a responsabilidade de escolher um dos dois. Com o empurrão certo, Eva cairá da árvore como uma maçã madura.

A alusão à tentação não escapou a Reed. Ele bocejou, fingindo enfado.

— Como sabe?

— Sou mulher. Sei como as mulheres pensam. — Quando o silêncio se prolongou entre eles, Sara perguntou: — Está bisbilhotando aqui dentro por causa dela ou não?

— Quero saber o que estamos fazendo a respeito de Raguel.

— Nada.

— Foi o que imaginei.

E Eva também, e isso a incomodou de uma maneira que o deixou preocupado. Quando se concentrava em algo, Eva era como um cão e um osso: ela não deixava escapar. E ele tinha seus próprios motivos para se sentir da mesma forma acerca de Raguel.

— É melhor nos movermos no momento certo — Sara explicou. — As sete empresas estão intactas por enquanto. Podemos nos dar ao luxo de nos movermos com sabedoria, e não de maneira irrefletida.

— Besteira.

— O que podemos fazer, *mon chéri*? Pra que Samael comece a negociar, temos de ter algo pra motivá-lo.

— Vocês não estão sequer tentando.

— Caim está. — Sara umedeceu os lábios. — Espera conquistar os favores de Evangeline fazendo o papel de herói? Seu irmão está um passo à frente de você de novo?

— Sabe, Sara, Caim não é o único que acumulou favores ao longo dos anos. Se eu quisesse, poderia tornar a vida dele muito mais difícil do que é.

A fúria dos anjos tingiu de dourado os olhos azuis de Sara. Sua voz ressoou com a autoridade de um arcanjo:

— Não me ameace, Abel.

— Não estou ameaçando. Só estou te lembrando de que tenho dentes, e eles mordem.

Tão rápido quanto veio, a fúria de Sara desapareceu, dando lugar à excitação. Apesar das unhas afiadas, ou talvez por causa delas, ela desejava uma mão firme. A mão de Reed era mais firme do que a da maioria dos homens. No entanto, enquanto Sara gostava de sexo selvagem — independentemente de quem fosse o parceiro —, Eva se chocara com o prazer que sentira com a pegada dele. Ela reagira com total naturalidade, de uma maneira que Sara jamais conseguiria, pois um arcanjo era desprovido da capacidade de se interessar profundamente por alguém, com exceção de Deus. O prazer desarmado de Eva adicionara uma superioridade ao encontro deles pela qual Reed ansiava como um drogado.

Contudo, ninguém podia tomar conhecimento daquilo, ou do quanto ele precisava de Eva, agora que Caim era um arcanjo. Por meio de sua ligação com ela, Reed poderia utilizar o conhecimento e o poder de seu irmão. Ele seria capaz de aprender com Caim e, com o tempo, superar seu irmão, como sempre fez.

Se a ligação com Eva fosse forte o suficiente.

Se ela confiasse nele o bastante para baixar a guarda.

Se eles fossem amantes.

— Abel... — Sara ficou de pé e contornou a mesa. Desabotoou o paletó e o tirou, expondo um corpete preto e mamilos rígidos. — Você parece tão apaixonado quando pensa nela, sabe? Mas eu ficaria feliz de bancar a substituta... por enquanto.

Reed se ergueu do assento, arremeteu na direção de Sara e a jogou sobre o piso acarpetado. O grito dela expressou tanto dor quanto excitação. Ofegante e com os olhos brilhando, ela se contorceu debaixo dele. Reed se colocou entre suas pernas abertas e se deitou lascivamente sobre Sara.

— Você quer? — Reed sussurrou, com a boca pairando pouco acima da dela.

— Não.

Reed sorriu, perverso, ante o jogo familiar.

— Ótimo. Pois você não terá até me ajudar a resgatar Raguel.

— O quê?! — Sara ficou paralisada.

— Você me ouviu. — Reed se afastou dela e ficou de pé. — Eu consigo o que quero, e você consegue o que deseja.

Sara deu risada, mas foi um riso melancólico, amargo.

— Usando suas próprias palavras: você não tem nada que eu não conseguiria em outro lugar.

— Sendo assim, consiga em outro lugar e me deixe em paz. — Reed endireitou a gravata e arrumou os cabelos com as mãos.

Embora estendida no chão e desgrenhada, Sara manteve a soberba ao dizer:

— Posso destruí-lo.

— Faça isso — ele zombou. — Nós dois nos beneficiaríamos. Sabe, esse seu papel de *femme fatale*, encrenqueira e sedenta por sexo, é estereotipado demais. Você precisa de um novo personagem, Sara. Talvez, se eu desaparecer, você consiga isso.

Por um momento, Reed achou que ela iria esquartejá-lo. Sara poderia fazer isso, se quisesse. Em todos os sentidos, ela era muito mais poderosa do que ele. Então, o momento passou. O rosto expressivo dela revelou uma transformação, de indignação furiosa para consideração astuciosa. Sara estendeu-lhe a mão em busca de ajuda. Pegando-a pelo pulso, ele a pôs de pé.

— Por que tanta preocupação com Raguel? — Sara ajeitou a roupa.

Reed fez um gesto negativo com a cabeça. O que ele queria de Raguel era apenas da sua conta, e de mais ninguém.

— Eu o subestimei — Sara afirmou, com um tom ponderado. Ajeitou as longas mechas de cabelos com as mãos e as sacudiu. — Acredite no que digo: você não será capaz de atrair Evangeline. Ela deve ser pressionada. Resgatar Raguel não será suficiente pra que consiga tirá-la de Caim.

— Por que essa sua obsessão por Eva? Deixa isso pra lá.

— Quero que você a esqueça — Sara afirmou sem mudança do tom de voz. — E a maneira mais segura de conseguir isso é deixá-lo satisfeito.

Reed observou a maneira como o olhar de Sara percorreu o recinto. O escritório de Caim. A sede de seu novo poder. A compreensão começou a se manifestar.

— Ah, entendo. Garota esperta. Isso não tem nada a ver comigo. Ou com sexo. Isso envolve meu irmão.

Dessa vez Reed não se sentiu irritado com a proeminência de Caim. Ao contrário, sentiu-se aliviado por Eva não ser o objetivo.

— Tudo em sua vida deve envolvê-lo? — Sara perguntou, um pouco decepcionada.

— Não jogue isso pra cima de mim — ele advertiu, entretido com o desapontamento dela. — Você tem de competir com um novo arcanjo, um a quem Jeová deve favores, independentemente de quão imperfeito ele seja. Entregar Eva pra mim significa afastá-la de Caim. Isso pode deixá-lo louco, claro, o suficiente pra que ele cometa alguma estupidez. Talvez induzir uma reação que prove que ele é indigno de ascensão.

— Você está obcecado por...

— Gosto do jeito como você raciocina, Sara — Reed a interrompeu. — Não estrague meu momento de admiração com seu ressentimento.

Sara permaneceu calada.

Reed se moveu até a mesa e se apoiou nela.

— Estou surpreso por você ter me abordado usando Eva como isca. Por que não Caim? Acredita mesmo que ela seria uma fonte de atração maior do que o meu irmão?

— Jamais te vi tão interessado numa mulher. Eu vi o vídeo. Você e ela na escada. Quando você a marcou.

Uma onda de fúria varreu Reed. Aquilo era para ele e para Eva somente. A ideia de alguém observá-los — principalmente Sara — o fez cerrar os punhos e sentir um nó no estômago.

Reed soltou os dedos, um por um.

— Ah, mas ela não é uma mulher qualquer, não é mesmo? — Reed murmurou.

Quando a boca de Sara se curvou num sorriso, ele soube que a tinha fisgado.

— Nós queremos a mesma coisa, e estamos de acordo sobre qual a melhor maneira de conseguir isso.

Observando-o cuidadosamente, Sara voltou para sua cadeira.

— Então...?

— Não acho que Izzie seja suficiente pra atraí-lo, ou para trazer Eva pra mim.

— Iselda transou com ele certa vez.

— Quando ele achava que não poderia ter Eva. Não é mais o caso.

— Você falou de favores devidos. Que favor o teria beneficiado para ser promovido?

— Talvez... — Reed murmurou, e prosseguiu: — ... seja um favor que ele prometeu.

Após um instante de silêncio, Sara começou a aplaudir; cada palma cadenciada semelhante a um disparo de arma no recinto.

— Brilhante.

— Descubra para quem — Reed pediu. — E, se você for capaz, qual é a aposta.

— Bem, isso me ocupará durante algumas décadas. Nem ao menos tenho certeza de quantos serafins e querubins existem.

Reed sabia que ela encontraria um jeito. Sara não seria o último arcanjo feminino a dirigir uma empresa se não fosse tanto implacável como engenhosa.

Quanto a Raguel, Reed teria de procurar caminhos alternativos para chegar até ele, e precisaria se mover com cautela e sozinho. Nenhum arcanjo iniciaria uma manobra ofensiva contra Samael, o que era uma garantia de que também nenhum *mal'akh* ou Marcado o ajudaria.

Para quem ele se dirigia quando queria ir aonde os anjos temiam pôr os pés?

Reed se afastou de Sara e, é claro, se voltou para os demônios. Para outra horda de Tengus.

ALEC OLHOU PARA EVA E GEMEU POR DENTRO. ELA ATRAÍA desastres. E aquilo não tinha nada a ver com seu cheiro de Marcada.

— Venha aqui — ele a chamou, no tom ressonante característico da ordem de um arcanjo, mas desprovido de coerção. Alec queria que ela se aproximasse livremente.

Com uma expressão cautelosa, Eva o olhou, sentindo a confusão no íntimo dele. Alec se perguntava se ela ouvia a agitação em sua cabeça, as necessidades que silvavam como serpentes, cutucando seu humor e deixando-o irritadiço e maldoso.

Se Eva soubesse o que aquela sua blusa cor-de-rosa provocava nele... Seu corte bem justo o impedia de se concentrar na tarefa à mão. Alec a queria: parte dele, a sombria, pressionava-o a possuí-la, enquanto a outra parte se sentia muito mais fascinado com as sardas na nuca dela e com a pequena porção de cabelos sedosos que ficavam sempre escapando do rabo de cavalo. As duas metades brigavam o tempo todo, exaurindo-o e o deixando confuso.

Todos os arcanjos sofreriam de uma dualidade semelhante? Ou ele — Caim da Infâmia — era singularmente mau, de uma maneira que negara durante séculos?

Como arcanjo, Alec fora despojado da capacidade de amar quem quer que fosse, com exceção de Deus, mas sua necessidade por Eva era mais urgente do que nunca. Vozes malevolentes o tinham acompanhado na ascensão. Elas murmuravam intensamente dentro de seu peito, alimentadas pela ligação dele com todos os Demoníacos dentro da empresa. Com Eva por perto, seu controle era frágil. Ela era um farol na escuridão, e Alec a desejava de maneira feroz, mas não conseguia abdicar de sua pessoa, mesmo para o próprio benefício dela. Eva tinha uma linha direta com a cabeça de Abel e todo o conhecimento que seu irmão adquirira nos milênios em que ele fora um treinador. Como arcanjo inexperiente, Alec precisava daquelas informações para dirigir a empresa.

Alec não podia manter sua promessa de ajudá-la a se libertar da marca. Ainda não.

Talvez nunca.

— Jamais consigo ler o que você está pensando quando fica com essa expressão — Eva resmungou.

— Posso te mostrar o que estou pensando... — Ele foi incapaz de reprimir a aspereza de suas palavras.

— Você e seu irmão são mais parecidos do que você se dá conta.

— Talvez sejamos mais parecidos do que *você* se dá conta. — O sorriso dele pareceu cruel. Alec não seria capaz de resistir por muito mais tempo a possuí-la. E, quando isso acontecesse, duvidava de que poderia ser tão gentil com ela como fora outrora.

Uma sombra obscureceu sua expressão e sua mente: uma sensação de perda e melancolia.

O remorso tomou conta dele, com sua humanidade crescendo e sua imprudência diminuindo em resposta ao retraimento de Eva.

— Venha aqui — ele repetiu, num tom mais gentil dessa vez, com a mão estendida para ela.

Com o queixo erguido, Eva desceu os poucos degraus que os separavam. Frustrado por aquele indício de relutância, Alec passou o braço em torno da cintura delgada e a puxou contra si. Ele se teletransportou com ela tão rápido que Eva ainda estava no meio de um suspiro quando eles pousaram no topo de um telhado próximo.

Ela deu um tapa no ombro dele e disse:

— Você podia ter me avisado!

Alec mordiscou com carinho a ponta do nariz dela.

— Podia. Mas assim foi mais divertido.

— Pra quem?

— Pra nós dois. Eu te conheço, valentona. Você é o tipo de garota que acelera ao máximo uma Harley com um estranho só por diversão.

— Onde há um estranho sobre uma Harley quando preciso de um?

— O quê? E perder essa festa? — Alec indicou o telhado do prédio inacabado de Gadara.

Doze casais de Tengus dançavam animados ao redor das grandes unidades de ventilação e ar-condicionado, pontilhando o topo metálico brilhante. Cada pequena pedra cinza era do tamanho de um galão de leite. Os Tengus ostentavam asas minúsculas e sorrisos imensos. Certa vez, Eva os considerou engraçadinhos, embora estivessem longe de ser fofinhos.

— Certo. — Ela apoiou as mãos nos quadris. — As figuras tinham de estar no telhado de novo.

— O Tengu foi a inspiração original para as gárgulas. Que melhor lugar pra se esconder do que à vista?

— Não me importo com isso. Importo-me com meu medo de altura não combinar bem com corridas no alto de telhados.

Alec olhou para Eva. Ele sabia do seu medo de altura, mas isso não afetava a determinação dela. A expressão de Eva aparentava disposição para luta: lábios cerrados, olhos apertados e queixo projetado. Apesar de não apreciar o fato de ela estar na linha de fogo, ele gostava do jeito corajoso dela.

— Observe os desgraçadinhos — Eva murmurou, encarando o Tengu. — Estão querendo rachar nossas cabeças.

Os Tengus tinham formado uma espécie de escada ao se colocar de pé sobre os ombros uns dos outros. Outro Tengu escalou as costas de seus irmãos para alcançar o topo do cercado do poço da escada. Ali, eles aguardavam a oportunidade de pular em cima de quem pusesse os pés no telhado, tapando as bocas com as mãos para deter suas risadinhas incessantes.

— Por que você acha que estamos aqui? — Alec perguntou. — Eu quis que você visse o que vamos enfrentar antes que saísse correndo pela porta da escada e se sujeitasse ao perigo.

— Eu não teria feito isso!

— Então seria a primeira vez que você se conteria.

Eva o encarou.

— Como um aquecimento para quebrar a cara deles, estou prestes a quebrar a sua. Por que está me enchendo o saco?

— Porque isso é o que os mentores devem fazer, anjo.

Eva expeliu o ar com força.

— Notou que eles não fediam quando a porta estava aberta? E veja: eles não têm particularidade alguma.

— Eu notei.

— A camuflagem devia desaparecer. Talvez não tenhamos eliminado todos que conheciam a fórmula.

— Sim. Pode ser problemático.

— Ou pode ser que os Tengus sejam feitos com o agente mascarante misturado no cimento.

Alec sorriu.

Eva lançou-lhe um olhar irônico:

— Você já tinha pensado nisso.

— Sim, mas apenas um segundo antes de você.

— Também pode haver um vazamento em algum departamento da empresa.

— É possível, mas seria minha última suposição — Alec admitiu.

Embora a maioria das empresas tivesse Demoníacos trabalhando em seus quadros, eles raramente eram merecedores de informações confidenciais. Os Demoníacos jamais se aclimatavam plenamente à vida celestial e às regras advindas disso. Muitos consideravam temporárias suas "conversões". No fundo, eles esperavam obter informações valiosas ou pôr as mãos num objeto que incitaria Samael a trazê-los de volta para a comunidade. No entanto, tanto Raguel como Alec confiaram em Hank — ocultista especializado em magia — para supervisionar a investigação da camuflagem. Hank trabalhava na empresa americana havia tanto tempo que já era um ativo permanente. Ele ainda era inerentemente mau, mas se sentia contente de ser mau para a turma do bem.

— Então, como vamos descobrir? — Eva apertou mais seu rabo de cavalo. — Acho que devemos pegar um deles pra ver do que é feito.

— Se você conseguir cuidar disso desta vez.

Na última ocasião em que eles enfrentaram Tengus no telhado do prédio da Gadara, Eva subjugara dois deles.

Empurrando Alec de brincadeira pelo ombro, Eva disse:
— Vamos nessa. Vejamos quem de nós consegue pegar um.
— Qual é a aposta?
— Hum...
— Sexo.
— Comigo? Vale mais do que um Tengu.
Alec deu risada.
— De acordo. Mas estou necessitado. Tive de tentar.
— Vamos manter isso em banho-maria.
— Por mim, tudo bem. Me dê um tempo pra propor algo realmente bom.
— Ah! Supondo que você ganhe a aposta, o que não irá acontecer — Eva afirmou.
Alec estendeu o braço para apertar a mão dela.
— Vamos nessa, anjo.
— Eu cuido do canto esquerdo inferior. — Eva aceitou o aperto de mão com um brilho malicioso nos olhos escuros.
— Canto direito superior. A gente se encontra no meio?
Eva fez que sim com a cabeça.
Alec a puxou e a beijou. Um beijo quente, molhado, profundo. Ao mesmo tempo, ele se teletransportou com ela para o telhado infestado de Tengus. Assim, o beijo acabou no momento em que começou, mas foi ótimo enquanto durou. Ele a soltou e, em seguida, teletransportou-se para o canto, na diagonal.
— A Marcada bonita! — um Tengu observador gritou, seguido por gritos animados do resto da turba.
Os poucos Tengus situados sobre o poço da escada pularam para baixo, tendo um deles quebrado a perna no processo. Ele recolheu seu membro e continuou saltando com uma perna só.
— Ei! — Alec rugiu quando todos os Tengus se lançaram na direção de Eva.
— Caim! — gritaram diversos Tengus alegremente, separando-se da massa e correndo para Alec.
Eva, já em movimento, lançou-se com ímpeto para o lado, pegou uma Tengu pelo braço e a girou num grande arco, fazendo-a ganhar velocidade, e arremessou o demônio feminino contra seus irmãos como uma

bola de boliche contra os pinos. Alguns se espatifaram naqueles atrás deles; outros saltaram sobre a onda de destruição. Eva golpeou as costas de um Tengu com um chute circular e, com uma finta, escapou de outro. Sua determinação implacável e seu foco resoluto chamaram a atenção de Alec. Quando os Marcados estavam numa caçada, eram fortificados pelos efeitos da marca — adrenalina, agressão, maior massa muscular —, o que mantinha o medo a distância. No entanto, Eva não estava numa caçada; ela estava por sua própria conta. E lidava com isso de maneira excelente.

Dois Tengus arremessaram um terceiro contra Alec como um míssil. Ele baixou a cabeça. Como Eva, Alec usava pontapés rápidos para manter livre o perímetro imediato, mas o objetivo não era a manutenção dos Tengus, e sim sua erradicação. No outro lado do telhado, um estrondo ruidoso e gritos agudos de desalento revelaram-lhe que Eva acabara de destruir um Tengu. As criaturas buscavam um pouco de diversão diabólica, mas não se isso significasse se machucar.

Pegando um Tengu em cada mão, Alec bateu um contra o outro com força. Fragmentos explodiram e se converteram em cinzas antes de alcançar o chão.

— Dois já estão fora de combate. Dez mais pra destruir.

— Caim não pode salvar a Marcada bonita — um Tengu cantou, batendo suas asas de pedra. — Samael consegue o que Samael quer.

— Samael vai se ver comigo se não controlar seus apaniguados! — Alec gritou em resposta.

Rindo, os Tengus se reagruparam e se lançaram contra Alec. Ele esperou até o último momento e, então, teletransportou-se para outro lugar. Os Tengus, que convergiram de diversos pontos, colidiram uns contra os outros. Dois deles, exaltados demais, chocaram-se com força suficiente para se destruir. Uma nuvem de cinzas se ergueu e se dissipou na brisa suave.

Alec virou a cabeça na direção de Eva ao escutar o som de chapas metálicas se curvando de maneira indevida. Seu olhar captou pezinhos de cimento projetando-se de um buraco na unidade de ar-condicionado. Já tinham consertado o grande e caro sistema uma vez, devido à última briga deles com os Tengus naquele telhado.

— *Espere aí* — Alec disse, sentindo que a força de Eva se esvaía por causa das bestas pesadas.

— *Não se preocupe comigo. Cuide de você.*

Alec perguntou-se se Eva sabia que ela era a única pessoa que se preocupava com ele... Acelerou seu ritmo, agarrou o primeiro Tengu que encontrou pela frente e usou o azarado para esmagar seus amigos. Ao mesmo tempo, cruzava o telhado, reduzindo a distância entre Eva e ele. Ela continuava debaixo de diversos Tengus, mas parecia estar segurando as pontas.

— *Estou ganhando* — ele provocou.

Em resposta ao desafio de Alec, Eva ficou mais agressiva, agarrando e arremessando os pequenos demônios exatamente como ele fazia. Considerando o tamanho muito menor dela, Alec ficou impressionado com sua capacidade de aguentar a parada.

— *Eles já deviam ter desistido...* — ela grunhiu.

Eva tinha razão. Os Tengus gostavam de brincar, mas fugiam quando a maré se virava contra eles.

— *Eles querem você* — Alec explicou.

— *Hein?!*

— *Estou achando que a vadia de gelo não estava brincando.*

— *Impressionante...* — ela murmurou, suspendendo um Tengu acima da cabeça e quebrando o crânio de outro com ele; os dois explodiram e se transformaram em cinzas.

Alec agarrou dois Tengus pelo topo de suas cabeças e chocou uma contra a outra. Então, ele se deslocou na direção de Eva.

— *Para trás, herói.* — Ela chutou um Tengu na turbina da ventilação. — *Eu peguei esse.*

Sorrindo largo, Alec recuou e cruzou os braços.

— *Há um à sua esquerda. Direita. Esquerda. Atrás de você. Ah, grande golpe... Chute de novo! Abaixe a cabeça!*

— *Você é o próximo que vou matar* — Eva garantiu, esforçando-se para se desvencilhar de um Tengu agarrado em suas costas.

— *Você sentiria minha falta* — Alec afirmou.

— *Não neste momento.* — Eva agarrou o demônio, ergueu-o e o girou como um taco de golfe contra outro Tengu enrolado em torno de sua perna, golpeando um contra o outro e os fazendo voar pelo ar.

Com os braços estendidos, Alec os pegou em cada mão e os lançou como se fosse um arremesso de disco contra a pesada porta do poço da escada. Tropeçando por causa do golpe em sua perna, Eva encarou o último Tengu de pé.

— Samael quer você, Marcada bonita — o Demoníaco disse, saltitante.

Eva recuperou o equilíbrio e afastou algumas mechas de cabelo do rosto.

— Ele terá de entrar na fila.

— Você não é capaz de fugir, você não é capaz de se esconder.

— Você não é capaz de me assustar — Eva cantou de volta com um sorriso amarelo.

— Samael será. — E o Tengu se lançou contra Eva com um rosnado.

Alec endireitou-se abruptamente, preparando-se para saltar. Eva se deslocou para o lado, agarrando o braço do demônio, e o jogou contra o topo do telhado. As cinzas subiram em forma de cogumelo e pairaram por um instante no ar parado; depois, foram levadas por uma brisa repentina.

Alec aplaudiu. Duvidava que outros novatos enfrentassem diversos inimigos com tanta autoconfiança.

Foi necessário pouco tempo para Eva se livrar da sede de sangue provocada pelos efeitos prolongados do Novium. Então, ela sorriu, tímida, e fez uma rápida e exagerada reverência. Alec adorou a reverência e a força de caráter, que possibilitava que ela sacudisse a poeira e desse a volta por cima tão depressa.

Ele olhou de relance para os esperneios dos pés do Tengu, presos na lateral da unidade de ar-condicionado.

— Você ganhou.

— Lógico.

— Sem dúvida, você tem um grande mentor.

A expressão irônica de Eva fez Alec sorrir.

— Esse não vai caber em sua moto. — Ela apontou para o Tengu contorcido.

— Certo. Você quer buscar o carro? Ou prefere que eu faça isso? — Alec podia se teletransportar com mortais e Marcados, mas não com demônios. — Terei de dirigir de volta. Vai demorar um pouco.

— Mais rápido do que eu. Você pode se teletransportar até a garagem. Eu tenho de dirigir para lá e de volta para cá.

— Tem certeza?

— Tenho — Eva respondeu, com o olhar concentrado no traseiro de cimento do Tengu. — Se ele bancar o inconveniente, vou espancá-lo.

— Tengu sortudo... — E, num piscar de olhos, Alec desapareceu.

5

MENOS DE MEIA HORA DEPOIS, EVA E ALEC SAÍAM DO elevador, no térreo do Olivet Place, com um Tengu enfiado embaixo do braço dele. Aos olhos dos mortais, a pequena besta parecia tão rígida quanto suas cópias de pedra, mas ela estava, na realidade, mexendo-se loucamente.

— Continue assim e vamos deixá-lo no fundo da Fossa das Marianas. Você terá de percorrer uma grande distância para voltar.

O Tengu arfou e, depois, se acalmou.

— Aonde vocês vão com isso? — o segurança mortal quis saber, mas o Marcado perto dele tocou seu braço e balançou a cabeça.

— Você não vai sentir saudade dele — Eva afirmou, fazendo um aceno de despedida.

Eles saíram para a rua. Eva se dirigiu direto para a Harley e tirou os óculos escuros do alforje de couro sobre o tanque de gasolina.

— Cadê o carro?

— Virando a esquina.

Ela apontou para a frente com a mão.

— Eu te sigo.

Alec foi andando, mas encurtou o passo para manter Eva perto de si. Ela caminhava logo atrás e um pouco à esquerda, permitindo que o Tengu fosse carregado próximo do meio-fio e longe dos demais pedestres. Eva sentiu o cheiro de uma alma em putrefação trazido pelo vento. Prendeu a respiração, mas a batida forte de um pedestre de passagem em seu ombro a fez virar a cabeça. Eva flagrou o culpado olhando-a de esguelha. Ele tinha caninos proeminentes. Seu rosto estava coberto de detalhes negros em forma de serpente e seus olhos brilhavam intensamente como um laser verde. Com um movimento de mão reproduzindo o corte de um pescoço, ele moveu os lábios: *Cabeças vão rolar.*

Apesar do arrepio interior, Eva mostrou-lhe o dedo do meio... e deu de encontro com algo sólido como rocha.

— Cuidado! — Alec disse.

Quando Eva ergueu o rosto na direção dele para se explicar, ela o pegou observando o vampiro fugitivo com um olhar mortal. Vindo de Caim da Infâmia, isso a assustou. Então, Alec virou a cabeça, sondando os arredores com muita atenção. Eva fez o mesmo e se espantou. Os Demoníacos ocupavam as calçadas numa concentração altíssima para a área, numa quantidade muito maior do que na hora em que eles tinham chegado. A presença da sede da empresa norte-americana no condado de Orange desencorajava os Demoníacos de se movimentarem na vizinhança, mas, pelo jeito, não naquele dia.

A fúria crescente de Alec infiltrou-se através de Eva, arrepiando-a com sua fria agressividade. Um rosnado grave e ressonante escapava do peito dele e pulsava para fora, fazendo todos os demônios recuarem. O poder que Alec emitia era vertiginoso para Eva, que o sentia como um membro-fantasma. O poder de um arcanjo sozinho seria muito para ela, mas a explosão de Alec continha uma frieza que tomava conta de seus pulmões.

— *Alec...*

A explosão diminuiu. Então, Eva estendeu a mão, agarrou o poste de luz próximo e respirou fundo várias vezes. Aquele fora um ato de posse e reivindicação, como um cão fazendo xixi num hidrante. E todo Demoníaco num raio de meio quilômetro captou a mensagem, em alto e bom som.

Eva observou Alec com atenção, um pouco assustada com a expressão confusa em seus olhos escuros:

— O que diabos foi isso?

— Precisamos tirar você daqui — ele afirmou, agarrando o braço de Eva e puxando-a para a rua adjacente.

O peso de dezenas de olhos incitou Eva a andar mais rápido. Ela teve de correr um pouco para não ficar para trás, mas não foi um grande esforço. A alguns metros de distância do Chrysler 300, Alec abriu o porta-malas do carro por meio do controle remoto, pôs o Tengu ali dentro e jogou a chave para Eva.

— Espere até que eu traga a moto. Iremos embora juntos.

Eva assentiu com um gesto de cabeça.

Alec se teletransportou. Pouco depois, ela escutou o ronco do motor da Harley na esquina.

Eva fechou o porta-malas, revelando um homem parado bem ao lado do carro. Ela recuou e soltou um gritinho.

— Nossa! O senhor me assustou, padre.

— Desculpe... — Os olhos verdes sorridentes do padre Riesgo suavizavam seus traços severos.

Ele parecia bastante deslocado usando o colarinho clerical, que quase parecia uma fantasia. Na realidade, Riesgo parecia mais um renegado do que um missionário. Seu rosto era marcado por uma cicatriz e seus cabelos escuros eram longos e penteados para trás, terminando num rabo de cavalo curto. Com mais de um metro e oitenta de altura e forte como um touro, Riesgo não era bonito, mas era muito carismático e singularmente atraente.

— Como vai, senhorita Hollis?

— Estou bem, obrigada — Eva respondeu.

Um som surdo escapou do porta-malas, fazendo Eva segurar a porta com a mão.

Riesgo franziu as sobrancelhas, surpreso.

— O que foi isso?

— O quê?

— Esse barulho.

— Não escutei nada. — Eva olhou ao redor com cuidado, notando como os Demoníacos se detinham. Talvez devido à ameaça implícita de Alec, talvez devido à presença de um padre. — Então, como vai o senhor?

O olhar de Riesgo se ergueu do porta-malas e encontrou o dela.

— Melhor agora, que eu a vi.

Para alguns homens, isso teria sido uma paquera. Com Riesgo, era a alma de Eva que o interessava, e não o pacote que a embalava.

— Você está lendo a Bíblia que lhe dei? — ele quis saber.

— Sim. Obrigada. Estava querendo devolvê-la ao senhor, mas tenho trabalhado como uma louca ultimamente.

— Você tem alguma dúvida?

Alec conseguia derreter cera com a voz, mas Riesgo era muito eficiente no departamento de sedução. Sua entonação ostentava a tentação profunda de um telefonista de telessexo. Não que Eva já tivesse ligado para um serviço desses, mas imaginou que seria assim que os homens que trabalhavam nele soariam. Ela se perguntou se Riesgo teria consciência de quantas mulheres frequentavam a missa na igreja de Santa Maria só para ouvi-lo falar com aquele suave sotaque espanhol.

— Não, nenhuma — ela respondeu, escutando o ronco da Harley diminuir enquanto Alec circundava o outro lado da quadra.

— E você não quer ficar com ela para futuras consultas?

Outro som veio do porta-malas.

— Não, obrigada — Eva disse, falando só um pouco mais alto, ainda que estivesse competindo com o barulho do Tengu. — Tenho boa memória.

— O que há em seu porta-malas?! — Riesgo gritou.

— Como?

O carro de Eva começava a balançar, e ela teve de segurar a porta do porta-malas com ainda mais força para mantê-la no lugar.

Riesgo chegou mais perto do porta-malas e se inclinou.

— O que é esse ruído, senhorita Hollis?

— Não ouvi nada.

Estendendo a mão, Riesgo arrancou a chave de Eva. Ela não ofereceu muita resistência, pois ficou chocada com a maneira como ele fez aquilo. Como um homem tão claramente controlador por natureza se tornou um padre católico?

Com a ajuda do antebraço, Riesgo afastou Eva do carro. Quando o veículo começou a balançar violentamente, ele lançou um olhar desafiador para ela.

— O senhor é muito mandão, padre.

Então, Riesgo abriu o porta-malas. O Tengu ficou paralisado de assombro. O carro parou de balançar. Com uma das mãos na porta do porta-malas e a outra segurando a chave, Riesgo fixou o olhar no que era uma gárgula aos seus olhos.

— O senhor gosta? — Eva perguntou.

A cabeça do Tengu tremeu violentamente.

— É engraçado. — Riesgo olhou para Eva. Quando o padre se virou de costas, o Tengu mostrou a língua. — Qual é o problema com seu carro?

— Nenhum. É muito bom. Recomendo esse modelo pra todo o mundo.

Alec estacionou a moto ao lado deles. Por trás da proteção dos óculos escuros, Eva o devorou como se ele fosse uma sobremesa. Era uma descrição bastante apropriada, agora que ela pensava a respeito. Dez anos antes, Alec a cativara da mesma maneira. Um garanhão sobre uma Harley.

Ele desligou o motor, sorriu para Riesgo e o cumprimentou:

— Padre...

Os dois apertaram as mãos.

— Talvez você deva levar o carro da senhorita Hollis para a oficina — Riesgo sugeriu. — A traseira está balançando muito.

Alec olhou para Eva, que projetou o queixo na direção do porta-malas aberto.

— Acho que já passou da hora da manutenção — Alec admitiu com um grande sorriso.

Riesgo se voltou para Eva e entregou-lhe a chave do carro.

— Espero vê-la de novo.

Para além do ombro dele, Eva pôde ver a proliferação de demônios armando tocaia.

— Tome cuidado no caminho de volta para a igreja, padre.

Após outro longo olhar para o porta-malas, Riesgo o fechou. Com um aceno, Eva se despediu e entrou no carro. Alec acelerou a moto, e ela arrancou atrás dele. O Tengu começou a chutar o assento traseiro.

— Jogá-lo no mar é uma grande ideia — Reed afirmou, do assento do passageiro.

— Droga! Não me assuste assim!

— Você está muito nervosa.

— O diabo está à solta. Literalmente. Portanto, tenho um bom motivo.

Reed pôs a mão no joelho de Eva. O calor se infiltrou através do brim e alcançou a pele dela.

— *Não deixarei que nada te aconteça.*

No ambiente fechado do veículo, Eva sentiu o cheiro distintivo de Reed: couro, especiarias e pele masculina cálida. Confortada pela proximidade dele, ela pôs a mão sobre a dele e a apertou.

O Tengu continuava a pular no porta-malas.

— Se você estragar meu carro, vai me deixar furiosa de verdade! — Eva gritou, olhando para trás.

A intensidade dos golpes diminuiu, mas a frequência não arrefeceu.

Alec passou por Brookhurst, confirmando que seguia na direção da Torre de Gadara. Aquilo era bom para Eva, que não queria o Tengu em sua casa de jeito nenhum. Trazia má sorte.

Sentindo a inquietação de Reed, ela perguntou:

— O que está preocupando você?

— Andei estudando nosso problema em relação ao Nix.

— E?

— Desde que você o destruiu, há dois meses, não houve novos relatos de assassinatos com o cartão de visita dele. Até a semana passada.

— Talvez a polícia tenha mantido outras mortes em segredo. Ela faz isso às vezes.

Reed entrelaçou os dedos nos dela e, em seguida, moveu as mãos juntas até sua coxa.

— Você vê muitos programas de TV. E pare de se sentir culpada por me tocar.

— Acender uma banana de dinamite nas duas pontas me deixa nervosa. — Eva sorriu com ironia.

Uma imagem dele cobrindo uma Sara desgrenhada no chão se infiltrou na mente de Reed e, logo após, na mente de Eva. Ela ficou sem fôlego enquanto absorvia o intenso *flash* de ciúme pelo qual não esperava.

Reed olhava fixo para a frente. O Ray-Ban disfarçava sua expressão, e o perfil só revelava um queixo resoluto.

— Não é o que você está pensando — ele afirmou.

Eva limpou a mente.

— Você não sabe o que eu penso.

— Você me deixa louco.

— Não sou eu. São todas as coisas que passam por sua cabeça.

Havia uma enorme quantidade de informações que atormentavam Reed: ordens de assassinato vindas de Alec, missões designadas para os Marcados que lhe eram subordinados, relatórios que voltavam deles. A mente humana era incapaz de lidar com tal fluxo de informações simultaneamente, mas os *mal'akhs* lidavam com isso todos os dias.

Eva puxou a mão que Reed segurava. Ele a soltou.

— Acho que nós três precisamos dar um tempo.

— Por que as mulheres sempre apelam para isso quando sentem ciúme?

— Vá se foder, seu desgraçado convencido!

— Eva...

— Vocês são responsáveis por mim, e você sabe disso. Nossos encontros não valem o risco. Alec não consegue sentir nada por mim, e você ainda não parece pronto. Estamos nos vendo há apenas poucas semanas. Melhor darmos um tempo antes que seja tarde.

Reed virou a cabeça para ela.

— Caim também vai ouvir esse seu pequeno discurso?

— Sim.

— Então, está me dizendo que Caim é insensível e acha que eu ainda não pareço pronto: onde você fica nessa história? Ainda ansiando por ele?

— Claro que não o bastante para esperar. — Eva dirigiu o olhar de volta para o caminho. Entrou à esquerda, na Harbor Boulevard, um carro atrás de Alec. — Escute, neste caso, os contras superam os prós. Sou uma vulnerabilidade que nenhum de vocês dois consegue bancar. E me sinto culpada. Odeio isso.

Reed bateu os dedos na coxa. Como ele era muito musculoso, o corpo era como uma superfície sólida sob seu toque impaciente.

— *Você percebe uma merda dessas* — ele zombou — *ao mesmo tempo que diz que não me quer?*

— Não disse que não te quero, e sim que isso não nos leva a lugar algum.

— Pare de se preocupar com aonde isso vai levar e se concentre em onde está.

— Quero me concentrar em ficar viva.

— Você precisa de sexo pra isso. É a maneira pela qual os Marcados são condicionados.

— Eu sei.

O silêncio que tomou conta do veículo foi bastante pesado para bloquear o som dos pulos do Tengu preso no porta-malas.

— Ah, não... — Reed disse, com a voz perigosamente baixa.

Eva fez a volta na Harbor e, em seguida, olhou para ele.

— O quê??

Reed tirou os óculos escuros e a encarou com uma expressão severa.

— Topei entrar nesse jogo de acordo com as suas regras. Agora você está me dizendo que vai me deixar na reserva? Nem fodendo!

Eva ficou boquiaberta.

— Não me diga que eu lhe *devo* uma transa.

— Com certeza. E estou cobrando.

— Essa é a cobrança mais imatura, mais chauvinista...

— Tá, tá. Me poupe.

— Ligue pra Sara e a chame pra transar se você está tão necessitado a ponto de chantagear alguém por sexo — Eva disparou.

— Não estou transando por *sua* causa. *Você* tem uma dívida comigo.

Celibatário por ela. Não compensava pelo fato de ele ser um imbecil.

— Pelo que vi, Sara parece sentir falta desse seu lado homem das cavernas.

— E você também. — Reed recolocou os óculos escuros e cruzou os braços. — E é aí que estou me atrapalhando. Devia estar prestando atenção a sua linguagem corporal, e não às besteiras que escapam de sua boca. Eu devia jogar sua bunda sobre o braço de sua poltrona e transar com você. Então, você saberia que essa coisa de rejeição não funciona comigo.

— Eu não transaria com você mesmo se você fosse o último homem do planeta.

— A briga agora é pra valer.

— Tanto faz. Cresça.

— Esperei que você desse o primeiro passo, Eva. Agora... — Reed virou a cabeça para a janela. — ... eu te quero.

A última frase foi dita sem a petulância do resto. Foi mais suave. Com resignação. Havia mais na necessidade de Reed do que apenas carência física. Por fora, ele não demonstrava, mas Eva sentia.

Embora não fosse comum que os Marcados se ligassem romanticamente a seus treinadores, não era algo sem precedentes. O fluxo de missões e relatórios de campo entre os dois criava uma sensação de intimidade que, às vezes, convertia-se em amor.

— Mesmo se o fato de você me querer for exatamente aquilo que está me pondo como alvo de Satã? — Eva esperava incitá-lo a baixar a guarda mental.

— Mesmo assim.

Ela virou o rosto na direção de Reed, mas ele já tinha partido, teletransportando-se para algum outro lugar no mundo. Essa capacidade de estar num local num instante e desaparecer no seguinte lhe trazia à memória super-heróis como Super-Homem ou Homem-Aranha.

— Mas não vou ser a mocinha em perigo — Eva afirmou, em voz alta. — Está me escutando?!

Se ele estava, não respondeu.

DE SUA POSIÇÃO À CABECEIRA DE UMA GRANDE MESA em forma de U, Samael apreciava a visão de Raguel, o mais arrogante de todos os arcanjos, ajoelhado no piso de pedra diante de si, com a cabeça curvada para baixo. O brilho intenso das asas brancas de seu irmão era incongruente em comparação com a palidez de sua pele escura como café e a aparência esfarrapada de seu traje de lã.

Com um sorriso, Samael recostou-se na cadeira. Dor: tão bela e eficaz. De todas as criações de Jeová, a dor era a sua favorita. Terror e depressão vinham atrás, mas a uma boa distância.

No entanto, a dor sozinha não seria suficiente para quebrar a resistência de Raguel.

Apesar de mais de um mês queimando no fogo infernal, havia uma elegante persistência nas asas que pendiam dos ombros de seu irmão; a visão que Samael recebeu com prazer. A exibição das asas revestidas de dourado do arcanjo — um ato adicional de rebelião, planejado para inspirar temor nos demônios locadores — causava prazer em Samael.

— Está gostando de suas acomodações? — ele perguntou, solícito.

Raguel ergueu a cabeça, com os olhos escuros revelando muito ódio e fúria. E manteve-se calado.

Perfeito. Não havia espaço para o amor a Deus quando a alma estava cheia de emoções vis.

— Incapaz de falar? Ah, bem... Sente fome? — Samael jogou um pedaço de carne no chão. — Está muito bom.

Os olhos de seu irmão não se desviaram dos dele. Nenhum movimento foi feito para alcançar o alimento, apesar dos sinais evidentes de definhamento. Raguel não morreria de fome, mas estava sofrendo com isso.

Sorrindo, Samael observou o ambiente. Tanto o grande salão como a mesa de madeira que o preenchia cresciam em proporção com sua ocupação do espaço físico. Assim, embora parecesse que cada assento estivesse ocupado, na realidade o ambiente estava privado da enorme quantidade de apaniguados que normalmente o ocupavam. Samael esperava que os ausentes estivessem aproveitando o clima adorável do sul da Califórnia. Em breve, as férias deles terminariam.

— O que você quer? — Raguel perguntou, com a voz rouca por causa dos intermináveis dias de gritos.

Numa jaula de metal, ele era mantido suspenso sobre o fogo infernal, com o corpo chamuscado por cada labareda e, depois, reconstruído por meio de seus dons angelicais. Exausto pela necessidade de constante restabelecimento, Raguel carecia de força para se libertar. Naquele momento, ele se achava ajoelhado não por submissão ao Príncipe do Inferno, mas porque suas pernas não conseguiam sustentá-lo de pé. Ele despendera muito esforço na recriação daquelas asas sublimes.

De repente, irritado por aquela exibição, Samael se ergueu. Suas asas se abriram, vermelhas como sangue e revestidas de preto. Os demônios presentes rugiram e ergueram os punhos. Raguel projetou o queixo, sempre desafiante.

— Caim está dirigindo sua empresa — Samael murmurou, com as mãos entrelaçadas sob as asas, na parte inferior das costas. — Nossos irmãos não parecem ter pressa em fazer um trato por você. Talvez eles não sintam sua falta. As sete empresas estão intactas sem você.

— Não estou preocupado.

— Caim implantou algumas mudanças que aumentaram a produtividade e reduziram as baixas entre os Marcados. Ele também expôs falhas no sistema existente.

— Ele está pondo o dedo nas feridas? — o irmão provocou.

Samael deu risada e começou a circular no canto à esquerda, com os pés fendidos golpeando o chão num padrão rítmico. O grande lustre cor de rubi acima deles o acompanhava à medida em que ele se movia. Era o destino dos locadores viver na escuridão, exceto pela luz que ele lhes trouxe.

— Por um tempo, pareceu que a atração dele por Evangeline Hollis tinha passado, mas agora voltou a cortejá-la. O que ele vê nela? O que Evangeline tem que faz Caim se prender a ela como não se prendeu a nenhuma outra mulher desde sua esposa, Awan?

— Não dou a mínima.

— Sério? Agora vejo por que eles o abandonaram. Você ficou preguiçoso. — Samael acariciou o rosto de uma Súcuba ao passar por ela. — Depois de todos esses anos, entre todas as fêmeas do mundo... todas as Marcadas e as Demoníacas, todas as Nefilins e as mortais... ele finalmente se prende a essa mulher comum. E você não se pergunta o motivo?

Raguel cerrou os dentes.

— Eu me pergunto o motivo — Samael murmurou, sem necessidade de elevar a voz, pois ninguém se atreveria a falar mais alto do que ele. — O que a diferencia? Você gostaria de saber o que eu decidi?

— Não, de jeito nenhum.

O silêncio se prolongou, mas o choque do desrespeito de Raguel se propagou. Teria se espalhado como um câncer se pudesse.

Ao passar por um Berserker, Samael o tocou. Uma carícia amorosa, suave, que fez o demônio sorrir... antes de ele se dissolver numa poça rançosa que molhou o assento e o chão. O medo se espalhou pelo recinto e o contaminou com um cheiro ácido.

— Estou me sentindo generoso — Samael afirmou, sorrindo. — Assim, vou te contar de qualquer maneira. Acho que a falta de fé de Evangeline é o que fascina Caim. Creio que ele se liga ao agnosticismo dela e encontra semelhanças instigantes entre os dois.

— Caim é devoto — Raguel afirmou.

— Sério? Como assim?

— Ele já não demonstrou isso?

— Ele é o executor principal de Deus. Mata com tanta frequência quanto respira. Uma criatura assim pode possuir amor em sua alma?

— Seu amor por Evangeline Hollis prova que isso é verdade.

— Ele a ama? De verdade? Ou algo mais básico e cru o move? Talvez Caim tenha um propósito oculto. Ou pode ser que seja simplesmente um apego incestuoso por causa do nome dela: *Eva*. A sedutora. Tão viva em minha lembrança agora como no dia em que a conheci.

— Espero que a memória dela infeccione sua mente como uma ferida aberta.

Samael cerrou os punhos sob o esconderijo de suas asas.

— Caim dirigindo uma empresa. Quem poderia imaginar que ele alcançaria tais alturas? Isso deve aborrecer você terrivelmente.

— O que quer, Samael?

— Estou só conversando, meu irmão. Fazia muito tempo que não nos falávamos.

Raguel bateu suas imensas asas, usando o movimento para conseguir ficar de pé.

— Não tenho nada a dizer. Mande-me de volta ao meu inferno.

— Peça "por favor".

Houve um silêncio prolongado e, depois, um resmungo:

— Por favor.

O ódio de seu irmão era uma coisa abrasadora, retorcida. Bela.

Satisfeito com o desenvolvimento da situação, Samael enviou Raguel de volta com um estalar de dedos e, ao mesmo tempo, teletransportou-se para a sala de recepção. Um momento depois, Azazel apareceu, ajoelhando-se e fazendo uma reverência. Com exceção da altura e da forma

79

semelhantes, seu tenente era diferente dele como o Céu e o Inferno. Tinha cabelos brancos, íris pálidas e pele como marfim, enquanto o traje azul-claro e prata enfatizava sua conduta glacial. Ele podia gelar um recinto com sua presença, e era muito útil em esfriar o temperamento flamejante de Samael.

— Meu senhor — Azazel murmurou.

— Qual foi sua impressão de Raguel?

— Ele é inquebrantável, mas tem a alma cansada — o demônio respondeu, erguendo os olhos.

— Ótimo. Exatamente do jeito que eu o quero. Agora, me diga: quais são as novidades?

— A Yuki-onna, Harumi-san, nos desapontou com a Evangeline Hollis. Caim retornou ao campo. Será mais difícil pegá-la agora.

— Ela tem outras vulnerabilidades — Samael afirmou, sorrindo.

— Seu melhor amigo está fazendo um mochilão na Europa e sua irmã mora no Kentucky.

— Excelente.

— Seus pais são moradores locais.

Samael se dirigiu ao seu trono. Ao cruzar o piso de mosaico, seus membros inferiores de animal mudaram, convertendo-se em pernas humanas. Suas asas se recolheram, ocultando-se na espinha dorsal, como se nunca tivessem existido.

— Deixe-os em paz.

— Meu senhor, acho...

— Não. — Samael ajustou a calça de veludo preto antes de se sentar e gesticular para Azazel se erguer. — Tire dela a família e ela não terá razão de viver.

— Por que isso seria ruim?

— A família dela a mantém mortal, o que a deixa fraca. Por que você acha que os serafins escolhem os desimpedidos para serem Marcados? Uma alma é mais perigosa quando não tem nada a perder. Nós a queremos motivada, e não uma vigilante agoniada. Ela talvez até se torne uma aliada.

— Uma *aliada*?

— Por que não? Ela não crê. Parece provável que queira se livrar da marca. Quem conseguir ajudá-la nesse esforço será um amigo.

— O senhor almeja extorqui-la *e* fazer amizade com ela?

— Ou matá-la. Qualquer propósito me satisfaz. Descubra todos que significam alguma coisa para Evangeline, mas cuja perda não a abalará muito: colegas de trabalho, amigos da escola, vizinhos...

Azazel bufou.

— Ulrich já cuidou da vizinha. Ela teria sido perfeita. Tão próxima quanto a família.

— Ulrich? O Nix? — Samael ergueu o olhar para o afresco *A queda do homem*, de Michelangelo, no teto abobadado. — Asmodeus passou dos limites de novo.

— Ele é ambicioso.

— É fanático, isso sim. Ele já alcançara sucesso em matá-la uma vez emprestando um dragão para Grimshaw. — Samael fitou seu tenente. — Preste atenção a Asmodeus. Em breve, ele e eu poderemos ter assuntos a discutir.

— Sim, meu senhor. — Azazel esboçou um de seus raros sorrisos.

Samael recostou a cabeça contra o espaldar do trono e cerrou as pálpebras.

— E ache alguém para limpar a sujeira que o Berserker fez no grande salão.

EVA LEVOU O CARRO ATÉ SUA VAGA, AO LADO DA DE Alec, e desligou o motor. O estacionamento subterrâneo da Torre de Gadara era mais escuro e mais frio do que o nível do solo. A mudança de temperatura foi suficiente para silenciar o Tengu no porta-malas.

Com as mãos ainda presas ao volante e extremamente consciente de quão chateado Reed estava, Eva olhou para o cartaz único que exibia os nomes "A. Caim" e "E. Hollis". Esses privilégios a indispunham com os outros Marcados.

Alec abriu a porta do carro de Eva. Ela tirou a chave da ignição e aceitou a oferta de ajuda dele. Eva mal transpusera a linha do teto quando se viu presa à porta traseira pelo homem musculoso de um metro e noventa.

— Então, eu estava pensando... — Eva começou a falar.

O Tengu recomeçou a pular dentro do porta-malas.

— *Precisamos manter as informações estritamente entre nós* — Alec disse. — *Entendeu?*

— Entendi.

Alec a enlaçou pela cintura, com os polegares deslizando pelos ossos do quadril.

— Eu te machuquei? — ele sussurrou. — Antes?

A simples lembrança da sobrecarga de energia dele no prédio com os Tengus a arrepiou, mas Eva fez um gesto negativo com a cabeça.

— Eu estou bem. Você só me pegou de surpresa.

— Não me ocorreu o quanto eu poderia atingi-la.

— Você me escutou reclamar? Acho que você nos salvou do ataque.

Alec encostou a testa na dela.

— Você é muito boa pra mim.

— Alec... — Eva disse, emocionada.

— Mas e aquela conversa de dar um tempo que você teve com Abel? Não zoe comigo também. Não perca seu tempo.

— Bisbilhoteiro... — Eva empurrou o ombro de Alec.

Ele recuou, rindo.

— Sou implacável.

Junto à porta do motorista, Alec se abaixou para acionar a alavanca de abertura do porta-malas. Nesse momento, o celular de Eva começou a tocar no porta-copos. Ele o pegou e o entregou para ela. O identificador de chamadas só dizia "Califórnia" e, assim, Eva respondeu rápido:

— Hollis.

— Senhorita Hollis, é o investigador Jones, do Departamento de Polícia de Anaheim.

Eva se assustou ao escutar a voz familiar. Tinha um som nasalado, como se Jones tivesse nascido no Sul e depois migrado.

Quando Alec gesticulou para que ela se dirigisse ao porta-malas, Eva apertou o braço dele e falou com clara enunciação, para que Alec ouvisse:

— Olá, investigador.

Alec se deteve.

— A senhorita pode falar? — Jones perguntou.

— Sim. Tenho um minuto.

— Meu colega e eu passamos em seu apartamento há cerca de uma hora.

— Estou no trabalho.

— Não, não está.

— Não estou? — Eva se aproximou da traseira do carro.

Quando o Tengu começou a socar a tampa do porta-malas, o investigador indagou:

— O que é esse barulho?

— Que barulho? E por que o senhor acha que não estou no trabalho?

— Porque estou em seu escritório neste momento. — Jones elevou a voz: — A senhorita consegue me ouvir?

Eva dirigiu o olhar a Alec, que esperava um sinal dela para abrir o porta-malas.

— O senhor está aqui?

— Onde a senhorita está?

— Na garagem da Torre de Gadara.

— Gostaríamos de falar com você, se a senhorita tiver um tempinho.

— Claro. Em dez minutos estarei aí. — E Eva desligou o aparelho.

Alec pousou o cotovelo na beira da porta aberta.

— Vou pedir para alguém levar café e rosquinhas ao seu escritório.

Por mais conveniente que fosse o sistema de comando mental dos arcanjos, Eva não tinha certeza se valia a pena a dor de cabeça. As informações circulavam através de Alec como uma peneira, mas não da mesma maneira como através de Reed. Os treinadores eram tapa-buracos engajados em aliviar os encargos dos líderes de empresa. Eles tinham apenas vinte e um Marcados para cuidar; os arcanjos eram responsáveis por milhares.

— Eles podem achar as rosquinhas estereotipadas e insultantes. — Eva guardou o celular no bolso e se acocorou, preparando-se para a abertura do porta-malas.

— Ótimo. Eles precisam saber que não vale a pena azucrinar minha garota. — Alec acionou a alavanca de abertura.

O Tengu se precipitou para fora do porta-malas com um grito estridente. Resmungando, Eva o agarrou, mas a força da pequena besta a golpeou na bunda.

— Marcada bonita! — ele gritou, mostrando seus dentes de pedra.

Eva esperou até Alec alcançar o porta-malas. Então, jogou o demônio para ele.

Como sempre, o imenso saguão da Torre de Gadara estava repleto de Marcados e mortais interessados em negócios. O zunido dos motores dos elevadores panorâmicos e o burburinho contínuo das diversas conversas eram agora familiares e reconfortantes para Eva. Ela se sentia segura ali, protegida do mundo exterior, onde os demônios atacavam com fúria assassina.

Cinquenta andares acima dela, um imenso teto envidraçado permitia que a iluminação natural inundasse o átrio. O calor ameno do sol, em combinação com a vegetação exuberante, criava uma umidade leve, enfatizando o cheiro opressivo dos Marcados a um grau quase sufocante.

Ao lado dela, Alec respirou fundo e, depois, suspirou de prazer. Eva sentiu ecos do incremento de poder que tomava conta dele sempre que estava próximo de diversos Marcados. Essa carga era exclusiva dele, o primeiro e mais selvagem Marcado de todos. Eva se perguntava como Alec conseguira permanecer autônomo por tanto tempo, considerando a quantidade de força que ele ganhava quando perto de outros Marcados. Havia uma história ali, mas Alec não a estava contando.

Conforme avançavam entre a multidão, os Marcados se detinham, boquiabertos, para observar o Tengu. Era a primeira visão deles de um Demoníaco disfarçado. A onda de desconforto que Eva e Alec deixavam atrás de si era palpável. Ela esperava que o advento do disfarce não suscitasse muita dúvida. A última coisa que precisavam era que Marcados amedrontados alvejassem mortais por acidente.

— Eles vão ficar bem — Alec afirmou, sacudindo o Tengu, que se debatia, como admoestação para que ficasse quieto. — *Eu vou garantir isso.*

Eva sabia que ele garantiria. A força da convicção de Alec era poderosa. Ela olhou para ele e pensou nos dois lados de sua personalidade: ele matava com uma mão, mas se esforçava para preservar a vida com a outra.

Desde a ascensão dele como arcanjo, a divisão dentro de Alec dava a impressão, para Eva, de ser do fundo da alma. No entanto, talvez essa divisão tivesse sempre existido e ela simplesmente não houvesse se dado conta. A promoção dele ocorrera poucas horas depois do Novium dela, o que primeiramente estabeleceu a conexão entre os dois. Ela não tivera tempo de examinar a mente do antigo Caim antes de ele se tornar o novo.

Eles se dirigiram para um conjunto oculto de elevadores que desciam para áreas de acesso proibido do prédio. Eva frequentava raramente seu escritório no quadragésimo quinto andar. A maior parte de seu trabalho na Torre de Gadara acontecia no labirinto subterrâneo de andares e corredores que abrigava tanto Demoníacos amigáveis quanto não amigáveis.

— Marcada bonita não muito legal — o Tengu se queixou quando eles entraram no elevador.

— Olha quem fala — Eva zombou. — Você tentou quebrar minha cabeça, me atacou, me mordeu...

— Engraçado, engraçado!

Eva mostrou-lhe o dedo do meio. Ele mostrou-lhe a língua de pedra.

— Parem com isso, crianças! — Alec sorria.

Eva olhou, furiosa, para o alto-falante no canto do elevador.

— Não entendo. Toda vez que entro no elevador, está tocando Barry Manilow.

— Garota de sorte. A propósito, vou subir com você...

— Os investigadores não sabem que você trabalha aqui.

— E daí? É claro que você está chegando fora de hora. Diga-lhes que é seu dia de folga e que você esqueceu algo.

Eva baixou os olhos e se examinou — jeans sujo, botas gastas e blusa rasgada na bainha.

Alec deu uma risada.

— Seus cabelos também precisam de um trato, anjo.

Virando-se, Eva observou seu reflexo no latão reluzente das paredes do elevador. O rabo de cavalo estava torto, espirais estranhas de fios se projetavam ao redor do alto da cabeça e cinzas de Demoníacos escondiam seu brilho natural.

— Ah, meu Deus! — Eva exclamou, assobiando quando sua marca queimou em punição. — Você me deixou andar por aí *desse* jeito?!

— Você ainda está um tesão.

Ela olhou para ele por cima do ombro.

— Você é um idiota.

— Abel também não disse nada.

— Os dois são idiotas. — Eva soltou o elástico dos cabelos.

— *Eu te foderia mesmo assim* — Reed garantiu.

— *Minha nossa, que classudo* — Eva replicou.

O elevador parou e as portas se abriram com um toque de campainha. Imediatamente, o fedor de inúmeros Demoníacos assaltou as narinas de Eva. À direita, uma área de espera se achava ocupada por uma dúzia de demônios de diversas categorias, todos reclamando da espera. À esquerda, uma Lobisomem à mesa da recepção, usando fones de ouvido, se ocupava polindo as garras.

Quando a presença de Alec se tornou conhecida, o silêncio tomou conta do ambiente, mas ele ignorou os presentes. Eva, porém, se manteve muito atenta àqueles ao redor. Os Marcados e os Demoníacos a observaram cuidadosamente. No entanto, foram seus companheiros Marcados que a olharam com malícia, enquanto os Demoníacos se mostraram apenas curiosos.

Seguindo Alec pelo corredor, Eva lia as placas nas portas de vidro à medida que passavam por elas. Havia uma camada fina de fumaça no ar, que, em combinação com o cenário local, criava uma sensação de filme *noir* dos anos 1950. Somente os letreiros nas portas revelavam o propósito sobrenatural do lugar.

Eles, então, pararam diante de uma porta com um letreiro dourado que dizia "Wiccanologia Forense", e Eva bateu. A maçaneta girou e a porta se abriu, aparentemente sem ajuda, já que ninguém apareceu na soleira. No interior do recinto, as lâmpadas do teto estavam apagadas. As luminárias das diversas estações de trabalho supriam de luz áreas específicas, deixando o resto do espaço em profunda escuridão.

— Eva! — disse uma voz vinda do fundo da sala.

Para ela, a aspereza do som sempre recordava a voz de Larry King, o apresentador de tv. Eva esperou até que a figura familiar, vestida de preto, emergisse da escuridão.

— Oi, Hank — ela o cumprimentou. — Trouxemos um presente pra você.

Mas a pessoa que apareceu não era Hank, e sim uma garota com cabelos tão brancos quanto a neve e olhos amarelos como os de uma loba. Tinha cerca de um metro e sessenta e cinco de altura, era magra como um varapau e bastante tímida no jeito de se mover.

— Olá — ela disse, com um sorriso encabulado. — Sou Fred.

Eva conteve um sorriso ao ouvir o nome masculino. Hank e Fred. Tinha certeza absoluta de que Fred era uma garota. Ninguém sabia qual o sexo de Hank, mas Eva o considerava um homem, pois ele sempre assumia uma forma masculina quando conversava com ela.

— Prazer em conhecê-la, Fred. — Eva estendeu a mão.

Fred apertou os dedos de Eva e, em seguida, olhou para Alec.

— Caim.

Alec a reconheceu com um gesto afirmativo, rápido e indiferente de cabeça.

Hank surgiu sob um círculo iluminado criado por uma lâmpada suspensa. Sua forma vestida de preto alterou-se quando ele saiu da escuridão, mudando de uma velha encarquilhada e corcunda para um cavalheiro alto, elegante e com cabelos ruivos. Hank era um camaleão, que mudava de forma e sexo para satisfazer o cliente. As únicas coisas imutáveis eram os cabelos ruivos, a voz de homem fumante e o traje preto.

— Minha nova assistente — Hank explicou. — Ultimamente, apareceu tanto trabalho por aqui que precisei de ajuda. Fred é metade Lili e metade Lobisomem, o que lhe confere visão e olfato excelentes para pesquisa.

Lilis eram prole da sedutora Lilith, a primeira mulher de Adão, pai de Alec, e mãe de uma infinidade de demônios. Eva provavelmente ainda teria de enfrentá-la, mas esperava que isso nunca acontecesse.

— Ela tem um defeito: é muito briguenta. — Alec cutucou o ombro de Eva.

Ela o cutucou de volta.

Hank deu risada.

— Não podemos culpá-lo por ele ter razão, minha querida Eva. Soube que há uma grande quantidade de Demoníacos na cidade, possivelmente caçando você.

— Por causa dele. — Eva apontou um dedo na direção de Alec.

— Bom argumento. — Hank se aproximou para examinar o pequeno demônio, estranhamente imóvel, sob o braço de Alec. — Um Tengu? Fascinante. A camuflagem não desapareceu. Ou eles conseguiram criar mais dela.

— Isso é o que preciso que você descubra — Alec afirmou. — E também por que este Tengu é tão agressivo.

— Traidores... — o Tengu disse, olhando furioso para Hank e Fred. Fred bufou. Hank achou graça.

— Minha teoria é que seu comportamento é um efeito colateral da camuflagem — Hank opinou. — Durante minhas experiências, descobri que a infusão de sangue e osso de Marcado não é bem-aceita pelos Demoníacos por um longo período. Vou examinar esse camarada e ver se consigo provar isso de uma vez por todas.

— Mantenha-me informado — Alec pediu.

— É claro. — Então, Hank olhou para Eva: — Parece que ele te machucou.

— Ele tinha amigos — ela lamentou, tirando a poeira do jeans com as mãos.

Hank encarou Alec e se metamorfoseou numa sósia de Jéssica Rabbit com um vestido de Mortícia Adams.

— Também tentei reverter a camuflagem.

— Isso faria os Marcados se misturarem com os mortais? — Eva mostrou interesse.

— Deveria fazer os Marcados cheirarem como demônios.

— Eca...

Hank voltou a assumir sua forma masculina.

— No entanto, até agora, só fui capaz de fazer os demônios cheirarem como Marcados.

— Uau!

— Destrua essa fórmula — Alec ordenou.

— Já destruí.

Fred estendeu a mão para pegar o Tengu. A pequena besta assobiou para ela, mas Fred pareceu indiferente.

— Eu vou levá-lo.

Alec o entregou. O demônio mordeu Fred. Ela rosnou e expôs caninos mortíferos.

— Os meus dentes são maiores — Fred disse, ameaçadoramente.

O Tengu choramingou e se enrolou numa bola.

— Não preocupa mais ninguém que os demônios estejam tão à frente de nós em relação a experiências e mutações genéticas? — Eva quis saber.

— A palavra correta é "genética", certo? Ou há alguma outra palavra que se deva usar?

— Os Demoníacos não carecem de cobaias — Hank explicou. — Os Marcados, por outro lado, são treinados pra matar. Raramente capturam pra tortura ou experiências científicas.

Eva fitou Alec.

— Deveríamos trabalhar nisso.

— Já estamos trabalhando.

Nenhuma elaboração; mas ela estava se acostumando com aquilo.

— Hank, você ainda tem aquela poncheira que eu lhe trouxe? — Alec indagou. — Aquela que o Nix deu pra Eva?

— Sim.

— Conseguiu descobrir alguma coisa a partir dela?

— Nada definitivo. E, depois que o Nix morreu, deixei-a de lado.

— Preciso que você volte a ela. Ele está de volta.

— De volta? Como Montevista? E o filho de Grimshaw?

— Isso mesmo. — Alec pegou o braço de Eva. — Temos um encontro lá em cima.

— Quando descobrir algo eu te aviso. — Hank passou a mão ao longo do comprimento de Eva, e ela, de repente, sentiu-se mais limpa. Baixando os olhos, ela viu suas roupas numa condição impecável.

— Você é o máximo!

— Claro.

Eva gritou na direção da escuridão onde Fred desaparecera:

— Foi um prazer conhecê-la, Fred!

A Lili gritou de volta, de uma grande distância:

— Tchau, Eva! Tchau, Caim!

Não pela primeira vez, Eva quis saber o quão grande era o espaço de Hank. Ela estava prestes a perguntar a Alec quando se viu parada na área de recepção de seu escritório.

— Odeio quando você faz isso — Eva reclamou, piscando por causa da desorientação.

— Não queria que nos atrasássemos.

Candance, a Marcada que era secretária de Eva, os recebeu com um sorriso.

— Boa tarde, senhorita Hollis. Caim. Servi café aos investigadores, como o senhor pediu.

Alec agradeceu com um gesto de cabeça e puxou Eva para a porta de vidro fosco do escritório. Ela respirou fundo enquanto ele girava a maçaneta. Ao contrário de Eva, Alec se mostrava calmo e controlado. Alguns meses antes, ela conversara com Jones e Ingram brevemente, mas fora o suficiente para lhe revelar que eles eram bons homens, que lutavam a boa luta apenas com suas habilidades de mortais. E Eva teria de olhá-los nos olhos e mentir para eles. A marca em seu braço queimava por causa do pecado, algo que não fazia sentido para ela, pois Eva não podia lhes revelar a verdade.

O investigador Jones ficou de pé quando Eva entrou. Era um homem indefinível, usando um antiquado terno cor de *curry* que não se via em roupas nos últimos trinta anos. Seu colega, o investigador Ingram, junto à janela, olhava para a cidade abaixo. Seu gosto para se vestir era melhor, mas o bigode com pontas recurvadas que ele ostentava também remontava a algumas décadas.

— Bela vista — Ingram disse, observando-a atentamente. — Mas estava esperando uma vista aérea da Disneylândia.

Eva sorriu.

— Há uma área de mais de cinco quilômetros quadrados em torno do parque de diversões que é tratada como zona de proteção. Dentro do parque, o visitante não encontra nenhum prédio alto pra prejudicar sua linha de visão. Pra não arruinar a fantasia.

— Puxa, alguns de nós temos de viver no mundo real... — Jones balançou a cabeça.

Eva se deslocou para sua mesa e se sentou em sua elegante cadeira de couro.

— O que posso fazer pelos senhores?

Jones olhou de relance para Alec, parado como um sentinela perto da porta, em sua posição de pernas abertas e braços cruzados. O investigador se preparou para protestar contra a presença de Alec, mas deu de ombros, com indiferença, e se sentou. A maneira como ele se moveu chamou a atenção de Eva. Sua constituição forte não revelava a rigidez de um homem mais velho, como a de seu parceiro mais alto. Com os olhos semicerrados, ela o estudou e chegou à conclusão de que ele era muito mais jovem do que parecia. Eva suspeitou que a impressão errada era intencional, e ficou ainda mais desconfiada. Jones também era um caçador, e a informação que ela possuía era sua presa.

Ele foi direto ao ponto:

— A senhorita tem alguma nova informação sobre a morte de sua vizinha?

Eva fez que não com a cabeça.

— Se eu tivesse algo pra compartilhar, teria telefonado pro senhor. Ainda tenho seu cartão.

— A senhorita conhece alguém chamado Anthony Wynn? Ele se formou em sua escola do ensino médio um ano antes de você. Sino-americano. Com cerca de um metro e...

— Sim, eu o conheço. Também frequentamos a mesma escola do ensino fundamental.

— Ele está morto.

Eva ficou paralisada de assombro. Ela e Anthony não foram mais do que conhecidos, mas, vez ou outra, Eva costumava ir a festas com ele e nutria afeto pelo rapaz.

— Quando? Como?

— Afogamento. Igual aos outros — Jones afirmou. — Quando foi a última vez que você o viu?

Eva precisou de um tempo para responder:

— Alguns anos atrás, encontrei Anthony no corredor de um supermercado.

— Então, vocês não ficaram em contato?

— Não. Não éramos próximos. As únicas coisas que posso dizer sobre ele é que Anthony era discreto nas festas e desenhava muito bem em guardanapos.

Ingram aproximou-se da mesa de Eva e pegou um dos cartões de visita dela do recipiente de cristal chanfrado.

— Faz pouco tempo que a senhorita está nas Empresas Gadara, certo?

— Alguns meses.

— A senhorita foi contratada pouco antes do assassinato de sua vizinha, a senhora Basso.

— Sim. — Eva resistiu à vontade de olhar para Alec. — *Aonde ele quer chegar?*

— *Ainda não sei.*

Ingram guardou o cartão de Eva no bolso. Em seguida, estendeu a mão para pegar uma pasta situada no pé da cadeira de Jones, da qual ele tirou uma foto que pôs sobre a mesa dela. Era uma imagem de um dos cartões de visita. Tinha a aparência enrugada que o papel assumia após ter sido molhado com algum líquido e, depois, ter secado ao ar.

Alec se aproximou. Olhou para a foto e então para Ingram.

— O senhor achou isso na cena do crime?

Jones acomodou-se em seu assento, com os cotovelos repousando casualmente nos braços de couro.

— Alguma ideia de por que acharíamos seu cartão de visita sobre o cadáver de um homem que não via fazia anos, senhorita Hollis?

Eva o encarou, assombrada. O Nix estava zombando dela.

— Nenhuma.

Ingram voltou a estender a mão para pegar a pasta e tirou um item tão familiar quanto o último: o xerox de um retrato falado do Nix. Os investigadores já haviam mostrado a imagem para ela antes. Uma florista descrevera o cliente que frequentou sua floricultura para comprar flores de lótus.

— Queremos que a senhorita olhe isso de novo. — Ingram segurava a imagem bem na frente dos olhos de Eva.

Ela desviou o olhar, aborrecida.

— Nunca o vi.

A marca se aqueceu com a mentira.

Jones suspirou de frustração.

— Olhe melhor, senhorita Hollis. Pense melhor. Ele tem um sotaque alemão. E pôs as mãos em seu cartão de visita em algum momento. Ele não veio aqui pra vê-la? A senhorita não foi visitá-lo em algum lugar?

— Não me lembro dele. — Eva coçou seu braço ardente. — Enviei cartas que incluíam meu novo cartão de visita para todos os meus antigos colegas de trabalho, clientes, colegas de classe da faculdade e amigos.

Mandei, no mínimo, mil mensagens informando de minha mudança para as Empresas Gadara pelo correio. Também deixei cartões naqueles recipientes de vidro em balcões de restaurantes, porque nunca se sabe.

— Wynn estava na lista de correio? — Ingram quis saber.

— Não. Não sei onde ele mora. Morava. Eu disse que não o conhecia bem.

— Ele morava na Beacon Street.

O medo deu um nó na garganta de Eva.

— *É perto da casa de meus pais...*

Alec transmitiu mentalmente ordens para subordinados com tal velocidade que Eva se sentiu tonta.

Jones ajeitou-se.

— Podemos ter uma cópia dessa lista?

— Claro. — Eva se moveu para apanhar seu celular.

— Isso pode ser pessoal.

A declaração em voz baixa do investigador a deteve com o braço estendido na direção do celular. O olhar dela buscou o dele.

— O senhor acha que isso me envolve?

O investigador fitou Alec, e novamente Eva.

— Esse sujeito vem circulando nas redondezas de Anaheim nos últimos nove meses. Sabemos que ele saiu de sua zona de conforto apenas em uma ocasião...

— A senhora Basso...

— *Sua* vizinha. Depois, a outra vítima do sujeito foi um velho conhecido seu e seu cartão de visita foi encontrado flutuando dentro da poncheira com a flor de lótus. Coisas assim não costumam ser coincidência.

Eva recuou da mesa e se pôs de pé, sentindo-se muito inquieta para ficar sentada. Jones se levantou depois dela, mas, em seguida, reocupou seu assento.

— E as outras vítimas? — Eva alternava o olhar entre os dois investigadores. — Eu também as conheço? Estavam ligadas a mim de alguma maneira?

Será que o Nix a vinha seguindo desde *antes* que ela fosse marcada?

Dessa vez, foi Jones quem estendeu a mão para a pasta dos horrores e tirou uma lista datilografada de nomes, datas de nascimento e endereços. Eva a examinou com muita atenção.

— Nenhum desses nomes me parece familiar.

— Também não conseguimos descobrir uma ligação — Ingram afirmou. — Talvez você tenha chamado a atenção dele só recentemente. Pode ter sido algo tão simples quanto você o ter fechado no trânsito. Qualquer que seja o motivo, achamos que ele está conseguindo aterrorizar tanto as vítimas que mata quanto você.

Eva olhou para Alec.

— *Quero vê-lo morto.*

Alec sustentou seu olhar.

— *Eu também.*

Ela cruzou os braços.

— Todas as vítimas foram encontradas em suas casas?

— Sim.

— Então não se preocupe comigo. Nada incomum aconteceu em minha vida recentemente. Nada que me preocupe ou que tenha me feito parar pra pensar. Desde a morte da senhora Basso, a associação de condôminos autorizou a contratação de um segurança extra para o prédio. Agora temos dois: um que circula pelas áreas comuns e outro que fica perto do elevador, na portaria. O senhor precisa se concentrar em achar esse sujeito antes que ele mate outra pessoa.

— É nosso trabalho nos preocuparmos com seu bem-estar, senhorita Hollis.

— Não, não é. — A última coisa de que Eva precisava era ter de se esquivar da polícia enquanto tentava despachar de volta para o Inferno alguns demônios caçadores de recompensas.

— Sim, é — Ingram retrucou, seco. — No momento, a senhorita é a nossa principal pista.

Jones ficou de pé, segurando a pasta.

— Em outras palavras, acostume-se a nos ver por perto.

7

OS INVESTIGADORES FORAM EMBORA.

Alec enviou um breve agradecimento mental aos Marcados que controlavam os monitores de segurança. Em seguida, dirigiu sua atenção para Eva. Alec sabia que ela não iria gostar do que ele tinha a dizer, mas esperava que não ficasse muito irritada.

Estar na Torre de Gadara piorava tudo. Ele sempre ganhava força e poder dos outros Marcados e adorava a agitação que sentia quando entrava na empresa. No entanto, naquele momento, a marca não era a única coisa que recarregava. O lugar sombrio no interior de Alec respondia de forma semelhante; tinha até absorvido poder dos Demoníacos que vadiavam ao redor do Olivet Place. Tanto que a explosão resultante que quase machucara Eva o assustou.

— Tem de me deixar cuidar disso, Eva — Alec afirmou com severidade. — Você precisa ficar em casa com Montevista e Sydney até descobrirmos o que está acontecendo.

Eva lançou-lhe um olhar do tipo "você está fumando *crack*".

— Você é engraçado.

— Não me irrite — Alec advertiu, com a voz mais cortante do que pretendia. Ele reconhecia o caos completo quando o via, e Eva estava bem no centro de um. Como de costume.

Eva pôs as mãos nos quadris.

— Então por que eu passei por um treinamento?

— Por que acha que tem um mentor? — ele retrucou. — Você não é capaz de aprender tudo o que precisa saber em sete semanas. Ainda não está preparada para uma luta como essa, Eva, e eu não consigo fazer o que precisa ser feito quando estou preocupado com você.

— *Caim.* — A voz de Sabrael pulsou através de seu cérebro com o poder puro de um serafim. — *Você precisa falar comigo.*

Alec foi fisicamente afetado pela violência com que as trevas em seu interior retrocederam ao ouvir Sabrael.

— *Não é uma boa hora* — ele respondeu com brusquidão.

— *Você tem uma dívida comigo. Já esqueceu?*

— *Você se esqueceu de que eu lhe disse que iria ao seu encontro quando chegássemos a um acordo?*

Eva pressionou, alheia ao diálogo silencioso:

— Então, designe-me outro mentor.

O primeiro impulso de Alec foi bater nela, o que o espantou. Ele entrelaçou as mãos às costas.

— Não!

— Por que não? Se você está tão ocupado pra fazer o seu trabalho, deveria me designar pra outro mentor.

A fúria descontrolou Alec. Como Raguel lidava com aquilo? Alec estava exausto do conflito constante.

— Você é minha, anjo — ele afirmou, áspero. — Mesmo que não se comporte de acordo.

— Estamos falando de um negócio. — Eva projetou o queixo, em desafio. — Raguel ameaçou me redesignar. Então, eu sei que é possível. O sistema de marcas possui um plano alternativo pra tudo.

— Eu vou lhe mostrar o plano alternativo. — Alec avançou na direção de Eva. Ele se moveu como se estivesse em piloto automático, com a mente desconectada das emoções em ebulição que comandavam suas ações. — Contra uma parede. Vou pregá-la direto nela.

Depois de mais dois passos de Alec, Eva se viu encurralada. Aprisionada. Sem ter por onde fugir.

— Você parece seu irmão — Eva disse, mantendo-se firme.

Alec denotou surpresa, arqueando uma sobrancelha.

— Você diz isso como se não o quisesse. E nós dois sabemos que você o quer.

Impaciente, Alec se aproximou ainda mais de Eva, agarrando-lhe o rabo de cavalo com uma das mãos e um passador da calça com os dedos da outra. O passador rasgou-se e o ruído produziu uma onda de calor entre os dois.

— Alec... — A voz de Eva estava trêmula.

Alec a queria rouca e áspera. Queria as unhas dela em suas costas e o suor de Eva misturado ao seu.

Ele fechou os olhos e respirou fundo, apreciando a sensação do corpo esbelto de Eva tremendo contra o seu. Alec sentiu os Demoníacos da empresa conectando-se ao seu desejo e furor. Assim, desconectou-os e escutou os ecos de seus gritos de protesto. Enfraquecido pela perda da força deles, Alec sugou a energia que precisava de Eva, capturando-lhe a boca com um desespero que se espalhou por sua pele.

Eva ofegou. Inicialmente, seu corpo ágil ficou tenso, mas, em seguida, relaxou, trocando calor com o corpo de Alec. Ela pressionou seus seios exuberantes contra o peito dele, com os dedos presos em sua camisa, as pernas entrelaçadas nas dele.

Eva mordeu o lábio dele.

— É isso que você quer? Transar comigo lutando?

O gosto de sangue endureceu o membro de Alec até doer. Ele a sacudiu.

— Não me interessa como eu a possuo. Só quero que você pare de discutir comigo.

— Quem é você? — Eva puxou os cabelos dele. — Porque você, com certeza, não é Alec Caim.

Tremendo muito, Alec parecia um ébrio precisando de bebida. Os vestígios do Novium de Eva se infiltravam em seu sistema, estimulando ainda mais suas necessidades sombrias. Ele mudou de tática.

— Vamos, anjo — Alec disse em um tom sedutor —, você sabe que quer isso tanto quanto eu. Você sabe como é bom entre nós. Como você fica intensa quando estamos transando... até que você me implora para parar.

Os olhos escuros de Eva brilhavam de excitação. Os lábios ficaram úmidos e inchados.

— Você está me pressionando como Robert — ela zombou. — Lembra-se dele? Meu ex da escola, que queria tirar a virgindade que eu guardei para você?

— Eva... — A sede de sangue cresceu com a lembrança do arrogante garoto loiro que tentou transar com Eva na traseira de um Mustang. Na ocasião, Alec tomara conhecimento de que não podia permitir que ninguém a possuísse.

A força da mão de Alec rasgou ainda mais o jeans de Eva. Um segundo a mais e não sobraria nada.

Eva puxou a cabeça dele de encontro a sua, com a boca encostando na dele, úmida e quente. Alimentado pela raiva e determinação, o beijo o puniu tanto que ele sentiu um nó na garganta. Odiava Eva desse jeito, e se odiava por forçá-la desse jeito.

— *Sinto muito, anjo... Sinto muito...*

Eva mudou com a amabilidade da voz de Alec. Um gemido vibrou em seu peito, um som de anseio e rendição. A contração convulsiva de seus dedos na nuca dele e a sensação de sua mão deslizando sob sua camisa transmitiram uma riqueza de sensações. Ela mergulhou a língua na boca de Alec, intensa, lenta e saborosamente. Eva o amava muito para ficar zangada com ele.

E a parte de Alec pela qual se apaixonara antes de sua ascensão sabia que, se ele não a afastasse de seus demônios pessoais, eles a destruiriam.

Alec afastou sua boca, ofegante. Ele não a queria numa brutalidade apressada. Queria Eva devagar, longa e suavemente. Era a coisa dentro dele que desejava converter o que eles tinham em algo... errado.

— Alec... — Eva encostou sua testa na dele. — Algo não está certo com você. Não está certo em você. Eu posso sentir.

— *Transe com ela* — as vozes o incitaram.

— Preciso transar — Alec afirmou com uma frieza deliberada. — Tire a roupa antes que eu a rasgue.

Eva recuou. A dor nos olhos dela o desesperou ao ponto do arrependimento, mas ele não se arrependeu.

— Alec?

Ele abriu o jeans, liberando seu membro.

— Ajoelhe-se. Quero sua boca primeiro.

— Vá se foder!

— Eu vou foder você.

Eva recuou um passo de cada vez. Alec se conteve à força para não persegui-la ainda mais.

Uma lágrima rolou pelo rosto de Eva.

— É como se existissem duas pessoas dentro de você. O Alec que conheço e um monstro.

— Está começando a me aborrecer, Eva. — E a marca dele queimou por causa da mentira.

— Você está começando a me assustar.

Alec se esforçou para ficar ereto, destroçado por uma dor em seu peito que ameaçava vergá-lo. Mas Eva não parecia perceber aquilo. Não, ela só via as trevas dentro dele, que queriam fazer coisas com ela que Alec não podia permitir.

— Mudei de ideia. — Alec fechou o jeans com movimentos lentos.

O olhar de Eva era de desconfiança, como se ela estivesse considerando a possibilidade de fugir. Alec esperava que ela não fizesse isso. Não sabia se conseguiria combater o desejo de persegui-la e capturá-la.

— Eu decidi aceitar aquela sua conversa de dar um tempo.

O suspiro de Eva foi audível, como se ele a tivesse impressionado.

— O quê? — ela perguntou com sarcasmo. — Está falando sério?

Alec deu-lhe as costas, contornando a mesa para colocar algo sólido entre eles.

— Esse é um de seus problemas, Eva. Você é uma provocadora. Divertiu-se enquanto transávamos, mas agora...

Eva entrou em contato com Abel e, logo depois, desapareceu. Fora teletransportada para longe por ele, antes que Alec conseguisse dizer algo mais. Alec lançou-se contra a mesa, incapaz de combater a fúria causada pela perda de Eva.

Uma força invisível reprimiu sua perseguição. Seus pés ficaram presos ao piso acarpetado, o que quase o fez cair quando ele tentou partir.

A voz alegre de Sabrael falou atrás de Alec:

— Partiu o coração dela com precisão louvável, Caim. Você sempre feriu a alma.

Alec tropeçou ao se libertar e girou em torno de si, esquivando-se de um brilho ofuscante, que faria o sol se envergonhar. Piscando, ele acionou uma grossa camada de lubrificação de córnea, que lhe permitiu ver, através do brilho intenso do serafim, o homem em seu interior. Sentado à mesa de Eva, Sabrael, com suas seis asas recolhidas, repousava os pés na beira do tampo. As tachas exageradas que revestiam as bordas externas de suas botas de couro preto cintilavam no clarão da luminescência dele. Os calçados brutais contrastavam totalmente com o manto branco, jogado em um só ombro, que Sabrael usava. A dicotomia visual era uma manifestação física do temperamento do anjo. Por fora, Sabrael era um modelo de sua posição social, mas, por dentro, ocultava uma crueldade absoluta.

— Estou ocupado, Sabrael. Você terá de esperar na fila.

Os olhos de Sabrael se encheram das chamas mais puras, mais azuladas. Ele deu uma risada que arrepiou a pele de Alec.

— Relaxe. Não estou aqui pra receber minha recompensa, Caim. Vim em nome de sua mãe.

— Não. — Alec balançou a cabeça, antecipando a questão. — Não agora.

— Você a está enrolando. Ela se sente descontente.

— Não se deu conta de que o mundo está ficando muito pior, Sabrael? De que não é seguro?

— Gabriel discorda. — Sabrael esboçou um sorriso que era tão lindo quanto aterrorizante. — Ele está farto das reclamações dela. Então, você tem uma semana pra se preparar para ela. Além disso, você tem uma casa agora. Sem dúvida, essa visita será menos perigosa do que quando ficava perambulando, Caim.

— Você está me enchendo a paciência. — Com regularidade, os serafins omitiam informações de Deus, mas o grau das evasivas deles jamais deixavam de surpreender Alec. — Diga a Jeová o que está acontecendo aqui embaixo, e ele irá acalmá-la. Ele não há de querer expô-la ao perigo, você sabe disso.

Sabrael cruzou seus braços maciços.

— Você tem tudo sob controle, não é? Se for incapaz de cumprir a tarefa pela qual pediu, simplesmente me informe e eu o libero do encargo.

Com os dentes cerrados, Alec conteve o ímpeto de atacar. Contra um serafim, seria suicídio.

— Eu entendi a situação.

— Excelente. Sendo assim, a visita de sua mãe não deve causar nenhum problema. — Sabrael limpou seu manto imaculado como se não estivesse concentradíssimo em Alec como um falcão em sua presa. — Evangeline sabe que essa promoção era o que você queria? Você contou pra ela?

— Isso importa agora?

— Suponho que não — Sabrael afirmou, dando de ombros.

— Sara ficou com Abel por um longo tempo — Alec disse, mostrando indiferença, mas em seu íntimo a perturbação aumentou. — Os relacionamentos não são impossíveis.

Sim, Alec suspeitara que perderia a capacidade de amar Eva — mesmo que fosse de forma subconsciente —, mas se preparara para o fato de ela deixá-lo primeiro. Planejara que ela voltasse a ser mortal e seguisse adiante com a vida quando chegasse sua promoção. Nesse caso, a perda de sua capacidade de amá-la teria sido bem-vinda. Senão, como poderia sobreviver à perda de Eva?

No entanto, Eva não entenderia. Pensaria que o amor dele por ela ocupara um lugar secundário diante de sua ambição.

— Saraquiel brincou com Abel — Sabrael sustentou. — E, em troca, Abel a usou. Deus nos criou pra ligação física intencionalmente. Contudo, o sexo não cria uma parceria verdadeira.

— Não dou a mínima pra Abel ou pra nossa anatomia.

— E, agora, você também não se importa com Evangeline. A vida deve ser muito mais simples pra você.

— Vá embora! Você está me aborrecendo.

O serafim decolou da cadeira como um foguete. Numa trilha flamejante de asas, couro e tachas, ele deu um pontapé no peito de Alec e aterrissou do outro lado. O buraco espantoso e abrasador que Sabrael abriu era tão largo que quase cortou o torso de Alec pela metade.

Com um grito angustiado, Alec desabou no chão, esfolando o rosto na felpa dura do carpete.

— *Você perdeu o juízo!* — o serafim rugiu.

Em tormento, Alec utilizou o poder de sua besta e encontrou forças para mostrar o dedo do meio para Sabrael.

Houve um momento de silêncio terrível, em que os suspiros de dor de Alec eram os únicos sons que preenchiam a quietude lúgubre. Então, Sabrael riu muito e puxou Alec aos seus pés, restabelecendo-o.

— Você me diverte, Caim. — O serafim secou as lágrimas de Alec com os polegares. — Eu gosto de você. Por isso, não contarei a sua preciosa Evangeline que escolheu sua ascensão em vez dela. Seu segredo está seguro comigo.

— Deixe Eva fora disso. — Alec afastou de si as mãos causticantes de Sabrael.

O serafim pairou sobre ele com um grande sorriso.

— Sugiro que compre roupa de cama nova pra seu quarto de hóspedes. Algo florido, talvez? Sua mãe gosta de jardins. — E, tão rápido quanto apareceu, o serafim se foi.

Alec começou a andar a passos largos, com a mente funcionando criticamente. Sem dúvida, o serafim precisava de algo para ocupá-lo. Mas o quê?

Claro, Eva.

Em relação a Eva, já passara do tempo de Alec pôr todas as cartas na mesa. Naquele momento, ele tinha de achar um jeito de se organizar mentalmente. Recusava-se a acreditar que seu irmão tivera razão, todos aqueles anos atrás, quando gritara as palavras que incitaram Alec a matá-lo.

As trevas dentro dele sorriram ante a lembrança.

Quem de fato dava as cartas em seu corpo?

Ele inspirou e expirou, restabelecendo um simulacro de sua tranquilidade usual.

Uma coisa por vez. Sabrael. Eva. Ele mesmo.

Com as mãos na barriga, Alec ainda sentia a dilaceração de suas entranhas pela bota do serafim.

Couro preto. Tachas.

Uma ideia se apossou dele.

Alec se teletransportou para outra parte do prédio e parou, observando a loira a sós no estande de tiro em recinto fechado. Escondido nas profundezas da Torre de Gadara, o estande proporcionava um lugar conveniente para os Marcados aprimorarem sua perícia no tiro ao alvo. As balas de prata ainda eram a maneira mais rápida de derrotar Lobisomens.

Sentindo o escrutínio de Alec, Iselda Seiler — Izzie, como os outros Marcados a chamavam — virou a cabeça e encontrou o seu olhar. Ela baixou a arma e retirou os óculos de segurança e o protetor auricular, que eram menos importantes para os Marcados do que para os mortais, mas ainda assim necessários. Estudou Alec com uma intensidade agora familiar e estranha, que exigiu algum tempo dele para se acostumar. Havia um ar de expectativa sobre ela, uma sensação de que Izzie buscava algo na fala ou na expressão dele.

Alec percorreu com o olhar os olhos azuis maquiados com kohl, a boca pintada de roxo e, em seguida, a gargantilha de couro com tachas.

— Tenho uma tarefa pra você, senhorita Seiler.

— Estou às suas ordens — Izzie respondeu, com os olhos brilhando.

EVA GOSTARIA DE PODER GRITAR. DE CERTO MODO, sentia uma aflição crescendo, como se seu coração estivesse sendo esmagado, e algo fosse explodir.

Deixando a mesa de desenho, Eva dirigiu-se à escrivaninha e ligou o computador. Conectou-se ao sistema das Empresas Gadara e abriu o arquivo que continha seu relatório sobre o incidente em Upland. Quando Eva foi informada de que o sistema de marcas mantinha registros seculares e também celestiais, ficou chocada com o que considerou ser uma falha de segurança prestes a acontecer. Contudo, tanto Gadara como Alec lhe garantiram que uma mão divina protegia as informações. Deus gostava do *status quo*.

Enquanto atualizava sua memória sobre o relatório, Eva percebeu uma barra lateral com diversos *links* que corriam do lado direito do texto principal. Havia relatórios de Reed e Mariel — ambos treinadores que perderam Marcados para os cães do Inferno — e também dos seguranças que estavam presentes, de Alec e do próprio Gadara. Eva se interessou mais pelo relatório deste último e, assim, clicou no *link*. Um pedido de senha apareceu, e ela arqueou uma sobrancelha.

O que Gadara usaria como senha?

Arcanjo. Deus. Celestial. Marca. Cristo. Jeová. Caçador de recompensas.

Nada funcionou. Eva resmungou. Uma brisa cálida percorreu sua pele. Seus olhos se fecharam.

Reed.

Eva o alcançou, mais longe do que o necessário, e deslizou o nome "Raguel" para a mente dele para ver o que provocava.

Ele que inflige punição ao mundo e aos luminares.

— Isso não ajuda — ela murmurou.

EVA DESENHAVA UMA COLUNA DE APOIO EM SEU CROQUI preliminar quando Montevista gritou da sua sala de estar:

— Ei, Hollis! Quer jogar videogame?

Ela terminou de traçar a linha antes de responder:

— Não, obrigada. Continuem vocês dois.

— Estou ficando cansada de ganhar dele no tênis — Sydney reclamou.

— Tente o boliche.

Eva consultou o relógio na parede. Permanecer concentrada por mais do que quinze minutos era impossível quando parecia que seu mundo estava se desintegrando. Em sua vida de mortal, seu cérebro teria deixado tudo de lado e se perderia em seu trabalho de design. Como uma Marcada, seu corpo era uma máquina que não escutava mais seu cérebro. A marca mobilizava suas emoções turbulentas e as direcionava para um desejo quase opressivo de correr, caçar, matar...

Alec me rejeitou como se eu não significasse nada para ele.

— *Pare de se atormentar* — ele advertiu, com prazer caloroso. — *Estarei aí em breve e você poderá me perguntar o que quiser.*

Respirando fundo, Eva cerrou as pálpebras e entrou em contato com Alec. Ela se moveu de modo hesitante, furtivo, como uma pessoa cega examinando um espaço desconhecido.

Até que foi agarrada por dedos grossos e com garras nas pontas e jogada na escuridão.

A MENTE DE ALEC ERA COMO UM OCEANO NO MEIO DE um furacão. Eva foi arremessada, surrada, mergulhada sob a superfície. Em seguida, emergiu, ofegando. Como ele encontraria algo dentro de si? Ela nem mesmo conseguia encontrar Alec.

— *O que você procura?*

Eva parou de se mover com violência. A voz era só vagamente familiar, mas sedutora de um jeito que só a de Alec podia ser. Flutuando em meio aos destroços das emoções dele, ela esperou, com a respiração suspensa, por outra palavra pudesse tranquilizá-la.

— *Ah, anjo. Você procura Raguel aqui?*

— *Alec?* — ela perguntou, ainda desconfiada. A voz era de Alec, mas a inflexão não era a dele.

— *Quem mais seria? Você quer Raguel. Um dos anjos sagrados, que inflige punição ao mundo e aos luminares.*

— *Sim, eu já ouvi isso. Quero algo novo.*

— *Luminares, anjo. Agora, venha me ver. Mostre-me alguma gratidão.*

— *Você me rejeitou* — ela recordou, entrando em contato com Reed, para o puxão que a libertaria.

— *Sexo de reconciliação é o melhor que existe.*

— *Nós não nos reconciliamos.*

O mar de loucura que se agitou ao redor dela cresceu como um tsunami, arrastando-a até a crista da onda.

— *Eva!* — Enfim, a voz de Alec, furiosa e desesperada.

Ele a expulsou de sua mente como um segurança faria com um bêbado num bar.

Em pé, surpresa, Eva abriu os olhos e digitou a palavra "luminares". A tela do computador piscou: "Boa tarde, Raguel".

— Luminares, é? — Eva murmurou, odiando o fato de a permanência de Gadara no Inferno ser o motivo pelo qual bisbilhotava suas coisas sem receio da repercussão. O relatório se abriu, e ela se reclinou na cadeira para ler, com as mãos esfregando a pele arrepiada de seus braços. Era horrível que Alec, o único homem que sempre a deixara fogosa, a deixasse fria.

Com rapidez, Eva examinou o texto. Eram apenas poucas páginas, que se concentravam mais no comportamento pouco usual de Reed do que na documentação real dos acontecimentos que cercaram a descoberta da camuflagem e do Tengu.

... *discutia extensamente sobre a designação de Evangeline Hollis antes do treinamento.*

... *falta de objetividade.*

... *muito ligado emocionalmente.*

... *foi longe demais em sua posição e abordou Saraquiel para uso dos seguranças pessoais dela.*

Eva pressionou os dedos na coxa. Reed.

Ele fizera um acordo, assim como Alec. Mas com qual finalidade? Em favor dela? Ou de Sara, que fora sua amante durante muitos anos? Sara havia se beneficiado do apoio de sua equipe durante o ataque daquela noite, com prestígio adicional e maiores responsabilidades. Gadara achou que Reed tinha feito aquilo em favor de Eva.

O verdadeiro dilema dos relacionamentos de Eva com Alec e Reed não envolvia monogamia ou honestidade, embora ela mencionasse essas duas coisas com mais frequência. Na realidade, envolvia confiança. Ela não sabia o quanto era ambição e o quanto era desejo ou necessidade deles por ela. Enquanto os dois irmãos continuassem a entrar em conflito por sua causa, Eva seria um peão valioso para mais pessoas do que apenas Gadara.

A sensação de uma boca firme pressionada contra sua nuca fez Eva dar um salto na cadeira. O estalido de uma língua causou um calafrio em sua espinha. Ela pressionou uma tecla que trouxe a tela dos e-mails, ocultando o relatório de Gadara.

— Como vai? — Reed murmurou, sua respiração era uma carícia suave sobre a pele úmida de Eva.

— Tudo bem.

— Não é verdade. — Reed girou a cadeira dela. — Você não consegue mentir pra mim. Eu te conheço. Desculpe por tê-la abandonado antes.

Eva curvou a cabeça para trás para contemplá-lo. Ele a teletransportara para casa e partira pouco depois.

— Não se preocupe, Reed. Sei que você tem vinte outros Marcados com que se preocupar. Fico contente que apareça quando possível.

— Sempre estarei aqui por você. — Reed pegou-lhe o pulso, erguendo-a do assento e a levando para o *futon* que ela mantinha encostado na parede. Ele se sentou e gesticulou para Eva se acomodar ao seu lado. — Me conte o que houve.

— Você não sabe?

— Você me bloqueou.

— Sério?! — Eva se virou de lado para encará-lo. — E eu nem mesmo estava tentando.

Reed imitou a pose de Eva, dobrando a perna direita sobre o assento e jogando o braço sobre o encosto do *futon*. O Rolex dele chamou a atenção dela, tanto pela beleza do ouro branco em contraste com a pele oliva como pela surpresa de um imortal preocupado com a passagem do tempo dos mortais.

— Caim encheu sua paciência.

— Não. — Eva fez um gesto de indiferença com a mão. — Ele me mandou ir embora. Pelo jeito, eu o aborreço quando não quero transar.

Houve um instante de silêncio. Então, Reed perguntou:

— Caim terminou com você?

— É um jeito amável de dizer.

Com o olhar, Reed percorreu a extensão do corpo de Eva e parou na cintura e no passador rasgado do jeans.

— Ele te machucou?

— Não fisicamente.

— Ele é destrutivo, querida. Sempre foi.

— Há algo errado com Caim.

— Só agora você descobriu?

— Sem brincadeiras.

Reed tocou o rosto de Eva com as pontas dos dedos. Por um longo momento, ela o fitou, tentando descobrir se ele estava brincando ou falando sério. Não descobriu. Tudo o que ela viu foram olhos castanhos cheios de compaixão. Reed usava uma camisa grafite com o colarinho aberto e as mangas dobradas, como de costume. Ele era um homem lindíssimo. Mas as imperfeições dele a machucavam.

Eva se curvou ao toque de Reed.

— O que você sabe sobre arcanjos?

A hesitação de Reed foi quase imperceptível, mas ela esperava por isso.

— Você está procurando algo em particular?

— Há alguma parte da mudança que tornaria alguém mais agressivo do que o normal?

— Caim é um babaca. Ponto.

— Me escute. Não julgue.

— Tudo bem. — Reed não poderia ter parecido mais desapontado, mesmo se tentasse.

— Conheço Alec Caim. Mas Caim, o arcanjo... não o conheço de maneira alguma. Eles não são a mesma pessoa.

Reed expeliu o ar com força.

— Você conheceu Caim durante três meses, no total, com uma lacuna de dez anos no meio. Por que não considera que ele apresentou o melhor comportamento possível por algum tempo e agora está cansado do esforço?

— Tempo não tem nada a ver com intimidade. Você pode ficar com uma pessoa durante anos sem de fato conhecê-la. Mas o inverso também é verdadeiro.

— Acho que Caim fodeu com você fazendo-a acreditar no que ele quis.

Eva decidiu revidar com palavras duras. Reed não estava bancando o idiota deliberadamente. Estava sendo muitíssimo grosseiro:

— Pode-se aprender muito sobre uma pessoa quando se faz amor com ela.

Reed bufou, e Eva se deu conta de que ele talvez não soubesse nada daquilo.

— Fazer amor é para garotas — ele disse, frio, confirmando as suspeitas dela. — Os rapazes fodem. Fazemos qualquer coisa pra seduzir uma mulher que nos provoca uma ereção. Caim não é diferente.

— Então faça isso por mim. Pesquise ascensões e veja se alguma explicação salta à sua vista.

Reed ficou paralisado e disse:

— Mas que coragem!

— Não me diga que não sente a confusão dentro dele. Estamos todos conectados. Há algo em Alec que não havia antes.

— Ele é o mesmo de sempre, Eva. Caim simplesmente tem mais poder e menos motivo pra jogar limpo.

— Certo. É isso aí — Eva replicou. — Mas eu quero saber o que há dentro dele.

— Não acho que você saberá. — Reed ergueu a mão quando Eva abriu a boca. — Não diga mais nada. Eu vou me informar por aí.

— Obrigada. — Eva colocou o máximo de gratidão que sentia na palavra, mas sua expressão permaneceu impassível.

Reed ficou de pé e a observou com desdém.

— Pense em sua tremenda idiotice, Eva. Estou aqui tentando ser o que você quer e você fica aí me pedindo para ajudá-la com um cara que não é capaz de amá-la.

Eva abriu a boca para responder, mas Reed desapareceu.

Suspirando, ela pediu:

— *Volte.*

Eva esperou, odiando a sensação de que a vida estava ficando completamente fora de seu controle. De pé, ela voltou a tentar se comunicar com Reed.

— *Eu faria o mesmo por você, Reed. Não deixaria isso pendente se soubesse que algo estava errado.*

Silêncio.

— Bem, não custava tentar.

Ao sair do escritório, Eva pegou o corredor e captou a visão do mar e do céu além da varanda da sala de estar. Sentia-se muito inquieta.

O Novium pressionava seu corpo, fazendo-a querer alguma diversão que envolvesse surrar algum demônio. Esse desejo por violência podia ser direcionado para o sexo como tática de protelação, mas Eva não vinha tendo relações sexuais, o que a deixava ávida por uma boa briga.

Bem, o que fazer a respeito? Jogar videogame não iria resolver. Ela poderia ir com Montevista até a Torre de Gadara e usar a academia, mas não queria correr o risco de ver Alec naquele momento. Teria de se preparar antes de se expor às observações grosseiras dele.

Eva deu as costas à visão da praia convidativa e se encaminhou para o seu quarto. Ao entrar, notou uma tarefa inacabada: a Bíblia com capa de couro cor de vinho e adornada com belos bordados que o padre Riesgo lhe emprestara.

Se Eva fosse à igreja, talvez Montevista não reclamasse muito de ter que escoltá-la. Não que a igreja fosse mais segura que os outros lugares, pois nada era sagrado para os demônios. No entanto, na pior das hipóteses, eles topariam com alguns Demoníacos atrás do prêmio e lutariam, e ela adoraria aquilo. Os demônios estavam na cidade por sua causa. Eles deviam combatê-la, e não transformar a vida dos outros Marcados num inferno.

Eva contornou a cama, e estendia a mão para pegar a Bíblia quando escutou a porta ser fechada e trancada. Tensa, olhou por cima do ombro.

— Tudo bem — Reed afirmou, ríspido. — Eu também sinto isso. Contente?

Reed, com as mãos enfiadas nos bolsos da calça preta, mostrava uma expressão austera e sombria. Eva sentiu como foi doloroso para ele a admissão, e como foi duro para ele lutar contra o ciúme para poder ser honesto com ela. Reed teria preferido que Eva desistisse completamente de Alec. Em vez disso, ele deu-lhe esperança.

— Não fique tão contente — Reed murmurou. — Ele ainda é um idiota. Caim sabia no que estava se metendo quando procurou a ascensão.

— Você acha que ele *quis* isso? — Eva perguntou, tranquila.

— Acho que ele buscou isso. — Reed a encarou. — Há muitos treinadores que são mais qualificados. Caim foi escolhido porque assegurou um aval em algum lugar.

Parecia muito estranho ela manter a aparência tão calma e, ao mesmo tempo, estar se despedaçando por dentro.

— E-E-ele devia saber que as coisas mudariam entre nós no processo, certo?

— Sim, ele sabia que os arcanjos são incapazes de praticar o amor romântico — Reed afirmou, com uma expressão dura. — Mas talvez não tenha pensado nisso, ou em você, na ocasião.

Mais honestidade, ainda que ter guardado a última frase para si talvez ajudasse na sua questão com ela.

— Obrigada. — Eva, com toda a calma, rodeou a cama e se dirigiu até Reed.

Após enfrentar a personalidade do tipo o médico e o monstro de Alec, era um alívio interagir com alguém que era simples e autêntico, mesmo que isso o pudesse prejudicar.

Talvez Gadara estivesse correto em sua hipótese acerca do motivo pelo qual Reed abordara Saraquiel em busca de auxílio.

Por ela, Abel deu a Caim o benefício da dúvida. Em troca, era justo fazer o mesmo por ele.

Quando Eva o alcançou, não pensou duas vezes. Ela segurou a nuca de Reed e o beijou.

Rapidamente, Reed a enlaçou e inclinou a cabeça para ajustar melhor sua boca na dela. Sua fome agressiva deixou Eva sem fôlego e derreteu o gelo em seu interior.

O fervor de Reed era muito diferente do de Alec. Havia tensão sexual, sim. Paixão, sem dúvida. Mas o desejo dele carecia da fúria e das trevas misteriosas de Alec. Com Reed, Eva não sentia como se fosse uma salva-vidas de um homem afogado.

Quebrando a conexão, Reed descansou a testa na dela.

— Não me use pra punir Caim.

— Não. — Eva o abraçou com mais força. — Nada de Caim. Simplesmente você.

Reed segurou a bunda de Eva e a ergueu do chão.

— *Eva... Eu quero você...*

A boca de Reed, tão firme e sensualmente curvada, era mais macia do que o esperado. A última vez em que ele a beijou, fora bruto. Ameaçador. Dessa vez, a língua estava macia como veludo e mergulhou fundo dentro da boca de Eva. O movimento foi tão intensamente sexual que ela ficou excitada e úmida. Gemendo, Eva se esfregou nele.

— *Eu quero você, Eva. Eu quero você.*

O desafio de Alec voltou à memória de Eva: *O que é mais importante? Quando alguém a quer porque não é capaz de resistir? Ou quando a quer porque toma a decisão consciente de querê-la?*

No entanto, Alec estava errado. Ele não a queria, conscientemente ou não. Ele precisava dela, mas, naquela tarde, Eva se deu conta de que não podia mantê-lo à tona. Não naquele mar de loucura dentro dele. Alec a puxaria com ele para baixo, da mesma forma que quase fizera quando ascendeu a arcanjo. Uma Marcada não poderia sobreviver àquela mudança — Alec, um *mal'akh*, mal tinha sobrevivido —, mas, à medida que o corpo dele foi alcançando estados alterados, Alec a arrastou para o negrume de sua agonia. Foi Reed que a libertara e a salvara da garantida insanidade.

Reed prendeu Eva contra a porta.

— *Eu quero você.*

As pernas dela se enlaçaram ao redor dos quadris dele. Os peitos deles ofegaram juntos, com o som da respiração forçada de ambos mais potente por causa de sua rarefação. Os Marcados não suavam, não ficavam sem fôlego nem com o coração aos pulos... exceto quando dominados pelo desejo por sangue ou sexo. O estresse não os afetava. A raridade das reações físicas gerava uma ânsia por elas — parte da maneira pela qual Deus encorajava os Marcados a manter sua humanidade, apesar de uma vida dedicada a assassinatos.

Reed recuou e pressionou seu rosto quente no dela.

— Às vezes, eu te odeio.

Ocasionalmente, Eva sentia essa raiva, quando ele a observava e achava que ela não estava atenta.

— *Se servir de consolo, às vezes eu me odeio também.*

— Você me quis antes de ele voltar à cena. Então, depois, você me rejeitou. — Reed segurou o seio de Eva e acariciou o mamilo com o polegar. Olhos ardentes e escuros observavam a respiração ofegante dela. Eles a desafiavam, zombavam dela.

— Você me amaldiçoou.

— *Me queira também.*

A entonação dele na mente dela era diferente da que lhe falava em voz alta. Era mais áspera, mais grave, com os pensamentos efêmeros dele se afastando tão rápido quanto apareciam.

— Eu quero me afastar de você — ele jogou seus quadris e então seu membro rígido pressionou diretamente onde doía nela. — Eu quero foder outra pessoa e que você saiba disso. Eu quero deitar na cama à noite e desejar que você estivesse debaixo de mim. Mas você não quer.

— Eu quero agora.

— Estou aqui agora.

Reed continuou a pressioná-la. Eva não fora capaz de mandá-lo embora da última vez em que ele a segurara daquele jeito, naquele primeiro dia em que ela achou que Reed se parecia tanto com Alec Caim que eles podiam ser irmãos. Quem diria? Ela tremera nos braços dele como tremia agora, e implorou por misericórdia, mesmo que ela desejasse mais.

— *Me queira também, Eva, me queira...*

Ela encostou o rosto no dele.

— *Eu quero.*

— Então, deixe-me ficar. Agora.

Eva pressionou os lábios na orelha dele e sussurrou:

— Sim. Fique.

9

OS OLHOS AZUIS DE IZZIE ESTAVAM ARREGALADOS.

— Você quer que eu seduza um serafim? — ela perguntou com seu sotaque alemão.

Se Alec fosse conjecturar, diria que Sabrael provavelmente gostaria.

— Seria ótimo — ele disse. — Mas ficaria feliz se você apenas conseguisse mantê-lo longe de mim por um tempo.

Claramente, as Marcadas achavam que seus encantos eram irresistíveis, o que foi outro motivo pelo qual ele se aproximara dela. A fim de controlar Sabrael, Alec precisava de alguém cuja autoconfiança fosse à prova de balas e que não tivesse medo de uma dorzinha. Ele suspeitava que a aparência durona de Izzie fosse mais do que apenas um estilo. O brilho nos olhos dela quando era exposta à violência era bastante reconhecível.

— Por quê? — Izzie quis saber.

— O motivo é comigo. O "como" é com você.

Manter Sabrael ocupado manteria o serafim longe de Eva e fora do caminho quando Alec abordasse Jeová a respeito do adiamento da visita de sua mãe. Era melhor para ela adiar um ano do que estar vulnerável em um dos momentos mais turbulentos da história.

Com a mão nas costas de Izzie, Alec a levou para longe do estande de tiro.

— Ele não consegue ouvir você planejar isso? — Izzie perguntou.
— Ele seria capaz se estivesse tentando, mas não está.
— Como sabe?
— Porque ele não está aqui chutando meu traseiro — Alec afirmou, seco.

Alec costumava procurar mulheres como Izzie — que não estavam procurando mais do que uma transa quente, intensa — para sexo. Apenas com Eva ele dedicara algum tempo a saborear a ligação.

E veja o quão conturbado aquilo era. Toda aquela angústia e aflição... Não valia o aborrecimento.

Ignorando as vozes em sua mente, Alec afirmou:

— Vamos começar depois de eu pedir pra Mariel me emprestar você por algum tempo.

Designar a última classe de Marcados para treinadores fora uma das suas primeiras responsabilidades como arcanjo. Ele colocara Izzie com a serena Mariel por dois motivos: primeiro, Mariel recentemente perdera um de seus Marcados para um cão do Inferno. Segundo, ele sentiu que Izzie manipularia um treinador do sexo masculino.

Como Eva faz com Abel?

O seio de Izzie encostou no braço de Alec.

— Como encontro esse serafim?

Um calor importuno tomou conta dele.

— Eu cuidarei disso.

— Por que acha que conseguirei seduzi-lo? — A voz de Izzie era um convite gutural para elogiá-la, para flertar com ela.

A parte de si mesmo que Alec começava a odiar estava considerando isso quando um surto de desejo se apossou dele.

Eva. Ela estava doída e ainda excitada pelo tratamento anterior que ele lhe dispensara. Quando Alec e Izzie alcançaram os elevadores, ele olhou para o relógio na parede. Uma hora depois e Eva estava mais quente do que nunca.

Ela é sua. Vá atrás dela e ela cederá... no fim. E, se ela não ceder, você poderá fazê-la gostar...

Alec acariciou a parte inferior das costas de Izzie.

— Porque você é gostosa, senhorita Seiler — ele murmurou.

— *Acho que tenho algo que o interessaria* — Hank disse, com estridência.

A interrupção foi irritante. Alec tinha outras coisas em mente.

— *Quão interessante é?*

— *Acho que é importante.*

Importante não era uma palavra que Hank usava sem motivo. Resmungando baixinho, Alec socou o botão do elevador. O desejo de Eva o estava incitando. Cada instinto seu o estimulava a encontrá-la e acabar com o sofrimento deles. Eva talvez achasse que o temia, mas Alec era capaz de fazê-la ceder. Ele sabia muito bem o que era necessário para alcançar o resultado que queria...

— *Estou a caminho* — Alec disse a Hank. — *Mas é melhor você ser rápido.*

Quando a porta do elevador fechou, Izzie se aproximou bastante dele. Alec ergueu a sobrancelha, em sinal de muda inquirição.

— Você está ruborizado — Izzie notou.

Sim, ele estava excitado. Sentia Eva como se ela estivesse em seus braços, imobilizada contra uma parede e se contorcendo junto ao seu corpo. Ele sentia o seio dela em sua mão, saboreava o sabor dela em sua língua, cheirava o perfume da sua pele aquecida. As sensações eram tão vívidas e tão completamente concentradas em seu ponto de vista que ele as sentia como um sonho úmido.

Izzie esboçou um sorriso leve que curvou sua boca pintada.

— Ou você está com muita raiva ou com muito tesão.

Alec se apoiou no corrimão e cruzou os braços.

— Nem um nem outro são da sua conta.

— Certo dia foram. — Izzie chegou mais perto. — Em Münster, apenas alguns anos atrás.

Pego de surpresa, ele mal registrou a risada contente e maníaca que ecoou através dele. O suor pontilhou sua testa e sua nuca. A sensação do mamilo de Eva preso entre as pontas de seus dedos era tão real que ele demorou a processar o que Izzie dizia.

Então, as lembranças tomaram conta dele com ímpeto, impondo um gosto amargo em sua boca.

Acontecera poucas horas antes do amanhecer. O sangue fedorento de um Demoníaco cobria suas mãos e imagens de centenas de crianças exploradas ocupavam sua mente. *Quanto tempo o demônio Ho'ok estivera comandando o grupo de pornografia infantil? Quantas crianças tinham sofrido? Por que o serafim esperara tanto para acabar com aquilo?* Enojado, desanimado, enfurecido e sedento de sangue, Alec perambulou pelas ruas de Münster até que uma prostituta loira, com tachas no pescoço e nos pulsos, saiu por uma porta escura na frente dele.

— *Wollen Sie einen Begleiter?* — ela perguntou, lambendo o lábio inferior. *Você quer companhia?*

Alec a jogou na cama, ergueu sua minissaia e a fodeu até que o desejo de matar se desvaneceu numa dor distante. Em seguida, ele entregou um punhado de euros para ela e a deixou para trás, assim como sua lembrança.

Possua essa mulher.

À medida que as trevas cresciam dentro de Alec, a paralisia tomava conta dele, enroscando-o no desejo inspirado por Eva e enrijecendo todo o seu corpo. As portas do elevador se abriram no andar de Hank, mas Alec permaneceu plantado no lugar. As discussões estridentes dos diversos Demoníacos na sala de espera penetraram no espaço antes silencioso. Então, as portas voltaram a se fechar, deixando ele e Izzie sozinhos, com os demônios interiores de Alec e uma versão instrumental de *Copacabana* saindo dos alto-falantes.

Alec experimentou a sensação imaginária de Eva se curvando contra ele no momento em que a mão de Izzie segurou sua ereção.

— Isto é para mim? — ela murmurou, acariciando-o.

Trepe com ela.

O rangido dos dentes de Alec era audível:

— Não.

Com indiferença, Izzie deu de ombros e estendeu a mão para abrir o jeans dele.

— Então, só vou pegar emprestado.

O elevador começou a subir.

Esqueça Eva. Ela quer seu irmão. Ela trocou você por ele.

Alec segurou o pulso de Izzie, imobilizando-lhe a mão. Ela ergueu o olhar. Por um instante, ele viu olhos castanho-claros amendoados. Então, piscou e viu olhos azuis nórdicos.

— Você não quer o que eu tenho para dar.

— Quero. Quero há meses.

— *Eu quero você* — a voz de Eva murmurou.

Alec se teletransportou para seu escritório.

Mas foi a besta nele que imobilizou Izzie contra a parede.

REED ATIROU EVA NA CAMA. ELA CAIU COM UM GRITO de surpresa e, em seguida, estendeu a mão para abrir o jeans. Suas pernas eram ágeis e perfeitas; as linhas de seu corpo, esbeltas, mas com curvas generosas.

Sedutora, Reed lhe dissera certa ocasião. E ela era. Um filete de suor percorreu a espinha dele.

— Vamos! — ela instigou, livrando-se da calça. Em seguida, tirou a calcinha de renda preta.

Ele se lembrou da única vez em que transara com ela. Enviado para marcá-la, Reed esperara só se divertir com a mulher que seu irmão passara uma década desejando. Então, ao passar por ela na Torre de Gadara, Reed se flagrou querendo-a, independentemente de Caim.

O olhar de Eva o seguira tão cheio de desejo que ele o sentiu percorrer sua pele. Aquele olhar deixara-o tão ansioso por transar com ela que Reed rasgara as roupas dela e as arrancara. *Depressa*, ele murmurara. O encontro acabara tão rápido quanto começara, mas o assombrava até hoje.

Reed despiu-se, jogou as roupas no chão e se agigantou sobre ela. Eva fez uma pausa no ato de tirar a blusa, encarando o corpo dele com uma mistura de admiração e desejo. Aquilo endureceu ainda mais o membro dele. Ela umedeceu o lábio inferior, e Reed gemeu.

Eva teria visto Caim nele? Reed quase sondou os pensamentos dela para descobrir, mas resistiu à vontade. O modo como Eva o via agora seria diferente de como o viu quando o conheceu.

Eva se reclinou, metade vestida, com as pupilas dilatadas por causa do Novium. Ela fora muito gostosa como mortal. O quão mais gostosa seria com seu corpo aprimorado pela marca?

Reed contraiu os lábios, incapaz de um sorriso verdadeiro com a boca tão seca. Eva estava impaciente para transar com ele, a ponto de não se preocupar em terminar de se despir.

— Só iremos transar quando você estiver totalmente nua — Reed advertiu.

Com ambas as mãos, Eva pegou sua bela blusa rosa pela gola e a rasgou no meio.

Aquele gesto atingiu Reed como um soco no estômago. Sua respiração sibilou entre os dentes cerrados. Ele segurou os joelhos dela e separou-lhe as pernas, querendo ver o que ele desejara nos últimos meses. Eva tremeu com o olhar dele, mordendo nervosamente o lábio inferior, como se temendo que ele a repreendesse.

— Escorregue para trás — Reed ordenou, acompanhando o recuo dela com um joelho sobre a cama e, depois, o outro. Ele a seguiu pela imensa cama de casal até que ela alcançou a cabeceira.

— Reed... — Eva disse, ansiosa, e o olhar dele encontrou o seu.
— Não demore.

Eva já ofegava, e Reed nem tinha começado. Ele a beijou com força e sussurrou, em tom de reprimenda:

— Relaxe. Isso vai levar um tempo.

— Há pessoas por aqui!

Ele lambeu a parte posterior do joelho dela. E Eva se arrepiou.

— Não me importaria se todos os arcanjos estivessem aqui. Eu vou me saciar.

— *Depressa, droga.*

Eva parecia sem fôlego nos pensamentos dele, o que lhe dizia como estava preparada com tesão para aquilo. Com tesão por ele.

Reed pôs as mãos sob as nádegas arredondadas.

— *Vou fazer tudo com você. Tudo.* — Quando ele a ergueu até sua boca, as costas de Eva se curvaram. — *Vou mergulhar tão fundo em seu corpo que você sentirá minha falta quanto eu não estiver aqui.*

Eva separou as pernas, oferecendo-se para Reed. A primeira lambida dele foi lenta e suave, intencionalmente provocante. Ela estava escorregadia e ardente de necessidade, contorcendo-se diante de seu domínio.

Eva gemeu baixinho quando Reed a lambeu com força e rapidez.

— *Não pare... Não pare...*

Então, Reed enrijeceu a língua e atacou o minúsculo feixe de nervos na ponta, apreciando os apelos guturais dela por mais.

— *Não pare...*

Reed apoiou os quadris na cama, sabendo que tinha de fazê-la gozar naquele momento, temendo ter ido longe demais e assim não ser capaz de levá-la ao orgasmo depois. Ele foi tomado pelo entendimento de que aquela era Eva, a mulher que ele queria por motivos alheios ao sexo. Naquele instante, ela estava bem onde Reed a queria: estendida e disposta, choramingando de prazer indefeso. Naquele momento, eles estavam juntos, com os corpos e as mentes conectados. Ele não sabia que estava sozinho — um anjo que se mantinha afastado — até o instante em que não se sentiu mais só.

Reed experimentou uma intensidade incrível, uma gratidão e uma alegria estranha. Com receio de ser muito bruto com ela, ele drenou o excesso de desejo através de Eva e na direção de Caim, que poderia distribuí-lo para os demais da empresa. A tática trouxe-lhe algum controle, permitindo-lhe ser delicado com ela como não fora antes.

Eva chegou ao orgasmo com as mãos segurando o acolchoado, com as coxas tremendo, com a carne rosada e macia da boca contraindo-se com uma avidez que talvez se igualasse à dele.

Reed ficou de joelhos, segurando as pernas de Eva quando elas ameaçaram cair sobre o colchão. Ele secou a boca úmida contra uma panturrilha perfeita e a sensação daquela pele incitou a necessidade que ele tinha por ela que ele negara durante meses.

— Minha vez. — Reed colocou as pernas dela em seus ombros. Em seguida, procurou se equilibrar.

Dócil e letárgica, Eva tocou a coxa dele com dedos suaves. Reed ficou paralisado de assombro, perguntando-se se ela mudara de ideia agora que o Novium tinha sido satisfeito.

A expressão de Reed fez os olhos de Eva arderem com lágrimas não derramadas. A mão que afagava o rosto dela flexionou-se de forma convulsiva e a garganta funcionava como se ele quisesse falar, mas sem conseguir.

— *Eu quero você* — Eva murmurou. — *Dentro de mim... Comigo.*

— *Me receba, então.* — Rangendo os dentes, ele deu uma estocada.

O grito de Eva foi cheio de dor e prazer. Esquecera-se da sensação do membro dele dentro de seu corpo, tão grosso e grande. Antes que

Eva conseguisse recuperar o fôlego, Reed adotou um ritmo intenso, tomando-a com uma força que a empurrou na direção da cabeceira da cama. Ali, Eva apoiou as mãos e ia de encontro a Reed quando ele investia, acolhendo o membro tão fundo que doía, exatamente do jeito que ela queria.

Naquele dia, Eva estava tão ávida por Reed como ele sempre estivera por ela. Ele era bruto, sem artifícios, sem o controle impassível sempre exibido por Alec. Reed chegava ao clímax imediata e descaradamente: sua cabeça jogada para trás, seu pescoço firme, seu abdome ondulando entre músculos funcionais. Ele rugiu quando gozou, com as asas se abrindo numa explosão de branco, com as coxas se distendendo enquanto alcançava seu prazer no corpo receptivo dela.

Enfim, Reed desacelerou, com o peito ofegante. Ele baixou as pernas de Eva, enredou-as ao redor de seus quadris e se deitou sobre ela. Sua boca se moveu sobre o rosto dela, beijando-a, com sua respiração intensa fazendo uma carícia distinta em sua pele úmida. Um braço deslizou sob o ombro dela, ancorando-a. A outra mão segurou-lhe o seio, massageando-o. Sob as panturrilhas, Eva sentiu as nádegas duras de Reed se contraírem e relaxarem conforme ele investia contra ela: lenta, firme e profundamente.

Reed — o feroz, um homem conhecido por sua predileção pelo sexo selvagem — estava fazendo amor com ela. O alívio e... a alegria de estar ligada a alguém trouxe lágrimas a seus olhos, mas ela piscou para reprimi-las.

— Hummm... — Reed rugiu com uma pantera satisfeita. Uma gota de suor caiu de sua testa no rosto dela. Ele a lambeu e, depois, esfregou nela o nariz. — Valeu esperar.

Eva gemeu e se arqueou para cima ante as investidas luxuriantes e vagarosas.

— Reed... — ela arfou, tremendo num orgasmo violento sob ele.

O sorriso de Reed tinha uma sugestão de triunfo masculino. Seus olhos estavam misteriosos e atentos, seus bíceps flexionavam conforme ele massageava o bico do seio dela entre as pontas de dedos hábeis. Contra o fundo de penas brancas, a pele de Reed era dourada, reluzindo com um delicado brilho de transpiração que revelava a Eva o quão excitado ela o deixara.

Reed pressionou os lábios nos dela e murmurou:

— Agora, podemos começar.

ALEC, DIANTE DA PAREDE DE JANELAS DE SEU ESCRITÓRIO, passou a mão nervosamente pelos cabelos encharcados de suor. O ar tinha o cheiro de sexo e fúria, assim como sua pele. Ele tirou pela cabeça sua camisa rasgada e molhada e a jogou de lado. Em seguida, tirou a cueca boxer, que apenas baixara o suficiente para liberar sua ereção.

Seu estômago se agitou — como seria bom conseguir vomitar. Sentia-se violado, como se tivesse estuprado seu próprio corpo.

— *Quero você dentro de mim... Comigo.* — A voz ofegante de Eva se misturou com as vozes sombrias em sua mente, para incitá-lo a um ato que ele lamentou mais do que a primeira vez em que matara seu irmão.

Para Alec, era quase insuportável olhar para a mulher estendida no chão sabendo que traíra Eva com ela. Izzie começara a incitá-lo, estimulando o desejo e a raiva dele, saboreando sua obstinação no sexo.

Isso mudou quando as trevas se apossaram dele. Alec fora simplesmente o instrumento usado para realizar o ato e, em certo momento, Izzie se deu conta disso. Em primeiro lugar, a surpresa a alcançou, depois o medo e, em seguida, a raiva. No fim, o prazer sobrepujou o resto, mas Alec duvidava que ela voltaria a procurá-lo para transar. Ele pedia a Deus para que fosse capaz de resistir a Izzie se ela o procurasse.

Preciso ter controle sob tudo o que a ascensão despertou em mim.

Nu, Alec se dirigiu até onde Izzie estava deitada, descansando, e se inclinou para erguê-la. Ela protestou baixinho e rolou, afastando-se dele, exausta pelas demandas feitas sobre seu corpo. Ele tinha a força de um arcanjo e as necessidades de inúmeras vozes em sua mente. Para todos os efeitos, ela fora fodida por uma dúzia de apetites insaciáveis. As roupas de Izzie estavam em pedaços. Sua maquiagem dos olhos e seu batom, indistinguíveis.

Alec acomodou Izzie gentilmente sobre o sofá de couro preto junto à parede. Em seguida, dirigiu-se ao banheiro para tomar banho. Pelo ponto de vista prático, ele passara a viver naquele escritório depois de sua promoção. Por ter descoberto imediatamente que algo estava errado com ele, decidira se manter afastado de Eva. No entanto, imaginá-la com Abel — ou qualquer outro homem — fora insuportável. Entregara-se à necessidade de vê-la. Ele não precisava estar apaixonado por Eva para querer ficar em contato. Afeto, admiração, respeito e desejo... alguns casamentos tinham muito menos que isso.

— *Eu quero você...*

Alec estava tão exausto que nem mesmo a voz de Eva conseguiu excitá-lo. No entanto, sentiu um zumbido suave em suas entranhas, sinalizando uma possível recarga. Tinha de cair fora do prédio, afastando-se dos outros Marcados que o tornavam tão poderoso.

O que foi que eu fiz?

Com a água quente molhando sua cabeça e o cheiro do suor e do sexo se dissipando no vapor, Alec apoiou a mão no azulejo frio e ficou olhando fixo para a água escoando pelo ralo em redemoinhos. Exatamente como sua vida e seu relacionamento com Eva.

As coisas que ele dissera para ela... Agora que ele conseguia raciocinar com clareza, deu-se conta da extensão completa do que fizera. Suas intenções foram corretas, mas a abordagem foi terrivelmente errada.

Alec pensou sobre a exaustão de Izzie, sobre seu próprio vigor e fez uma careta. Embora não gostasse da forma, agradeceu à coisa nele que não usara Eva daquela maneira.

De banho tomado e com roupas limpas, Alec voltou para a área principal de seu escritório. Pegou Izzie, teletransportou-se com a garota para o apartamento dela e a colocou na cama.

Alec se odiou nos breves momentos em que pairou sobre a forma imóvel dela. Izzie começara como participante desejosa, e ele a satisfizera bem, mas qualquer coisa em demasia é insuportável. Ele fora mais bruto com ela do que jamais fora com outra mulher em sua vida.

Alec sentia-se exausto quando se teletransportou de volta para o corredor que levava à sala de Hank. Tão cansado que bater na porta foi difícil, mas uma solicitação era a única maneira de penetrar no refúgio sagrado do ocultista. Como mais cedo naquele dia, quando estava com Eva e o Tengu, a porta se abriu sem ajuda tangível e Alec ingressou no espaço escuro.

— Você demorou. — Hank surgiu das sombras, na aparência familiar de velha encarquilhada, antes de se transformar numa moça ruiva, sensual e encantadora.

Alec costumava se perguntar se a aparência de bruxa extenuada era mesmo um encantamento, mas acabou decidindo que era apenas uma idiossincrasia. Um ritual que Hank executava para entrar no estado de ânimo para trabalhar a magia dele — ou dela.

— Desculpe. — A palavra simples foi incapaz de relatar a profundidade do remorso de Alec.

Hank se deteve a apenas alguns centímetros de distância.

— Você está com um aspecto péssimo.

Alec também se sentia assim.

— O que conseguiu para mim?

— Quer um conselho? — Hank cruzou os braços sobre o peito amplo. — Termine qualquer tipo de relacionamento que você tem com Eva. Vocês estão enfraquecendo um ao outro num momento em que os dois precisam ser mais fortes.

— Eu já rompi com ela.

— Ah! — Hank exclamou, estudando-o com os olhos semicerrados. — Você parece mais afetado pela perda do que deveria estar como arcanjo.

Alec quase respondeu bruscamente — seu temperamento ainda estava explosivo —, mas as últimas horas lhe proporcionaram controle suficiente para combater o impulso.

— O que você sabe a respeito da ascensão para arcanjo?

— Sempre acreditei que os arcanjos nascessem arcanjos, que não eram fabricados. — Hank se virou e fez um gesto para Alec segui-lo.

Enquanto se moviam, um círculo de luz, como um refletor, movia-se com eles. Alec teve a sensação de que o recinto se estendia infinitamente além das sombras, o que era impossível de acordo com as limitações das estruturas dos mortais. Porém, aprendera tanto a aceitar que Hank era um demônio de poderes e origens desconhecidas como a apreciar o fato de que o Demoníaco estava do seu lado, e não do de Samael.

— Por que mais arcanjos não foram criados, na sua opinião? — Alec quis saber.

— Porque os Sete permaneceram intactos.

— Os Sete. Você diz isso como se fossem uma entidade, e não apenas um número.

Uma mesinha de madeira com acabamento precário surgiu à vista. Hank se sentou graciosamente numa cadeira e fez um gesto para Alec se acomodar. Durante todos os anos em que trabalhara com Hank, foi a primeira vez que Alec se aventurou a mais de alguns metros no interior do domínio do ocultista. O ar era mais quente ali e tinha cheiro de enxofre.

Alec se sentou. Bamboleando, o Tengu emergiu da escuridão carregando uma bandeja, tão dócil quanto um mordomo bem-educado. Ele depositou um jarro com um líquido cor de âmbar e dois copos sobre a mesa. Em seguida, fez uma reverência e sumiu. O fedor de sua alma em putrefação perdurou.

— Mas que diabos...? — Alec vociferou. — Ele fede, mas é... educado.

— Vamos chegar a isso em um minuto. Entre os outros arcanjos, só Miguel, Rafael e Gabriel mantiveram suas posições seguras. Metatron, Ariel, Ezequiel e todos os outros, onde estão agora?

— Com Deus.

— Por quê? Porque também não foram capazes de administrar empresas e uma vida secular como os outros? — Hank fazia referência à crença amplamente difundida. — Com todo o poder e conhecimento à disposição de um arcanjo, somente sete foram capazes de permanecer na Terra? Deus não quis criar outros esperando que eles talvez fossem capazes de enfrentar isso? E nenhum *mal'akh* se provou competente para assumir a missão nesse meio-tempo? Até você?

Erguendo o copo, Alec cheirou o conteúdo e perguntou:

— O que é isto?

— Chá de camomila gelado.

Alec voltou a pousar o copo no tampo:

— Fui promovido porque Raguel foi capturado.

E porque ele prometera a Sabrael um favor até agora desconhecido, mas aquele era um assunto entre ele e o serafim.

Hank encheu seu copo até a borda e bebeu o conteúdo em um só gole.

— O que manteve efetivamente o número de arcanjos na Terra em sete.

— Você acha que o número é proposital? Como um valor máximo?

— Isso, ou a mudança é tão difícil que é muito raro que um *mal'akh* consiga administrar isso. Gosto de você, Caim, mas nós sabemos que há outros que são mais bem qualificados para a promoção do que você.

Bufando, Alec recostou-se na cadeira, apesar dos rangidos dela. Hank tinha uma conta de despesas generosas e podia facilmente arcar com a melhoria da mobília, mas aparência era tudo para o ocultista. A mesa e as cadeiras bambas tinham a intenção de comunicar algo que Alec ainda não captara. E, naquele momento, ele não podia perder tempo pensando naquilo.

— Ninguém é mais versado do que eu em salvar a vida de Marcados.

Com um tapa leve, Hank recolocou uma mecha de cabelos ruivos no ombro:

— Desde quando isso é objetivo de um arcanjo?

Alec resmungou ante o desafio sutil.

— Olhe pra você — Hank disse. — Como um cachorro raivoso à beira de um ataque. No entanto, achou a força de vontade para se separar de Eva, quando tenho certeza de que essa foi a última coisa que você quis fazer. Dizem que você não é capaz de amá-la.

— Não é como antes.

— O amor diminuiu, mas não desapareceu. E por que não? Porque você estava apaixonado quando a ascensão aconteceu?

— Não preciso de mais perguntas, Hank, mas de respostas.

Em sinal de indiferença, Hank deu de ombros.

— Sou um cientista. É da minha natureza questionar tudo.

— Encontre as malditas respostas! Que diabos há de errado comigo?

— O que está errado é sua crença de que algo está errado.

Alec cerrou os punhos:

— Não gosto de bater em mulheres, mas você está me pressionando.

O ocultista alterou sua forma, transformando-se numa garotinha de seis ou sete anos, mas falou com sua voz rouca eternamente presente:

— Todos os Celestiais acreditam que os demônios escolhem ser maus. Ninguém considera que somos criados do jeito que somos. Não conseguiríamos enxergar o mundo como você, mesmo se quiséssemos.

Da mesma forma que você não consegue enxergar pelo nosso ponto de vista.

No entanto, Alec conseguia agora. Aquele era o problema. Ele enxergava o apelo. Pior, os desejos que sentia pareciam parte inerente dele, e não uma adição.

— Então, você acha que eu deveria ser deste jeito? Que sempre fui deste jeito? É isso que está me dizendo?

— Talvez você esteja combatendo a mudança. — Hank ergueu o copo intacto de Alec e bebeu o conteúdo. — Talvez a parte ambiciosa de sua alma, a parte que anseia estar mais perto de Deus, é que esteja se rebelando em você. Você está se tornando feroz porque não está conseguindo o que quer.

— Quem sabe seja a parte de mim que quer Eva... — Alec afirmou, simplesmente para contrariar.

— Em minha opinião, pode ser aquela outra, a parte mais sombria de sua alma se impondo. Aquela parte que você ignora e que todos fingem que não existe.

Alec rosnou ante a acuidade de Hank; um som mais animal do que angelical.

— E não existe. É um mito.

— Uma mentira de um arcanjo, em vez de uma mera evasiva. Essa deve ser a primeira. — Hank sorriu. — Independentemente, minha preocupação envolvia Eva, e você percebeu isso. Caim da Infâmia pode tomar conta de si mesmo. Sugiro que você pergunte a um dos outros arcanjos o que esperar. Por que recorrer a um Demoníaco quando Saraquiel está aqui pra ajudá-lo?

— Porque estou competindo com os outros arcanjos agora.

Semelhante às crianças, os arcanjos bajulavam o Pai deles. Competiam com seus irmãos e irmãs esperando brilhar mais que eles. Agora, Alec era uma ameaça. Eles estariam se sabotando a fim de ajudá-lo. Nenhum arcanjo era assim desprendido.

Mudando de novo para a forma de gatinha sensual, Hank ficou de pé e fez um gesto para Alec se erguer também.

— Venha! Quero lhe mostrar o motivo pelo qual eu o chamei. Pode ser que o anime.

10

O SOM TREMULADO DE UMA MENSAGEM DE TEXTO DES-
pertou Reed de uma soneca.

— Posso esmagar seu celular? — ele murmurou, pousando os lábios no alto da cabeça de Eva. — Eu te compro um novo.

Eva começou a se afastar de Reed. Seu corpo era um peso quente que ele relutava em perder.

— Alguns de nós têm de se comunicar da pior forma — ela disse, caçoando. Ao se apoiar num cotovelo, uma cortina densa de seus cabelos fez cócegas no peito dele.

Reed sentiu uma sombra de desconforto cruzar sua mente, seguida por uma sensação de culpa. Rolando, ele imobilizou Eva sob si e se apossou de sua boca num beijo quente e intenso. Ela relaxou, com as mãos deslizando pelos cabelos dele, para mantê-lo perto.

Recuando, Reed tocou seu nariz no dela, um pouco confuso pela sua necessidade de ser carinhoso.

— Se você começar a pensar nisso como um erro, vou incliná-la sobre meu joelho e dar-lhe algumas palmadas.

Eva riu, mas sua expressão era sombria.

— Você terá de ser paciente comigo. Não estou na melhor forma para assumir algo sério. Eu lhe disse isso antes.

— Estou completamente fora de forma pra assumir qualquer coisa. Você sabe disso. Não tenho a mínima ideia do que faço.

— Ou se vai querer continuar fazendo — ela acrescentou.

Reed piscou.

— Sem dúvida, quero continuar fazendo isso.

— Ótimo. Continuaremos transando.

— Não foi isso o que eu quis dizer.

— Sim, foi. — Eva saiu da cama.

— Querida...

Ela se dirigiu à penteadeira e desligou o celular do carregador. Depois de apertar algumas teclas, disse:

— Sara está atrás de você.

Cerrando as pálpebras, Reed conteve um gemido. Ele tinha um celular, mas o mantinha desligado a maior parte do tempo exatamente por esse motivo. Reed poderia falar com quem bem quisesse sem usar meios seculares. Todo o mundo podia esperar até ele entrar em contato.

— Quão ruim é o fato de que ela sabia que o encontraria comigo? — Eva se afastou.

Com os olhos semicerrados, Reed viu a bunda de Eva desaparecendo no interior do banheiro. Despudoradamente despido, o que ele considerou muito atraente.

— *Na certa, ela entrou em contato com todos os meus Marcados.* — Reed sabia que se falasse em voz alta com ela seria ouvido pelos dois Marcados na sala de estar.

O chuveiro foi ligado. O quarto de Eva era grande, com teto abobadado e uma entrada sem portas para o banheiro bastante larga.

— *Quanto tempo você ficou com ela?* — Eva quis saber.

Reed saiu da cama e se dirigiu ao banheiro.

— Sei o que você está pensando, e não foi desse jeito.

Reed encontrou Eva de pé, de olhos fechados e com a cabeça inclinada para trás debaixo do chuveiro. O boxe foi construído sem porta e com apenas uma divisória de vidro fino, o que lhe permitia uma visão esplêndida de cada centímetro dela.

— *Então, foi de que jeito?* — Eva replicou.

— Uma perda de tempo.

Eva endireitou-se e esfregou a água dos cílios.

— Alguns relacionamentos terminam com sentimentos assim, mas raramente começam com eles.

— Não sei. Não tenho relacionamentos.

— Ela era boa de cama? — Eva perguntou de modo casual, mas Reed sentiu que o interesse dela na resposta era bem grande.

— Era conveniente. Sem namoro, sem galanteio, sem preliminares. Quanto menos eu me importava com o prazer dela, mais Sara gostava.

— Talvez porque ela se importe com você.

Reed riu.

— Ela é um arcanjo, lembra? Há espaço suficiente no coração dela apenas para Deus.

— Não estou brincando. Eu percebi o jeito como Sara olha pra você.

— Ela quer meu pau. Isso não é se importar.

Eva esguichou na palma da mão o sabonete líquido com aroma de maçã e lançou um olhar irônico para Reed.

— Sei que alguns homens têm fantasias acerca de mulheres que sentem fome de pênis, mas isso é um exagero.

Reed apoiou o quadril na bancada e cruzou os braços, observando-a passar xampu nos longos cabelos com ávido interesse.

— Não foi o que você falou trinta minutos atrás.

Eva atirou a esponja nele. Apanhando-a com incrível destreza, Reed endireitou-se e se aproximou dela.

— Pedi pra Sara fazer algo pra mim — ele contou para Eva. — Ela me enganou durante anos antes de admitir que não iria continuar.

— Talvez ela não tenha conseguido continuar.

Reed jogou a esponja de volta para ela. Em seguida, pegou os quadris de Eva e a afastou do jato de água.

— Ei! — Eva protestou, quando Reed entrou debaixo da água.

— A questão é que Sara sabia que não iria me ajudar. Ela simplesmente me levou a acreditar em outra coisa — Reed sacudiu os cabelos molhados. Então, cedeu o chuveiro de volta para Eva e estendeu a mão para pegar o xampu dela.

— Achei que os arcanjos não mentiam.

Reed fez uma pequena pausa, como se estivesse considerando aquilo. Em seguida, começou a passar o xampu na cabeça.

— Por que estamos falando disso?

— Quero saber mais sobre você. — Eva começou a esfregar sua pele, convertendo-a num belo tom rosa-claro.

— Então por que você está fazendo perguntas acerca de outra pessoa?

— Ótimo. Vou fazer uma pergunta a seu respeito: o que você quis que ela fizesse pra você?

Reed moveu as mãos de seu peito para os seios dela. O olhar que Eva lhe deu revelou que ela não se distrairia.

— Não é importante agora.

De repente, Eva o beijou no ombro.

— Eu estava certa! — ela exultou. — Você gostaria de ser um arcanjo.

Reed rosnou e puxou o corpo ensaboado dela contra o seu.

— Eu fiquei fora de sua mente. Você não tem o direito de investigar a minha.

— Você pensou nisso. Simplesmente estalou na minha mente.

Reed se deu conta de que a recente intimidade deles abrira caminhos que ele teria preferido que permanecessem fechados.

Como se captando a relutância dele, Eva franziu a sobrancelha.

— Qual é a grande questão?

Reed sentiu que ela começava a recuar, tanto física quanto emocionalmente. E moveu os dedos pelas nádegas redondas.

— É uma ambição sublime — ele explicou com firmeza, sabendo que teria de se abrir um pouco, no mínimo, se tinha esperança de mantê-la. — Não é uma que se queira anunciar.

— Sou capaz de entender isso. No entanto, você confiou em Sara. Quando eu lhe perguntei disso antes, você não deu a mínima.

Dobrando os joelhos, Reed ajustou seu corpo com mais perfeição no dela.

— Você divide pensamentos com meu irmão, querida.

— Por que ele se importaria se você quisesse ser promovido?

Reed cerrou os dentes. Falar de si mesmo era uma das coisas que ele menos gostava de fazer.

— No passado, se Caim soubesse que eu queria algo, ele geralmente conseguiria primeiro — Reed afirmou, com cuidado.

— Ah! — Eva o enlaçou com os braços, e a esponja em sua mão roçou as costas dele de um jeito muito gostoso.

— Esfrega minhas costas? — Reed beijou-lhe a testa.

— Você vai continuar falando?

— Há maneiras mais agradáveis de te pagar.

— Fechado ou não?

Resmungando por não conseguir dizer "não" a ela, Reed mudou a posição deles, de modo que Eva pôde ficar aquecida debaixo da água, enquanto ele ficou fora dela.

Passando a esponja na pele dele, Eva perguntou:

— Você acha que Alec interferiria em sua promoção agora? Ele já foi promovido.

— Sim, acho que interferiria. Ele é o melhor em matar, mas essa é a única coisa em que ele é bom de verdade. Caim sabe que eu o superaria.

Os movimentos de Eva ficaram mais lentos e, pouco depois, pararam por completo. Reed esperou e, em seguida, olhou por sobre o ombro.

O olhar dela encontrou o dele.

— Você disse que acha que ele assegurou o aval de que precisava com uma barganha.

— Sim. Alec não demonstrou que essa é maneira como trabalha? Ele barganhou com Deus pra atuar como seu mentor. Barganhou com Grimshaw pra chegar a você na fábrica de artigos ornamentais. Barganhou pra ressuscitá-la depois que o dragão de Asmodeus a matou. Caim violará qualquer regra, e ele é bastante requisitado. Os outros negociam com ele para realizar tarefas que temem fazer sozinhos.

— Do jeito como você barganhou com Sara pra conseguir que os seguranças dela me ajudassem em Upland?

Reed ficou paralisado de assombro. Quanto Eva saberia a respeito daquela transação?

— Era isso que você estava investigando em minha mente antes?

Eva baixou os cílios.

— Entendi errado? Você fez isso por ela?

Reed engoliu em seco, aliviado com a aparente ignorância de Eva sobre seu aviltamento e apavorado pela súbita expectativa entre eles. Parecia um ponto de inflexão e Reed ainda não estava pronto para aquilo. Não sabia como se preparar para tal coisa.

— Não fiz por ela — ele conseguiu dizer, enfim.

O beijo de gratidão que Eva deu na pele molhada do bíceps de Reed o fez desviar o olhar, antes que ela visse tudo que sua expressão podia revelar. Eva conseguiria deixá-lo de joelhos com um simples olhar. Seria melhor que ela não soubesse daquilo.

Eva pigarreou.

— Teria de ser um serafim a ajudar seu irmão, certo? Os serafins são os únicos que têm a atenção de Deus.

— Não são os únicos. Os querubins e os tronos também estão perto Dele. Mas os tronos são anjos humildes. Carecem da ambição de atacar uma negociação do demônio com Caim.

Eva ergueu as mãos num gesto de rendição.

— Não estou com disposição pra uma aula sobre a hierarquia dos anjos.

— Certo. — Reed sorriu-lhe e indicou suas costas. — Por favor?

Quando Eva recomeçou a esfregar, Reed voltou o rosto.

— Estou muito preocupada com Gadara — ela murmurou. — Me deixa louca o fato de que todos parecem ter se esquecido dele. Queria ver as pessoas correndo atrás, buscando respostas, fazendo alguma coisa.

Reed concordou com um gesto de cabeça.

— Eu tenho uma ideia.

Reed ficou tenso com o tom de voz de Eva, que tinha uma nota de relutância, como se ela soubesse com antecedência que aquilo que iria dizer causaria uma reação desagradável.

— Fale.

— Nós queremos Gadara. Satã me quer. Por que não propomos uma troca?

Reed arregalou os olhos de espanto. A respiração manteve o ritmo normal, mas o coração disparou. Não deveria. Ele não estava excitado, e sim chocado.

— Você enlouqueceu?!

— Talvez.

Virando-se, Reed a encarou e a pegou pelos quadris.

— De jeito nenhum!

— Vamos — Eva disse, com o olhar direto e sério. — Se juntarmos nossas cabeças poderemos descobrir um jeito de ter sucesso sem que nenhum de nós acabe morto.

— Alô?! Terra pra Eva. É de Samael que estamos falando. Com exceção de Jeová, não existe nada que consiga derrotá-lo.

— Não estou falando de derrotá-lo. Estou falando de enganá-lo.

— E o que você acha que ele fará depois disso? Samael já ofereceu um prêmio pela sua cabeça!

— Se ele me quisesse morta mesmo, eu já estaria.

Lógica intricada ou não, Eva estava certa. No entanto, o risco que ela se dispunha a correr angustiava Reed.

— Ele gosta de brincar com suas presas, Eva. Isso é tudo.

— Pense a respeito.

— Não.

— É a única opção que temos.

— Besteira. — Reed tinha um negócio muito melhor em mente, mas Eva não iria gostar dos termos. — Não é uma opção de modo algum.

Eva abriu a boca para discutir, mas desistiu.

— Vou preparar o jantar esta noite — Reed propôs. — E não, não vai ser frango xadrez.

EVA VESTIU A CAMISETA E, EM SEGUIDA, OLHOU PARA Reed. Ele estava de cabeça baixa, com os olhos fixos na fivela do cinto, que prendia. Perfeitamente polido, como de costume. Ela o olhou fixo por um bom tempo, apreciando a elegância dele, ressaltada ainda mais pela naturalidade. Reed não se vestira com luxo depois que saiu do banho; nem mesmo se observara no espelho. Pentear os cabelos com os dedos foi o suficiente devido à precisão do corte.

Aquilo era o que, certa vez, Eva achara que sua vida conjugal seria. Sexo incrível. Banho de chuveiro juntos antes do trabalho. Um homem que ela não se cansaria de olhar. Sentia-se excitada pela dicotomia entre a compostura presente de Reed, o fervor na cama e o ardor com que ele rejeitou sua sugestão de ser trocada por por Gadara.

Mesmo sabendo que Reed queria ascender a arcanjo e perder qualquer sentimento que nutria por ela, Eva ainda o queria.

Ela suspirou. Ficara claro desde o início que nunca poderia ter nenhum dos irmãos. O objetivo deles era infinito; o dela, finito. Eva não queria reter nem um nem outro, e não estava disposta a desistir de seus próprios sonhos de normalidade, o que significava que dependia dela manter seu coração fora daquilo.

Reed estendia a mão para pegar seu relógio na mesa de cabeceira quando percebeu o olhar de Eva. Ele parou, com sua expressão meditativa mudando para uma de estupefação. De fato, ele não tinha ideia do que fazer com ela, e isso revelou a Eva que, o que quer que significasse para ele, era algo único.

Eva passou a língua pelo lábio inferior e percebeu a respiração dele acelerar.

— Você tem um minuto? — ela perguntou, ofegante.

— Tenho todo o tempo que você quiser — Reed afirmou, com um sorriso ligeiro, fazendo Eva se sentir embaraçada.

— QUE DIABOS EU ESTOU VENDO? — ALEC PERGUNTOU, afastando o olho do microscópio.

— O motivo do comportamento dócil de seu amigo Tengu. — Hank sorriu largo.

— Explique.

— A camuflagem suprime aspectos da constituição genética do Demoníaco. Eis o motivo da mudança no cheiro e na pele dele. Eu apenas ajustei o feitiço que usaram pra modificar as emoções. Pense nisso como um Valium pra demônios.

— Mas isso requer os mesmos materiais?

— Sim.

Alec fez um esgar de irritação. O agente mascarante era preparado com sangue e osso de Marcados. Eles tinham um estoque limitado, que confiscaram da fábrica de artigos ornamentais, em Upland, mas, depois que acabasse, só conseguiriam mais matando Marcados.

— Não desaparece?

— Ainda não sei, mas ficaria surpreso se a camuflagem não desaparecesse. — Então, Hank indicou o lado direito, e uma súbita luz iluminou um canil onde estava o Tengu. — Eu tirei uma lasca de seu calcanhar e realizei alguns testes. O agente mascarante estava misturado com o cimento. Isso pode ter sido a inspiração para a procriação dos cães do Inferno.

— Mas, mesmo que a camuflagem fosse incorporada no Tengu, você conseguiria mudar seu propósito?

— Os materiais do Tengu são imutáveis, mas a magia não é. A maldita criatura era um estorvo. Assim, eu a enfeiticei, e foi isso o que aconteceu — Hank afirmou, apontando para o Tengu. — Aí, comecei a brincar com a fórmula pra observar as variações que eu conseguia obter.

Um movimento perto da jaula chamou a atenção de Alec. Fred estava ao lado, fazendo anotações.

— É interessante — Alec admitiu, voltando a olhar para Hank. — E o Valium para demônios pode ser útil, mas, considerando as quantidades limitadas de provisões, não vejo como algo viável.

— É a primeira vez que alguém domestica a natureza básica de um Demoníaco — Hank ralhou, claramente injuriado.

Alec bateu de leve no ombro de Hank.

— Excelente trabalho. Agora... você pode preparar algo que eu possa usar? Um antídoto contra a camuflagem? Uma camuflagem para Marcados que utiliza cinzas de Demoníacos, em vez de sangue de Marcados? Algo nesses termos?

— Não são os mesmos termos. São duas coisas muito diferentes.

— Você sabe o que quero dizer. — A irritação e a impaciência de Alec começaram a tomar conta dele, deixando-o ansioso para ir embora. As endorfinas de que seus recentes orgasmos o haviam suprido estavam diminuindo rápido. — Está de posse dos ingredientes da camuflagem há meses, Hank. A esta altura, esperava mais de você.

Fred assobiou e deu um passo para o lado, para fora da luz.

As belas feições de Hank endureceram, e ele disse com suavidade perigosa:

— Vá embora agora, Caim. Antes que algum de nós diga ou faça algo de que possa se arrepender.

Sabendo que Hank tinha razão, Alec partiu.

— Ei!

SARA SORRIU PARA O JOVEM ATREVIDO QUE A CHAMOU. Quando ela passou pela quadra de vôlei, que ficava no pátio do condomínio onde Izzie morava, ele a observou com grande interesse. Usando apenas bermuda e óculos de sol, o cara era bonitão e tinha um físico musculoso. Por segundos, Sara considerou a possibilidade de flertar com ele apenas por diversão, mas a ideia logo desapareceu. O olhar malicioso dele revelou-lhe que o jovem carecia da experiência para satisfazê-la adequadamente.

Descartando-o, Sara subiu a escada até o segundo andar e bateu na porta. Teve de bater de novo antes de Izzie atender. Revigorada depois de um banho e sem maquiagem, a loira parecia bastante jovem. Frágil e desconfiada como só uma criança era capaz de ser.

Sara forçou a entrada depois que a porta não se abriu rápido o suficiente para ela. O apartamento era amplo e duplex, com tetos abobadados e degraus até a área de refeições aberta, cozinha, banheiro e quarto de hóspedes. A suíte principal ficava no mesmo nível da sala de estar, e o vapor do chuveiro trouxe umidade à metade inferior do espaço.

— O que aconteceu com você? — Saraquiel observava a Marcada criticamente.

— Caim.

— Sério? Você parece acabada. Não que eu fique surpresa. Caim é Caim, afinal de contas.

— Não tenho tanta certeza disso — Izzie afirmou, cansada. Usando um roupão de tecido felpudo, com os cabelos úmidos sobre os ombros e o rosto lívido, ela se dirigiu ao sofá de veludo vermelho e se sentou.

Sara a acompanhou.

— Conte-me.

Quando Izzie terminou de falar, Sara recostou-se e considerou as possibilidades.

— Caim deu um nome ao serafim?

— Não.

— Você consegue descobrir isso com ele?

— Você não entende. — Com os dedos esguios, Izzie brincava com as felpas de algodão do roupão. — No começo, ele relutou, mas depois pareceu uma... máquina. Não havia nada em sua expressão... em seus olhos. Nada. Ele falou numa língua que não consegui entender.

— Hum... Eu mesma vou ver.
— Como?
— Há arquivos de vídeo em toda a Torre de Gadara.
— Ele não é o mesmo homem que conheci. Há algo de errado com Caim.

Sara pegou o celular. Tentou ligar para Abel de novo, sabendo que só seria atendida pelo correio de voz. Sem mais nem menos, enviou uma mensagem de texto para Evangeline.

Como a Marcada lidaria com a notícia da infidelidade de Caim? E até que ponto Caim iria ocultar dela a informação?

Um serafim. Por dentro, Sara esboçou um sorriso. Aquilo limitava consideravelmente o escopo de sua busca. Quem quer que fosse a presa, ele fizera uma visita a Caim recentemente e fora o bastante para ativar o plano ridículo que ele apresentara a Izzie. Talvez o encontro tivesse se dado na Torre de Gadara. Embora a radiação divina do serafim não fosse detectada pela tecnologia dos mortais, como as câmeras de vídeo usadas no prédio, talvez Caim tivesse falado o nome do serafim durante a discussão. Era uma pista, mas fraca.

— O que você quer que eu faça agora? — Izzie perguntou.
— Mariel não a designará até que Caim fale com ela. Então, tire um tempo para si.
— Estarei aqui se você precisar de mim.

Sara acariciou o rosto pálido de Izzie com os dedos.
— Você vai longe, Iselda.

Com um suspiro cansado, a Marcada se acomodou ainda melhor no sofá.

— Desde que eu vá pro Céu... Depois de ver a alternativa, farei o que for preciso pra pegar outro caminho.

— ALGUÉM QUER TACOS? — EVA OFERECEU, ENTRANDO na sala de estar e percebendo o sol se pondo pela janela da varanda.

O céu estava multicolorido, o que revelava que ela passara horas na cama com Reed. Tempo suficiente para Sydney abandonar o videogame e adotar o *laptop*. Montevista não estava em nenhum lugar ao alcance da visão.

— Eu quero. — Sydney fechou o computador. Em seguida, ficou de pé e se alongou. — Montevista foi se informar com os seguranças do perímetro de novo.

— Ótimo. Podemos encontrá-lo no térreo e poupá-lo do trajeto até aqui.

Sydney contornou a mesa de centro. De novo, Eva se maravilhou com o quão diferente ela parecia em roupa casual em contraste com seu traje de trabalho. Usando um agasalho esportivo cor-de-rosa-escuro, ela não parecia ter uma idade secular.

— Você está bem? — Sydney quis saber. — Parece triste...

Por um instante, Eva ficou surpresa, mas, pouco depois, deu-se conta de que, embora não reconhecesse conscientemente seu sentimento de perda em relação a Alec, isso não significava que não era visível.

— Estou legal.

E ela ficaria legal. Com o tempo. Não lamentava sua tarde ao lado de Reed, ainda que tivesse complicado ainda mais sua já confusa vida amorosa.

Após pegar algum dinheiro na bolsa, Eva seguiu Sydney, saiu pela porta e trancou as diversas fechaduras que instalara para proteção quando era uma Não Marcada. Em seguida, elas passaram pela porta do apartamento de Alec. Em mais de uma ocasião, ele deixara claro que preferiria morar com Eva, e não no apartamento vizinho, mas os Hollis eram batistas sulistas e morar junto antes do casamento era inaceitável para a família dela.

A descida até o térreo do prédio foi rápida, e elas atravessaram com passos ligeiros a portaria revestida de mármore.

— Eu adoraria morar num lugar assim — Sydney afirmou.

— Sério? — Eva gracejou, olhando para ela. — Você deveria tentar descobrir se há um apartamento vago se não está feliz onde mora.

— Eu estou bem, mas ficaria mais satisfeita num lugar assim. — Sydney sorriu. — Porém, não vale a pena pedir isso a Ismael. Ele me deixa nervosa.

— Quem é Ismael? — Eva franziu as sobrancelhas.

Elas cruzaram o estacionamento e saíram pelo portão de ferro de fechamento automático. Eva olhou para a esquerda, procurando a esquina onde o Papai Noel do Mal costumava ficar. O maluco estava ali, conversando com Montevista, ainda bem que de costas para ela. O Marcado, por sua vez, a olhava diretamente.

— Estamos indo até El Gordito — Eva informou, em seu tom normal de conversa, sabendo que a audição aprimorada de Montevista iria lhe permitir ouvir com facilidade.

Ele fez um discreto sinal de positivo com o polegar.

— Ismael é o faz-tudo de Gadara.

— O secretário?! — Eva exclamou.

O homem que mantinha o escritório de Gadara funcionando como um relógio tinha cabelos grisalhos e os ombros ligeiramente recurvados, com uma predileção por coletes e gravatas-borboleta. Sempre que Eva cruzava seu caminho, perguntava-se o que ele poderia ter feito para ser marcado. Como a marca interrompia o envelhecimento, ele já era velho quando aconteceu.

— Não, esse é Spencer. Ele cuida de tudo dentro da Torre de Gadara — Sydney informou, colocando os óculos escuros e pegando a direção da praia. — Ismael é um cara que trabalha fora da sede. Tenho certeza de que você já o viu. Ele veste cinza da cabeça aos pés e anda por aí numa limusine.

Eva deu um passo vacilante. O Homem de Cinza. Ela o conhecera quando era uma Marcada novinha em folha. Ele a pegou numa limusine e a levou para a Torre de Gadara.

— Sujeito repulsivo...

Elas chegaram à praia e viraram à esquerda. O restaurante ficou ao alcance dos olhos; era mexicano e tinha um pátio protegido com janelas de acrílico.

Eva considerou se fora um erro ou não se esquecer de Ismael. Se ele era o braço direito de Gadara, sabia como os arcanjos agiam. Talvez ele pudesse ajudar a descobrir o que estava acontecendo com Alec.

— Fico nervosa só de pensar no sorriso forçado dele — Sydney prosseguiu.

— Na realidade, parece mais a cara de quem sofre de prisão de ventre. — Eva tentava se lembrar de outros detalhes do cara, mas sem muito sucesso. — O que ele é? Não me lembro se ele cheirava a alguma coisa: Marcado ou Demoníaco. Mas, de fato, eu era novata naquela época.

— Ismael é um *mal'akh*, mas não um treinador como os outros. Sua única função é tornar a vida mais fácil pra Gadara, cuidando de todos os pormenores incômodos que estão abaixo de um arcanjo, mas que são muito importantes para os Marcados.

— Arranjar moradia é muito importante para os Marcados?

— Mudar para residências mais caras exige uma autorização que um simples Marcado não pode dar, sobretudo numa economia em crise. Todas as empresas estão sendo afetadas.

— Não pensei nisso — Eva afirmou. — Odeio admitir, mas suponho que considerei as empresas sólidas e invencíveis. Contudo, você tem razão. Estamos na Califórnia; o epicentro do colapso do mercado imobiliário. E Gadara é especialista em imóveis.

Ao chegar ao pátio, elas pegaram uma mesa com uma visão desimpedida da praia. Bandejas e restos de comida cobriam o tampo devido a um cliente desatencioso, mas elas jogaram tudo numa lata de lixo próxima e esperaram que um ajudante de garçom limpasse a mesa com um pano.

Montevista chegou exatamente quando o garçom se aproximou.

— Três tacos, por favor. E também *pico de gallo* e creme azedo extra — Eva pediu. — O que vocês vão pedir?

Sydney riu.

— Não tinha a mínima ideia de que uma designer de interiores tivesse tanto apetite.

Eva agradeceu à marca por tê-la impedido de ficar vermelha de vergonha.

Após os pedidos serem feitos e eles estarem relativamente sozinhos, Montevista recostou-se na cadeira de plástico e disse:

— O reverendo na esquina está perseguindo você, Hollis.

— Reverendo?

— Presbiteriano. — Montevista sorriu.

Eva pegou seu chá gelado.

— Ele é maluquinho. Fanáticos como ele deveriam ser marcados. Eles são bastante devotos. Se o serafim enviasse gente assim atrás de Satã, ele entregaria os pontos rapidinho.

— O reverendo acha que você é uma garota de programa.

— Mas que diabos?!

— Por causa da quantidade de homens que a visitam.

— Talvez eu esteja me dedicando a estudar a Bíblia. Será que ele nunca pensou nisso?

— Ele diz que você tem um corpo feito para o pecado — Montevista respondeu, com os olhos brilhando atrás dos óculos escuros.

— Puxa, obrigada. Você esclareceu a confusão?

— Combati o bom combate, mas ele afirmou que estou enfeitiçado. Acho que ninguém, exceto Deus, conseguirá fazê-lo mudar de opinião.

— Incrível. — Eva cruzou os braços.

Sydney sorriu.

— Ei, considere o lado bom. Eu gostaria que alguém dissesse que tenho o corpo feito para o pecado.

— Você tem o corpo feito para o pecado — Montevista garantiu.

Por um longo momento, Sydney encarou seu parceiro e, depois, engoliu seu refrigerante. Eva arqueou as sobrancelhas. Havia quanto tempo que Montevista sentia atração por Sydney? E por que Sydney pareceu tão surpresa? Após trabalharem juntos por décadas, nenhum tipo de atração deveria passar despercebido.

— Ninguém exceto Deus, é? — Eva repetiu, refletindo. — Você acabou de me dar uma ideia.

— Sério? — Montevista olhou para Eva, surpreso.

Eva lançou-lhe um olhar irônico.

— Preciso devolver uma Bíblia para o padre Riesgo. Vou pedir pra ele aparecer e falar bem de mim.

— Vai jogar um padre na linha de fogo? — Sydney perguntou, seca.

— Você já viu o padre Riesgo? Ele é capaz de tomar conta de si mesmo. Além disso, parece determinado a me salvar. — Eva se reclinou e viu o garçom voltar com uma bandeja cheia de pratos de plástico. — Ele pode começar pelo Papai Noel do Mal.

DURANTE QUASE UMA HORA, ALEC PERMANECEU SENTADO nos degraus da antiga fortaleza de Massada. Então, o poder que ganhou a partir da proximidade com a empresa perdeu intensidade e ele se sentiu um pouco como ele mesmo de novo. Respirando lenta e profundamente, batalhou contra sua própria natureza até restabelecer suficiente controle para considerar se associar a outros. Ele precisava de ajuda, mas não a obteria se continuasse bancando o imbecil.

A quem poderia recorrer? Uriel foi sua primeira opção, mas, se o arcanjo suspeitasse que Alec era um perigo para si mesmo ou para os outros, ele contaria a Miguel e Gabriel. E eles o matariam. Alec não tinha dúvida. Mas quem mais teria as respostas? Quem o protegeria se descobrissem seu segredo?

Havia apenas um único lugar aonde ele poderia ir e ser aceito como era. Se este também seria o lugar onde encontraria respostas, era algo que Alec descobriria quando estivesse lá.

Teletransportando-se antes de mudar de ideia, Alec ingressou em Shamaim, o Primeiro Céu, moradia de seus pais. Seus pés calçados com botas atingiram a terra com uma pancada, e ele respirou fundo para recuperar seu senso de orientação. As faixas de terra primorosamente cultivadas que se estendiam a sua frente provocaram uma pontada em seu peito.

Houvera um tempo em que ele não imaginava uma vida diferente da de um agricultor.

Alec não era mais aquele rapaz.

... o homem deixará seu pai e sua mãe e se unirá à sua mulher...

— Caim!

Alec virou a cabeça e viu seu pai na extremidade do campo. Adão fincou o arado na terra e amarrou as rédeas de sua mula em torno de um cabo.

Deslocando-se para um lugar a apenas alguns metros de distância, Alec esboçou um sorriso cauteloso e falou em hebraico, por hábito:

— *Shalom, abba.*

— Sua mãe estava sentido sua falta — Adão disse, ríspido, puxando para cima seu chapéu, que escorregava pela testa lisa de suor. Seus olhos escuros estavam atentos, avaliadores.

Alec resistiu ao desejo de se irritar com a repreenda pouco velada.

— Também senti falta de vocês — ele respondeu, lacônico. — É muito louco lá embaixo. Falta tempo, mesmo quando os dias são intermináveis.

Alec aprendera a incluir seu pai em suas respostas, mas se ressentia do fato de Adão não ser capaz de dizer nada remotamente apoiador ou compreensivo. Abel sempre aceitara a distância do pai deles sem discussão, mas isso corroía Alec. Quando mais jovem e mais impetuoso, ele sempre procurava brigas, para mitigar a dor.

— Como é Evangeline?

A pergunta surpreendeu Alec. Não imaginava que seu pai soubesse ou se importasse com detalhes de sua vida.

— Ela é perfeita. Eu é que só faço besteiras, como sempre.

— Algo errado?

— O que o senhor sabe sobre arcanjos?

— Sei que você é um agora. Quem poderia imaginar, hein?

Alec reprimiu palavras duras. Claro que seu pai não esperava que ele alcançasse tais alturas.

— Sim. Será que mamãe sabe mais sobre eles?

Adão deu um sorriso afetuoso:

— Ela é mulher e mãe. Sabe tudo. Além disso, deu uma mordida maior na maçã.

145

— Certo. — Alec virou o rosto para a grande cabana protegida do sol por diversas árvores. Como uma reflexão tardia antes de partir, ele olhou por cima do ombro e disse ao seu pai: — Bom revê-lo, *abba*.

— Você vai ficar pro jantar?

— Talvez. Depende.

— Falta tempo — Adão o imitou, num tom zombeteiro.

Alec deslocou-se para a cabana, parando do lado de fora. Atrás dele, o campo sem plantação estava quente. Ali, na sombra, a temperatura era ideal. A casa fora construída como uma cabana de conto de fadas; um pedido caprichoso de sua mãe, que seu pai dedicou anos a tornar realidade.

Uma figura familiar e querida preencheu a metade superior da porta da frente, divida em duas horizontalmente.

— Vai ficar parado aí como um bobo? — sua mãe perguntou, abrindo a metade inferior da porta. Ela secou as mãos no avental ao redor de sua cintura e estendeu os braços para o filho. — Você está com um aspecto péssimo.

— E a senhora está linda, *ima*. — Alec avançou para receber o abraço da mãe. Foi um abraço bem forte. Ele sentiu o cheiro singular dela e um pouco da ansiedade em seu íntimo se acalmou.

Retrocedendo, Alec sorriu para ela. A frase "Vocês não envelheceram nada" aplicava-se aos seus pais. Eles ficaram presos no tempo com a aparência dos mortais perto dos cinquenta anos.

— Não graceje — ela ralhou, examinando as feições dele com olhos semicerrados. — Você parece doente. Está pálido e a pele ao redor dos olhos parece machucada.

Um espelho não era necessário para confirmar as palavras dela. Alec se sentia esgotado. O fato de que isso era visível era alarmante. Ele era um arcanjo, droga! Devia estar mais saudável e mais forte do que estivera em toda a sua vida.

Sua mãe acariciou seu rosto com mãos frias. Em seguida, tirou seus cabelos da testa e alisou suas sobrancelhas.

— Precisa se cuidar, filho. Faz muito tempo desde que eu o visitei.

— Tenho algumas perguntas — Alec disse, com o rosto sombrio.

Ela concordou com um gesto de cabeça:

— Entre e sente-se.

Alec a seguiu para o interior da casa. Ela soltou o avental ao se dirigir à cozinha, no fundo. O cheiro da comida cozinhando confortou algo dentro dele. Alec se sentou no sofá, na sala de estar, e viu quando sua mãe pegou um jarro meio cheio na bancada. Quando ela alcançou a área de estar, dois copos tinham se materializado sobre a mesa de centro diante dele. As trevas no interior de Alec se irritaram com a oferta, pois ele se sentiu uma visita, e não um membro da família.

Ridículo, Alec sabia. Mas sua mente não estava no comando das coisas.

O interior da residência de seus pais era uma mistura de primitivo e moderno. Sofás contemporâneos ficavam sobre o chão de terra e ladrilhos de vidro estilosos decoravam as paredes da cozinha, que tinha uma bomba d'água na pia. Tanto seu *abba* como sua *ima* eram dotados de uma amálgama estranha de dons. Sua mãe podia esfriar líquidos com um toque e esquentá-los da mesma forma. Os animais selvagens vinham até eles voluntariamente, mas os dois os despelavam e os cortavam em fatias por meios humanos. Deus tornara cômoda a vida deles, embora os mantivesse no mundo que conheciam desde a Criação.

Sua mãe se sentou na sua frente, com os longos cabelos escuros se acumulando sobre o encosto atrás dela. Estava tão amável quanto sempre fora, por dentro e por fora. Sua preocupação por ele se refletia em seus olhos castanhos e na maneira como mordia o lábio inferior.

— Você devia ter vindo pra casa antes — ela advertiu. — Há alguma notícia de Raguel?

— Nenhuma. Até este momento, Samael nem mesmo reconheceu que está de posse de Raguel. O que mostra como ele se tornou poderoso, pois consegue manter seus apaniguados calados a respeito de algo dessa magnitude.

— Ele sempre foi poderoso. Não deixe que fofocas dos mortais perturbem sua mente. Você sabe que não vale a pena.

Recostando-se no sofá estofado, Alec olhou pela janela, para os galhos oscilantes das árvores, e indagou:

— A senhora sabe o que aconteceu com os outros arcanjos? Sandalfon, Jofiel e os demais?

— Não. — Ela pegou um copo.

— Me disseram que existem apenas sete arcanjos por desígnio.

— Por quê? Isso impõe um fardo adicional sobre todos eles.

— Pergunto-me se essa é a questão, *ima*. Como crianças travessas, se são mantidos ocupados, eles não se metem em confusão.

— Em que tipo de confusão eles podem se meter?

Alec bufou.

— Eles controlam *mal'akhs* e Marcados. Se achassem um jeito de trabalhar juntos, considere tudo o que eles poderiam realizar.

Sua mãe parou com o copo junto aos lábios.

— Está falando de um golpe contra Jeová?

— Uma revolta, talvez. Uma tentativa de conseguir mais poder. Privilégios adicionais.

Ela devolveu o copo à mesa com um som seco.

— Você não devia dizer essas coisas. Não devia sequer pensar nelas.

— Eu deveria ter fé. Certo?

Ela cruzou os braços:

— Quando soube que você tinha sido promovido, supus que tivesse achado uma comunhão mais profunda com Deus e que essa promoção tivesse sida a sua recompensa.

As vozes no interior dele riram com a ideia e o estimularam a dizer, com amargor:

— Nada tão edificante, receio. Eu faço o trabalho sujo, *ima*. Isso não mudou.

Ela soltou um suspiro. Então, seus ombros se ajeitaram para trás, um sinal de sua determinação em ignorar as falhas do filho e enfrentar os problemas criados por elas. A atitude trouxe Eva à lembrança de Alec, e ele cerrou os dentes.

— Quer dizer que alguém o converteu em arcanjo por um preço? — Sua mãe tamborilava as pontas dos dedos no braço acolchoado da poltrona. — Quem?

— Que diferença faz?

— Você agora é a arma mais poderosa já criada — ela afirmou, com os olhos escuros fixos nele. — Quero saber quem teve a coragem de fazer isso. E por quê.

— É COMO UMA CIDADE-FANTASMA PERTO DAQUI — ROSA murmurou antes de dar uma mordida num cheesebúrguer duplo. — Brentwood é um tédio.

Reed recolocou a garrafa de refrigerante na mesa do restaurante em que estavam.

— Pode ser a maneira pela qual o Beta de Grimshaw está assumindo o controle da alcateia, mantendo-a unida até se ajustar.

— Não. É porque a população de Demoníacos na área caiu consideravelmente nas últimas duas semanas. Eles estão migrando para a parte sul do estado.

Caçando Eva. Reed entrou em contato:

— *Querida?*

E se tranquilizou quando ela respondeu:

— *Não se preocupe comigo.*

Ahã... Reed voltou a dar atenção à sua protegida.

— Você fez um ótimo trabalho na última caçada — ele elogiou. — Acho que estabeleceu um novo recorde de Gwyllion mortos.

— Chutei aqueles cornos de volta pro Inferno e estou pronta pra passear. — Ela sorriu. — Não me importaria de visitar a Disneylândia.

— Por isso quis se encontrar comigo pessoalmente? Você quer tirar férias?

— Quero estar onde a ação está. — Rosa voltou a comer.

O sanduíche, de tão grande, quase não cabia em sua mão. Uma adorável venezuelana, com olhos castanho-claros e cabelos pretos curtos, cheios de pontas, Rosa tinha vinte e poucos anos quando foi marcada, cinco anos antes, e sua juventude foi muito útil. Ela era rápida e ágil, com um temperamento fogoso e uma fé católica convicta. Seu pai assediara tanto sua mãe quanto ela. Certo dia, Rosa se cansou e pôs um ponto final naquilo. Pra sempre.

Reed pegou uma batata frita, rindo em seu íntimo com o motivo de sua fome incomum. A segunda rodada com Eva levou as coisas entre os dois a um nível totalmente novo. Ele se perguntou se ela saberia daquilo. Se não soubesse, Reed planejava atualizá-la, imediatamente.

— Há muita ação aqui.

— Não neste momento.

— Você sabe de algo que a deixou motivada. — Reed sentiu isso através da ligação entre eles. — Conte-me tudo.

Recolocando o sanduíche no prato, Rosa fixou nele seu olhar.

— Se esse for o começo do Armagedom, quero estar envolvida.

Reed arqueou a sobrancelha.

— Isso é o que está sendo dito? Que é o fim dos tempos?

Os Marcados fofocavam sem cessar. Certas coisas que inventavam eram divertidas, mas outras eram perigosas.

— É óbvio. Satã está procriando cães do Inferno, Grimshaw planeja uma revolta de algum tipo, e todos os Demoníacos num raio de quinhentos quilômetros têm ordens pra matar a garota de Caim.

— Não — Reed afirmou, com a negação saindo antes que ele conseguisse se censurar.

— Não? — Rosa passou a estudá-lo. — Você está vivendo num mundo diferente do meu?

Bufando, Reed procurou abafar o ciúme. Afirmar que sua reação foi "possessiva" seria dizer pouco. Eva não era mais de Caim. No entanto, naquele momento, fazer valer seu direito só tornaria as coisas mais difíceis para Eva. Diversos outros Marcados guardavam rancor dela, por causa das vantagens que supunham que ela ganhara porque Caim era o seu mentor. Se eles soubessem que ela o tinha deixado e com quem estava agora, aqueles ressentimentos poderiam se intensificar e, naquele momento, Eva precisava de toda a ajuda que pudesse ter.

— Eu quis dizer que o que está acontecendo agora não significa necessariamente que é o começo do fim, Rosa. Há sinais que nos alertariam. Por exemplo, o Arrebatamento ainda tem de acontecer.

— Certo. — Rosa deu de ombros. — Apenas me mande lá pro sul.

Reed fez que sim com a cabeça.

— Tudo bem.

— Maravilha! — Rosa exclamou, com os olhos brilhando de triunfo e sede de sangue.

— Mas se eu precisar de você em outro lugar, não me cause problemas.

Ela virou os olhos, impaciente, e pegou o sanduíche.

— A propósito, Saraquiel está tentando entrar em contato com você.

— Falarei com ela quando terminarmos aqui.

Mas Reed não fez isso.

Depois de ver o Prius de Rosa deixar o estacionamento e seguir na direção da estrada, Reed deslocou-se para Charleston Estates. O condomínio fechado era o lar do Grupo Diamante Negro, que recentemente sofrera a perda de seu Alfa, Charles Grimshaw.

Seu Beta — agora Alfa — era Devon Chaney. Se Chaney seguisse o precedente, ele estaria mais disposto a se estabelecer como mais forte e mais poderoso que o seu antecessor. Reed contava com esse ímpeto para fazer seu plano funcionar.

Havia uma portaria na entrada e um muro alto de estuque que cercava o perímetro. Riqueza e privilégio eram duas palavras que vinham à mente quando alguém via o condomínio de fora. No entanto, além do emblema de lua crescente incorporado no acesso de veículos circular de paralelepípedos, nada denunciava o fato de que todos os moradores eram Lobisomens.

Reed se dirigiu à portaria com uma das mãos no bolso e a outra girando seus óculos escuros. Casualmente, com um sorriso, ele ergueu os olhos. Então, o segurança se deu conta de *quem* ele era.

— Chame seu novo Alfa — Reed disse, baixinho. — Diga-lhe que quero conversar.

— ARREPENDA-SE, JEZEBEL! ARREPENDA-SE OU VOCÊ queimará no Inferno!

Eva conteve a vontade de baixar a janela do carro e esmurrar o Papai Noel do Mal na boca. Em vez disso, permaneceu sentada, impaciente, enquanto o maluco, junto à janela, arranhava seu violão e gritava com ela pelo vidro.

Ao se dar conta de que não conseguira irritá-la, o fanático se dirigiu para a janela do passageiro atrás do motorista e gritou com Sydney:

— Salve-se da luxúria da carne e das garras dessa mulher pagã! Salve-se, antes que você queime no lago de fogo!

Montevista pigarreou, atraindo o olhar de Eva para ele, no assento do passageiro dianteiro.

— Tudo bem — ele disse. — Estou gostando cada vez mais da ideia do padre.

— Sim. — Eva pisou no acelerador no momento em que o sinal de trânsito ficou verde.

Felizmente, depois da refeição, quando ela telefonou para a igreja, Riesgo a atendeu e concordou em recebê-la de imediato. Eles seguiam para o Glover Stadium, em Anaheim, onde o padre dirigia o treino de um time amador de beisebol, substituindo um treinador que era seu paroquiano.

— Acha que o padre Riesgo vai ajudar? Você não é membro de sua congregação.

— Espero que ele coopere, Sydney, mas, a esta altura, ele pode recorrer à extorsão. Mas lhe digo que eu compareceria a uma missa se isso tirasse aquele maluco da minha cola.

— Nunca trabalhei com um Marcado que não tivesse fé. Seus pais são devotos, não? O que aconteceu com você? — Montevista perguntou, contrariado.

Eva ergueu a mão e disse:

— Você e eu somos amigos. Isso significa que jamais podemos falar de política e religião.

Montevista pensou em responder. Então, olhou para ela e se contentou com um:

— Tudo bem.

— Conheço esse tom de voz. — Eva tamborilou os dedos no volante. — Você acha que estou irritada com Deus e que a irreverência é minha vingança. Mas não sou louca. Só acho que muitas histórias da Bíblia revelam um Deus com os mesmos defeitos que os nossos. Ele é orgulhoso, genioso e trata os seres humanos como se fossem brinquedos. Eu precisaria de muito mais do que a promessa de um paraíso invisível pra adorar alguém como Ele.

— Uau! — Sydney exclamou.

— Desculpe ter perguntado. — Montevista balançou a cabeça.

Ninguém disse mais nada durante o restante do curto trajeto. Não por causa da discussão sobre religião, mas pela quantidade de olhos brilhantes como laser que os seguiam enquanto avançavam. As calçadas estavam só um pouco mais cheias do que o habitual, mas o número de Demoníacos era elevadíssimo.

— Quando chegarmos ao estádio, rode devagar perto da entrada, enquanto vejo se o padre chegou — Montevista pediu. — Se algo der errado, pise fundo no acelerador e caia fora daqui.

Sydney inclinou-se para a frente para dizer:

— Eu posso ver se o padre chegou. Se algo acontecer, Montevista, você será capaz de protegê-la melhor.

Montevista fez um esgar de irritação e falou rudemente:

— Não. *Você* vai defendê-la.

Pelo espelho retrovisor, Eva pôde ver as sobrancelhas de Sydney se erguerem, em sinal de desaprovação. A Marcada se acomodou no assento e captou o olhar de Eva.

— TPM? — Eva balbuciou.

Sydney sorriu discretamente. Montevista estava um pouco desequilibrado aquela tarde.

Eles pararam no minúsculo estacionamento ao lado do estádio. O lugar era familiar para Eva. Embora sua escola do ensino médio ficasse a alguns quilômetros de distância, o Glover Stadium era a sede oficial do time de futebol americano da Loara High School.

Montevista abriu a porta do carro. Ele desembarcava quando Riesgo apareceu entre dois veículos. No momento em que avistou Eva, o padre esboçou um sorriso que iluminou seu rosto embotado, mas interessante. Ele usava agasalho esportivo preto e tênis, e tinha uma sacola para bastão de beisebol pendurada em um ombro e uma bolsa cheia de luvas em sua outra mão. Eva apertou o botão para baixar o vidro.

— Oi — ele cumprimentou.

— Oi pra você também. Trouxe de volta sua Bíblia.

Mesmo com a cicatriz que marcava seu rosto, o prazer que iluminou os traços do padre o fez parecer um menino.

— Você poderia ter enviado pelo correio.

— Sim — Eva admitiu, retribuindo o sorriso dele. — Mas também preciso pedir um favor.

— Sério?! — Então, Riesgo dirigiu o olhar para Sydney e, depois, para Montevista, que estava parado perto da porta aberta do carro. — Olá. Sou o padre Riesgo.

Montevista apresentou-se. Sydney desceu do veículo e seguiu o exemplo.

Riesgo voltou a olhar para Eva:

— Em que tipo de confusão está metida?

— Quem disse que estou metida em alguma confusão?

— Você está com seguranças.

Eva piscou, espantada com a capacidade de percepção dele.

Riesgo pendeu a cabeça para a esquerda, indicando uma vaga na extremidade do estacionamento, e disse:

— Eu cobro pelos favores. Estacione o carro e venha comigo.

Ela olhou para Montevista, que não gostou nem um pouco da ideia de Eva ficar em um local aberto. Apesar de ser um lugar público, os Demoníacos iriam buscá-la se achassem que conseguiriam se dar bem.

— Fechem as portas, pessoal — Eva pediu.

Após uma breve pausa, Montevista e Sydney fizeram o que ela pediu, juntando-se a Riesgo do lado de fora. Ela parou na vaga, saiu e travou as portas por meio do controle remoto. Teve sorte de encontrar uma vaga. A alternativa teria sido parar num estacionamento maior, do outro lado de La Palma.

Riesgo esperava ali perto. Montevista dizia algo ao padre, que parecia manter os dois absortos. Sydney, por outro lado, examinava a área. Eva notou as pessoas que estavam ao redor do perímetro do estádio. Havia apenas alguns poucos Demoníacos, por enquanto. Eles deviam estar trabalhando em grupo, relatando o paradeiro dela, numa corrente que começava na casa de Eva e chegava até ali. Eva mostrou o dedo do meio para eles. Um deles mostrou-lhe a língua bifurcada, trazendo-lhe à memória seu primeiro arranca-rabo com o Nix.

Outro problema para lidar em algum outro momento.

Eva e os outros percorreram o caminho de cimento sinuoso que levava do estacionamento às arquibancadas do estádio.

Diante deles, na terra, um grupo de meninos entre oito e dez anos jogava, perto do monte do lançador. Suas risadas foram levadas pela primeira brisa da tarde e deixaram Eva tensa. Eles eram muito jovens e inocentes da proliferação de demônios que ela trouxera.

— O que aconteceu com o treinador? — Eva quis saber, curiosa a respeito do homem que existia dentro do padre.

Fisicamente, ele era grande e forte, embora não como Alec ou Reed. Riesgo tinha o tórax amplo, com bíceps e coxas grossos. Uma força tremenda.

— Teve de fazer um tratamento de canal de emergência. Então, decidi ajudá-lo. Você também pode. Que tal arremessar?

— Não, nada disso.

Riesgo a encarou.

— Não estou brincando — Eva insistiu. — Não consigo arremessar. Nunca acertei o que estava mirando.

Lógico que Riesgo não acreditou até vê-la em ação. Alguns de seus arremessos nem mesmo alcançavam a base do batedor. Outros desviavam para a esquerda ou para a direita. A princípio, ele achou que ela estava fingindo.

— Me dê isso. — Riesgo finalmente a levou para a posição dele como receptor. — Você fica na primeira base.

Eva entregou-lhe a bola empoeirada.

— Eu disse.

— Sim, sim.

Imediatamente, Riesgo a substituiu por Sydney, que arremessava como uma profissional. Montevista ficou na segunda base. O treino durou uma hora. A iluminação do campo foi acesa, transformando o anoitecer em dia. Como animais daninhos, os Demoníacos se concentraram no canto onde restou alguma penumbra. Com o tempo, os pais começaram a aparecer para buscar seus filhos. O treinador do time surgiu ainda em tempo de encerrar a atividade, passando instruções com a boca entorpecida pela anestesia. No campo, Montevista e Sydney pegaram posições opostas, observando os Demoníacos que os mortais não conseguiam ver na escuridão opressiva.

Riesgo apareceu ao lado de Eva:

— Bem, qual o motivo dessa proteção?

Eva contou-lhe a verdade:

— Eu irritei uma pessoa.

O padre fitou os dois Marcados:

— Deve ser uma pessoa bem perigosa.

— O senhor tem razão.

Riesgo deu um sorriso maroto:

— Então, como posso ajudar?

— Há aquele errante na minha rua. Ele é um tanto biruta.

Quando Riesgo começou a caminhar na direção da base principal, fez um gesto indicando que ela o seguisse. Ele recolheu luvas e bolas descartadas ao longo do caminho. Eva o auxiliou, sentindo um conforto estranho na presença dele. Ela o tratara injustamente, creditando ao seu carisma e ao seu suave sotaque espanhol o tamanho de sua congregação. Riesgo irradiava segurança; uma solidez que era reconfortante. Sem dúvida, ele encontrava força no fato de ser devoto, mas Eva não atribuía isso à ingenuidade, como fazia com a maioria das pessoas piedosas.

— Você quer que eu encontre um abrigo para ele? — o padre indagou.

— Como?! — Eva o encarou, surpresa. Não pensara naquilo. Certos dias, o sujeito estava na esquina; em outros, não. Raramente ele ficava ali depois que escurecia. Ela simplesmente supusera que ele tinha um lugar para viver e escolhera frequentar a esquina dela por prazer. — Bem, não tenho certeza de que ele seja um sem-teto. O cara afirma ser um reverendo. Um desses tipos que pregam sobre a ira de Deus, sobre o Inferno e a danação.

Riesgo olhou para ela por cima do ombro:

— Ele usa as mesmas roupas todos os dias?

Eva pôs uma luva na bolsa.

— Pra ser franca, não prestei atenção. Ele usa jeans e camiseta, mas se são os mesmos sempre ou não... não sou capaz de dizer. Mas tenho uma boa desculpa. É difícil prestar atenção à roupa quando você é alvo de gritos.

— Ele grita com você?

Eva explicou a situação num instante, mas o silêncio que se seguiu foi longo.

— Por que ele acha que você merece ser chamada de Jezebel? — Riesgo perguntou, lentamente.

— Há muito movimento de pedestres perto de minha casa. Mas não sou uma prostituta.

— Os recebedores de balas fazem parte do movimento — Riesgo disse. Foi uma afirmação e não uma pergunta.

— Recebedores de bala? Ah, os seguranças! Sim. São pessoas legais — Eva respondeu. — A turma do bem.

Riesgo a pegou pelo braço e a levou para as arquibancadas de alumínio:

— Quem pertence à turma do mal?

Aquela era a parte em que as coisas ficavam complicadas.

— Isso não tem nada a ver com o Papai Noel do Mal.

— Claro que tem. Os seguranças atraíram o fanático até você. Você veio a mim. Estão ligados.

— Talvez num esquema de seis graus de separação. — Eva se sentou perto dele.

Naquele momento, o campo do estádio estava silencioso e o som dos inúmeros carros no Harbor Boulevard era só um rugido distante. Acima deles, o céu era uma manta cor de carvão com poucas estrelas. A poluição visual urbana reduzia muito a visibilidade dos corpos celestes, fazendo-a se sentir sombria e solitária. Antes que ela conseguisse se conter, tentou se comunicar com Alec. Onde a luz cálida da alma dele costumava estar, Eva só sentiu trevas turbulentas. Desistiu, sentindo ainda mais melancolia.

— *Reed*.

Por um curto tempo, ele a tocou, como um beijo rápido na testa, distraído e apressado. Eva recuou quando Reed fez aquilo, sentindo-se mal com sua própria sordidez. Independentemente dos diversos olhos dos Demoníacos a observá-la com tangível malevolência, ela tomaria conta de si. Era sua missão — por enquanto — quer a quisesse ou não.

Virando-se, Eva encarou Riesgo:

— O senhor acredita em demônios, padre?

— Sim — ele respondeu com cautela.

— Acredita que eles andam entre nós? Vivem entre nós? E trabalham ao nosso lado?

Riesgo assumiu uma expressão alerta e vigilante:

— Você contratou seguranças para protegê-la de demônios, senhorita Hollis?

Eva bufou.

— O que o senhor diria se eu dissesse que sim?

12

ALEC OLHOU PARA SUA MÃE, QUE ESTAVA DO OUTRO LADO da mesa. Ele queria estender a mão para ela, que sempre o amara e o aceitara exatamente como ele era. Ela o perdoou quando ninguém mais o perdoara e defendeu sua causa, junto com seu irmão Set,Seth para converter seu pecado em sua salvação. No entanto, as trevas dentro de Alec provocaram um nó em sua garganta, impedindo-o de encontrar consolo onde podia.

— Que diferença faz quem me ajudou? — Alec disse, enfim.

— Ajudou você? — sua mãe zombou. — Ajudou a si mesmo seria mais preciso.

— Tanto faz. — Alec pegou o suco de cima da mesa só para ter algo para fazer. Ele o bebeu, mas não sentiu gosto nenhum.

— E Evangeline?

Bufando, ele vociferou:

— E ela? Sei lá!

— Nossa! — Ela afundou no assento. — O que você fez?

O que tinha de ser feito.

— Vim aqui pra falar de arcanjos, e não de mim.

— Vocês não estão mais juntos?

Naquele momento, Alec sentiu Eva cutucando através da conexão entre eles. A tristeza dela era um bálsamo que acalmava as vozes dentro dele, que estavam irritadas com o alívio que encontrou estando junto à sua mãe. Aquelas vozes queriam anarquia e caos, e não paz. Alec fechou os olhos e se dispôs a se tranquilizar interiormente; um ser adormecido ainda não despertado.

— *Eva se voltará para Abel* — as vozes murmuraram, combatendo sua disposição. — *Deixe-nos possuí-la antes que seja muito tarde e ela não te queira mais.*

Mentalmente, Alec mostrou os dentes, mostrando sua raiva.

— *Sumam!*

Eva recuou. Alec cerrou os punhos ao conter a parte de si que queria agarrá-la e usá-la. Em vez disso, ele fechou a porta entre os dois, uma barreira compacta, que consumiu grande energia para erguer e manter. Alec não teve escolha, a não ser confiar que Abel, por enquanto, manteria Eva em segurança. Havia muitas coisas dentro dele que poderiam machucá-la; sobretudo suas lembranças mais recentes...

— Caim? — O chamado de sua mãe o trouxe de volta ao mundo ao seu redor.

Alec ergueu as pálpebras.

— Seus olhos... — ela sussurrou, com uma das mãos na garganta. — ... estão dourados.

Um calafrio percorreu Alec, como o choque de pular dentro de um lago gelado.

Ela ficou de pé.

— Você ainda mora no apartamento ao lado de Evangeline, não?

Alec fez que sim com a cabeça.

— Ótimo. Vou conversar com ela enquanto eu ficar com você. Verei se conseguimos salvar as coisas.

— *Ima...* — Alec falou, em tom de advertência. — Você não fará a visita agora. É o pior momento possível.

— Besteira! — Ela puxou os cabelos para cima num coque. — É o momento perfeito. Você não considerou que talvez tudo esteja tão ruim porque há tempos não faço uma visita?

Alec arqueou as sobrancelhas, em sinal de dúvida. Em todo mito e fábula havia alguma verdade. No caso de sua mãe, a história da jornada de Perséfone entre o mundo subterrâneo de Hades e a terra de Deméter fora inspirada na Eva bíblica. Ela não fez as flores vicejarem, nem aumentou as colheitas, mas, ao que tudo indicava, tinha a capacidade de rejuvenescer os Marcados. Para muita gente, sua existência estabeleceu a veracidade da Bíblia de uma maneira que nem ele nem Abel conseguiram.

— Há rumores de que Samael fixou um prêmio pela cabeça de Eva, *ima*. Os demônios de todo o mundo estão chegando aos montes à área onde vivemos. Você é um alvo importante. Sempre foi.

— Como Evangeline? E agora ela não conta com sua ajuda e seu apoio.

Alec cerrou os dentes de forma audível.

— Abel a manterá segura. Esse é o trabalho dele. Não que o tenha feito até agora...

— Então seu irmão também pode me manter segura.

Alec ficou de pé.

— Por favor, *ima*! Ela é uma Marcada, treinada para matar demônios. Não há comparação entre vocês duas.

— Não use esse tom comigo! — ela exclamou, levando as mãos aos quadris. — Você precisa de mim. Evangeline também. Tenho certeza de que sua casa é uma autêntica fortaleza, a fim de protegê-la. Portanto, também pode me proteger.

— Não como Shamaim. Nada é capaz de alcançá-la aqui. — Alec disse, passando os dedos entre os cabelos. — Não dou conta de me preocupar com você neste momento, certo? De jeito nenhum.

— Eu estou indo para me preocupar com você, e não o contrário. — Sua mãe deixou a sala de estar e se dirigiu aos fundos da casa, onde ficava seu quarto de dormir.

Alec pensou em segui-la, mas parou quando viu seu pai preenchendo a porta da frente com seu corpo de ombros largos.

Adão deu de ombros, em sinal de indiferença.

— É muito difícil fazê-la mudar de ideia. Nunca consegui fazer isso.

— Ela pode ser morta, *abba*. É tão perigoso agora como sempre foi.

— Eu soube.

O que significava que, após Alec ter entrado na casa, Adão deixara o campo para pedir informações e se atualizar dos acontecimentos. Como Jeová não devia saber a extensão total da história, Adão também não saberia de tudo; ou ele tinha uma fonte de informações entre os serafins.

Os serafins não davam nada de graça.

Alec começava a achar que toda a sua família era um peão num jogo maior, que ele não conseguia enxergar porque estava envolvido nele.

— O que disseram a você? — Alec perguntou.

Quando Adão adentrou a casa, tirou o chapéu e fixou o olhar em Alec.

— O suficiente pra saber que sua mãe não vai a lugar algum sem mim. Então, é melhor você ter espaço suficiente pra nós dois.

O NOVO ALFA DO GRUPO DIAMANTE NEGRO ENCONTROU
Reed fora dos portões do condomínio Charleston Estates e, juntos, eles começaram a caminhar rumo a um parque próximo. Embora o Alfa parecesse estar sozinho, Reed sabia que Lobisomens o escoltavam. Se Chaney fosse um idiota, tentaria um ataque. Pegar Abel poderia ser visto como uma maneira de consolidar sua nova posição. Contudo, se Chaney fosse esperto, consideraria uma aliança de longo prazo mais valiosa que um ataque rápido, que atrairia a cólera de Deus contra seu bando.

A Califórnia tinha três localidades denominadas Brentwood — uma no norte do estado, onde Reed estava naquele momento; outra perto de Victorville; e uma terceira em Los Angeles. Essa Brentwood fora outrora uma comunidade agrícola, mas, conforme os anos passavam, se tornava cada vez mais residencial. A calçada que eles percorriam enquadrava uma rua larga. Ao redor deles, a juventude das construções era evidenciada por sua arquitetura moderna.

Enquanto caminhavam, Reed, de maneira prudente, trabalhava para manter afastada a sua conexão com Eva. Naquele momento, quanto menos ela soubesse, mais segura ficaria. Ele não tinha escolha a não ser confiar que, por enquanto, Caim e os seguranças a manteriam a salvo. Caim era um idiota, mas não era estúpido a ponto de colocar em risco a vida de Eva por questões pessoais.

— Falar que estou surpreso com sua visita seria pouco preciso — Chaney afirmou, depois de eles percorrerem alguns quarteirões.
— Você está aqui por causa da operação de procriação?
— Não. Sei muito bem que os dias de murmúrios dos cães do Inferno de Grimshaw terminaram.
— Então, o que quer, Reed? — Chaney o encarou.
— Acho melhor começarmos com o que *você* quer. Está participando da caçada a Evangeline Hollis?

O Alfa hesitou no passo, um erro que Grimshaw jamais cometeria.
— Não sei do que está falando.

Não importava que Reed não tivesse a intenção de seguir em frente com seu plano. O simples fato de discuti-lo em voz alta — sobretudo com um Demoníaco — o assustou, mas ele precisava de um trunfo para as coisas avançarem. Mais tarde, poderia trabalhar na logística da "punhalada pelas costas". Havia um monte de peixes maiores que Eva, apesar de suas ligações com ele e Caim.

— Bem, você ainda está aqui no norte — Reed continuou. — Portanto, posso considerar isso um sinal de que não está interessado em receber o prêmio. Mas é uma oportunidade muito rara poder participar dessa espécie de vale-tudo que estamos vendo no condado de Orange agora.
— Ele mantinha o olhar sempre em frente. — Achei que todo demônio ambicioso o estivesse perseguindo.

— Como você disse, ainda estou por aqui e tenho muito trabalho a fazer no momento. Além do mais, não tenho ideia do que você está falando.

— Certo.

Eles chegaram ao parque e entraram nele, pegando um caminho de cimento sinuoso rumo a um grupo de mesas de piquenique cobertas. A temperatura noturna estava amena, com uma brisa leve e agradável. Ao redor deles, Reed conseguia sentir a presença de Lobisomens observando e se movendo, ainda que não pudesse ouvi-los. Reed se perguntava se eles achavam que ele era estúpido ou se eles eram simplesmente treinados de modo medíocre.

Parando de repente, Reed afirmou:
— Então, nesse ponto, estamos conversados.

Chaney o cercou, ligeiramente encurvado, como se preparado para atacar. Sua boca se abriu, revelando caninos afiados.

— Você não saiu de sua zona de conforto para nada — ele rosnou. — O que quer?

Reed enfiou as mãos nos bolsos da calça.

— Quero Raguel de volta.

— Que porra é essa?! Desde quando ele sumiu?

Ficou evidente que o Alfa estava desinformado a respeito do arcanjo, como evidenciado pela intensidade de sua reação em comparação com a que ele teve ante a menção da competição pelo prêmio. Samael era esperto o suficiente para saber que o conhecimento seria mais valioso para demônios de nível superior se mantido em segredo; ao passo que, para demônios de menor envergadura, o compartilhamento seria mais benéfico.

Chaney se recompôs; seus olhos mostravam um brilho amarelo ao luar.

— O que quer que seja, quero estar dentro.

Reed ocultou sua satisfação atrás de uma expressão entediada.

— Isso demandará mais do que entusiasmo pra dar conta do serviço.

— E demandará mais do que referências vagas a arcanjos desaparecidos pra tirar de mim o resto do que você precisa.

Então... o Alfa estava um pouco tentado em apoiar seu plano.

Girando nos calcanhares, Reed perguntou:

— Você estava a par das discussões que Charles tinha com Asmodeus?

— Eu estava a par de tudo.

— Excelente. Devemos envolvê-lo de novo — Reed afirmou.

O ambiciosíssimo rei do Inferno também precisava ser abordado.

A cabeça de Chaney inclinou-se para um lado:

— Suponho que você esteja oferecendo a prostituta de seu irmão em troca. Não tenho certeza de que seja justo: um arcanjo por uma Marcada novata.

— Sem dúvida, Samael acha que ela é valiosa.

— Você não?

— Como você disse, ela é a prostituta de Caim. — Reed cerrou os punhos em seus bolsos.

— Vocês dois ainda não superaram as desavenças? — Chaney deu risada, com o amarelo de seus olhos abrandando. — A promoção dele deve realmente doer.

— Você supõe que eu não poderia ter evitado se o desejasse.

Chaney semicerrou os olhos, denunciando seu renovado desconforto. Seria melhor se o Alfa não ficasse muito à vontade ao lado de Reed.

Pigarreando, Chaney disse:

— Ah, bem... Funciona em meu favor, não?

— Também estou disposto a tornar mais atraente o negócio, mas primeiro preciso saber se Raguel está vivo.

— Começarei a trabalhar nisso.

Reed estendeu a mão para o Alfa. Quando o gesto foi aceito, ele curvou a boca.

O Alfa começou a gritar e, depois, uivou. Seus joelhos cederam, de modo que ele ficou prostrado diante de Reed, como um suplicante. Quando formas escuras saíram precipitadamente das moitas e saltaram por sobre cercas vivas de quintais, Reed soltou o Alfa. Chaney segurou sua mão machucada sobre a palma da outra, respirando com dificuldade.

— Você deve guardar isso na memória. — Reed indicou o número de seu celular agora gravado na palma do Alfa. — Antes que sare.

Chaney ergueu a cabeça na direção da lua e seu semblante verdadeiro cintilou sob sua aparência de mortal. Enquanto seu bando se aproximava, sua boca se transformou numa bocarra terrível, os olhos amarelos radiantes de dor e sedentos de sangue.

Reed esboçou uma ligeira reverência e, em seguida, teletransportou-se para a Torre de Gadara.

— VOCÊ CONTRATOU SEGURANÇAS PARA TE PROTEGER de... demônios? — Riesgo perguntou com cautela.

— Hummm... — Eva murmurou, indicando hesitação. A marca esquentou, apesar da mentira ainda não ter sido dita.

— Acredita que o reverendo seja um demônio?

— Não! Ele é muito chato, mas não é um demônio.

Riesgo balançou a cabeça, como se Eva fosse uma criança difícil e enervante.

— Aqueles dois estão olhando para você como se esperassem que algo fosse acontecer e precisassem protegê-la.

— Como o senhor sabe tanto sobre seguranças? — Eva trocou de posição para se sentir mais confortável na fria arquibancada de metal. Marcada ou não, um assento duro era um assento duro.

Riesgo se inclinou para a frente, apoiando os cotovelos nas coxas.

— Nasci em Inglewood, cresci em Compton e quase morri numa briga de faca quando tinha quinze anos.

— Gangues?

— *Sureños*, os soldados da máfia mexicana.

— Uau! Foi assim que...? — Eva perguntou tocando o próprio rosto na posição onde ele tinha a cicatriz.

— Não. Isto eu ganhei quando servia nos Rangers.

Aquilo fazia sentido. O serviço militar explicava a vibração confiante e capaz, mas perigosa, emitida por ele, e também o conhecimento sugerido por seus comentários.

Eva se perguntou se Riesgo tinha se ligado ao sacerdócio como uma maneira de salvar sua vida. A maioria das gangues era do tipo "derramar sangue se quiser entrar e ter o sangue derramado se quiser sair" — o cara devia matar alguém para poder entrar e só saía morto. Contudo, uma batina de padre seria um obstáculo difícil a ser superado por um aspirante a assassino.

O fato era que a maioria da população americana acreditava num poder superior.

Riesgo juntou as pontas dos dedos das duas mãos.

— O Exército me ofereceu um jeito de escapar de South Central, em Los Angeles. Deus me ofereceu uma maneira de escapar da máfia mexicana. Bem, eu te contei a minha história. Agora, conte-me a sua.

— É muito longa e o senhor não acreditaria nela. — Eva pegou o rabo de cavalo meio solto e o prendeu novamente.

— Você pode se surpreender. O Senhor continua te trazendo de volta ao meu caminho. Há um motivo para isso, sem dúvida.

165

— Padre, acredite: se Deus está me empurrando pra sua vida de propósito, não é uma boa coisa. Pra nenhum de nós.

— Só vamos saber no final, moça de pouca fé.

— O senhor não me entende, padre. E eu, com toda a certeza, não entendo o senhor. Não leu a Bíblia que o senhor prega? Deus não é perfeito. Ele é exatamente como todos nós. O senhor leu o Livro de Jó? Primeiro, Deus se vangloria pra Satanás sobre como Jó é fiel. Então, quando Satanás aposta que Jó se virará contra Ele se Deus o deixar bastante pobre, Deus aceita a aposta.

Riesgo observava Montevista quando o Marcado abandonou sua posição na parte central inferior direita do campo de beisebol e se aproximou de Sydney.

— Tem ideia de quantas vezes o Livro de Jó é usado como argumento, senhorita Hollis?

— Eva — ela o corrigiu.

— Espero que seja mais original, Eva.

Ela deu um sorriso amarelo.

— O senhor considerou alguma vez que a história de Jó pode ser um pedaço de um todo maior? Talvez Jó seja uma construção que representa a totalidade do homem. Quem sabe sua história seja uma parábola, e não uma verdade absoluta. Talvez Satanás e Deus ainda estejam tentando ganhar aquela aposta.

O padre virou a cabeça para olhar para ela.

— Está atribuindo qualidades humanas a Deus, como os gregos faziam com seus deuses. O Único Deus Verdadeiro está acima dessas fraquezas.

— Sério? Não deduzo isso a partir da Bíblia — ela murmurou. — O que encontro nela é um Deus tão inebriado consigo mesmo, com apaniguados que administram os negócios, enquanto ele passa o tempo ociosamente, escutando os querubins glorificarem-no sem cessar.

— Consigo suportar muita coisa, Eva — Riesgo afirmou, num tom áspero —, mas desrespeito e blasfêmia não estão na lista.

Eva bufou, sentindo-se, de súbito, muito cansada.

— Desculpe, padre. Não pretendo desdenhar de suas crenças. Só que nunca vou enxergar Deus da maneira como o senhor enxerga. É como se estivéssemos olhando para faces diferentes da mesma moeda. Não me peça pra mudar pro seu lado.

— Esse é o meu trabalho. — Riesgo a fitou de soslaio. — Eu levo Deus pra vida dos outros.

— Deus está em minha vida, padre. — Eva o encarou, querendo que Riesgo enxergasse a verdade de suas palavras em seu olhar. — Estamos trabalhando nossas questões à nossa própria maneira. Mas, enquanto isso, aquele sujeito na minha esquina está me deixando louca.

— O que sugere que eu faça?

— O senhor pode entrar em contato com ele e dar o seu aval pessoal em meu favor.

— Dar meu aval pessoal em seu favor. — Riesgo voltou a esboçar um sorriso maroto. — Ao que me é dado supor, ele pode ter razão a seu respeito.

— Ai, essa doeu! — Eva exclamou, cruzando os braços e ajeitando-se.
— Tudo bem, o que acha de ir comigo ao meu escritório primeiro? Já esteve na Torre de Gadara? Foi eleito o imóvel mais bonito de Anaheim há alguns anos.

Riesgo estendeu a mão e deu um tapinha no joelho de Eva. Era um gesto característico de um avô, mas o toque dele foi tão quente que a surpreendeu. O contato foi breve, mas o calor perdurou.

— Me dê o endereço de sua casa. Nos próximos dias, passarei por lá e falarei com ele.

— Obrigada. — Eva ficou de pé. — Eu lhe devo essa.

— Sim, deve. — Riesgo se ergueu num movimento econômico, mas gracioso. Poder controlado com punhos de ferro. — Daqui a três semanas, vamos fazer um piquenique simples na igreja. Espero que você compareça. Traga seu namorado e aqueles dois... — Ao olhar para o campo ele franziu as sobrancelhas, em sinal de preocupação. — Aonde eles foram?

Eva se voltou na mesma direção. Nada de Montevista e Sydney. Ela empregou sua visão aprimorada pela marca, mas procurar na escuridão além do alcance da poderosa iluminação do campo era impossível sem as lentes nictitantes, que só funcionavam quando ela também estava no escuro.

— Não sei.

Eva começou a descer os degraus da arquibancada com crescente apreensão. No momento em que seu pé alcançou o solo, um lampejo branco surgiu na periferia de sua visão. Muito rápido para ser humano. Como um relâmpago, Eva correu atrás dele. Era mais veloz do que ela, gingando para a direita e para a esquerda. Segundos depois, ela se viu de novo sobre o monte do arremessador. Eva voltou correndo até Riesgo. Naquele momento, o padre esfregava os olhos com os punhos.

— Devo estar exausto — ele comentou. — Minha visão está ficando borrada. Num instante, pareceu que você estava lá adiante. Então, no seguinte, te vejo aqui mesmo.

Pegando o padre pelo braço, Eva o arrastou para a base principal do campo. Raramente era bom ficar num canto, mas, ao menos, teria um lado a menos — a retaguarda deles — para ela se preocupar em defender.

— O que você está... — Riesgo começou a falar, mas se calou, sentindo a aflição de Eva. Calado, ele se inclinou e pegou um bastão de beisebol metálico. Sem o colarinho clerical e com o agasalho esportivo preto, Riesgo parecia alguém com quem uma pessoa não gostaria de brigar... se fosse mortal.

O lampejo branco voltou a aparecer, mas dessa vez parou na frente dela: um Demoníaco como Eva jamais vira, com cabelos e olhos brancos. Ele usava uma fantasia de Halloween azul-clara e prata, que incluía uma calça justa e psicodélica. Sua ligação com Reed permitiu-lhe identificar o demônio dentro da vestimenta.

— Azazel — ela cumprimentou, fechando a cara.
— Olá, Evangeline.

Riesgo posicionou-se ao lado de Eva:
— É esse rapaz que está atrás de você?
— Um deles. — Então, ela enviou um pedido de uma espada flamejante. E não ficou muito surpresa quando nada aconteceu. Assim, expandiu sua postura e ergueu os punhos.

O demônio riu; um som que se tornou mais insano por seu tom grave, intenso. Sem dúvida, aquele Demoníaco tinha confiança em suas habilidades.

— À vontade, Evangeline. — A voz desconhecida retumbou pelo ar de uma fonte não discernível.

O chão tremeu e uma fissura se abriu. O sangue jorrou para cima a partir das profundezas, como um gêiser, antes de se converter na forma de um homem com belas e grandes asas vermelhas.

Satanás. Eva soube quem era sem nenhuma ajuda.

— Santa Maria, Mãe de Deus — Riesgo disse, tomando fôlego, fazendo o sinal da cruz com a mão livre.

— Maria não é capaz de salvá-lo, padre. — Azazel esboçou um sorriso malicioso. — Deus também não vai.

O medo se apossou de Eva. O Príncipe do Inferno era belíssimo, muito mais do que o próprio Sabrael. Sua pele brilhava como se revestida com ouro em pó. Cabelos pretos lustrosos caíam até a metade de suas costas, ondulando como se tivessem vida própria. As mechas sedosas se moviam sinuosamente, acariciando-o como uma amante e emoldurando um rosto que não podia ser mais perfeito. Suas íris tremulavam como chamas, enquanto sua boca se curvava num sorriso que era amedrontador por sua sedução. O desejo de tirar a roupa e se oferecer para ele era intenso o suficiente para fazer Eva dar um passo à frente. Ela conseguiu deter o avanço apegando-se a Reed em sua mente, como uma bandeira solta ao vento presa a um mastro.

— Ah! — Satanás murmurou, circulando a certa distância com um passo suave e atraente. O sexo encarnado. — Vejo por que eles a querem. Olhar pra você deixa um homem de pau duro e pronto para trepar.

Eva mostrou-lhe o dedo do meio.

Com um aceno despreocupado de mão, ele destroncou-lhe o dedo, curvando-o para trás até o nó tocar a parte posterior da mão dela. Eva caiu de joelhos, gritando.

Riesgo se adiantou, mas Eva o segurou com a mão esquerda, enlaçando seu tornozelo. Como mortal, ela jamais teria sido capaz de detê-lo. Como Marcada, ela quase o derrubou.

— Não — Eva ordenou, num rumor repleto de nuances.

Riesgo estacou, paralisado de assombro.

Persuasão. Um dom dado aos Marcados que Eva comparava ao truque mental Jedi. Por que isso entrava em ação — pela primeira vez — agora, quando o que ela realmente precisava era de uma arma? Essa era uma queixa que adicionaria à sua longa lista... mais tarde.

Onde estava Reed? Alec? Alguém?

Eva soltou o padre e pegou seu dedo destroncado, gemendo através dos dentes cerrados, no esforço para recolocá-lo no lugar.

— Conforme os anos passam, ensinam cada vez menos a se ter respeito, meu senhor.

Satanás aproximou-se de Eva, olhando para ela com seus lindos olhos, sem sentimentos. As pontas dos seus dedos com garras ergueram o queixo dela e moveram-lhe a cabeça de um lado para o outro. Seu toque era frio, quase delicado. Eva permaneceu imóvel, tanto por causa da delicadeza quanto do horror. Em seu íntimo, algo tremeu, num medo paralisante.

Com a proximidade, o efeito pleno da fascinação de Satanás era inegável. Ele usava um terno de três peças que lhe trouxe Reed à lembrança, mas os cabelos demasiado longos e as botas Dr. Martens recordavam Alec. Mesmo os traços e a compleição dele eram parecidos com os dos amantes de Eva, assim como seu cheiro: defumado, exótico e profundamente masculino. Ela se perguntou se Samael usava um disfarce para desorientá-la ou se ela e Deus tiveram exatamente a mesma ideia de como pareceria um cara quente.

— Fique longe dela — Riesgo rosnou.

Satanás lançou-lhe um olhar entediado, mas perigoso.

Eva pegou o pulso do Diabo e se assustou com o latejar da mão machucada. Ficaria boa com o tempo, mas doeria muito naquele ínterim.

— Sou eu que você quer. Sou aquela que atropelou seu cão. Deixe o padre ir embora.

A cabeça reluzente do Diabo virou-se de volta para ela. Ele pareceu entretido.

— Mas o padre é o meio pelo qual eu a forçarei a fazer o que quero.

Eva estremeceu:

— Não. Você não precisa dele. Trate comigo.

— Você ainda não sabe o que eu quero — ele sussurrou, segurando o rosto dela entre as mãos. Seu toque era tão agressivamente frio que se infiltrava no tutano dos ossos dela, fazendo-a tremer violentamente.

— Talvez eu queira violá-la, querida Evangeline. Talvez eu pretenda fazer coisas que destruirão sua mente e seu espírito. Talvez eu deseje observar enquanto outros fazem essas mesmas coisas com você. Escutar a melodia de seus gritos, até não restar nenhum espírito de luta em você.

Eva gostaria de conseguir rir daquilo, mas, na realidade, estava apavorada.

Onde haviam se metido Montevista e Sydney? Estariam combatendo Demoníacos em algum lugar? Estariam mortos?

— Por favor. D-deixe-o ir embora — ela conseguiu dizer, batendo os dentes.

Riesgo rosnou e começou a falar:

— Eu lhe ordeno, espírito impuro, quem quer que você seja, junto com todos os seus cupinchas que agora atormentam este servo de Deus, pelos mistérios...

— Faça-o se calar! — Satanás vociferou.

Num piscar de olhos, Azazel venceu a distância que o separava de Riesgo e se chocou contra o padre com um estrondo violento. O chão se abriu quando eles caíram, engolindo-os completamente. Quando a fenda se fechou como se jamais tivesse existido, a terra estremeceu como uma criança que engoliu um remédio muito desagradável.

— Ah, meu Deus! — Eva murmurou, tão chocada e paralisada que mal sentiu a queimadura de sua marca. — O que você está fazendo?!

Satanás sorriu, com os polegares esfregando os lábios trêmulos de Eva:

— Uma boca tão adorável. Você deveria estar trabalhando pra mim. Eu apreciaria seu ceticismo. Sem dúvida, aprecio o quão prontamente você desconsidera as mentiras de Jeová.

De algum modo, Eva conseguiu se livrar, caindo para o lado e engatinhando com a força que foi capaz de reunir. Samael a seguiu com passos lentos, com as mãos entrelaçadas às costas.

Eva parou após progredir apenas poucos metros:

— O que você quer? — ela perguntou, com a voz arrastada.

— Pobre Evangeline... — Satanás murmurou, estendendo-lhe a mão. — Está congelada de frio. Deixe-me aquecê-la.

No momento em que a mão dele tocou a pele de Eva, o calor percorreu-lhe o corpo como uma brisa quente de verão. Eva ficou tão surpresa com a mudança que precisou de um tempo para registrar a repentina maciez do solo debaixo dela.

Satanás endireitou-se. Lentamente, Eva virou a cabeça.

Naquele momento, em pleno dia, eles estavam longe do campo de beisebol. A areia quente amortecia o flanco de Eva e o sol brilhava no céu sem nuvens acima dela. Era um deserto de algum tipo, árido, exceto pela areia dourada e pelos grandes afloramentos monolíticos. A sensação de frio que ela sentia começou a sumir. Eva se esforçou para ficar de pé, ignorando a mão oferecida por Satanás.

Ela o encarou com os ombros para trás e de queixo erguido.

— Alguns dos seus maneirismos são iguais aos dela — ele murmurou, com um sorriso misterioso.

— De quem?

— Sua xará — Satanás respondeu, com suas vistosas penas cor de sangue tremulando na brisa quente. — Também conhecida como o resgate que você trará pra mim em troca do padre. E de Raguel.

13

— O QUÊ?! — EVA EXCLAMOU, NA ESPERANÇA DE ESTAR tendo um pesadelo. — Onde estamos?

— Com sua audição de Marcada, não é possível que você não tenha me escutado — ele afirmou.

Satanás ignorou a segunda pergunta. Será que ela estava no Inferno? Ou em algum outro plano da existência? Sua mente girava com as possibilidades.

Lentamente, Eva se virou, acompanhando-o enquanto ele a circundava, para que o Diabo nunca a pegasse de costas.

— Você quer *Eva*?

Samael aplaudiu, como se ela fosse uma pessoa obtusa e, finalmente, tivesse entendido a situação.

— Muito bem!

Eva odiava que Satanás se movesse com tanta elegância. Odiava que ele fosse tão bonito e tão sedutor, mostrando muito mais de suas qualidades sob a luz do sol do deserto do que sob a claridade artificial das luzes do estádio. Ela estava tão hipnotizada por ele que, às vezes, esquecia-se do quanto estava aterrorizada. Era um truque de algum tipo, uma ilusão.

— Ela está morta — Eva conseguiu dizer, por fim, com a voz áspera por causa do ar seco.

— E o que é a morte, Evangeline? — Satanás prosseguia em sua caminhada lenta e firme ao redor dela, com as mãos entrelaçadas sob as asas. — Os mortais pensam nela como o fim, como uma chama apagada. Mas não é assim que funciona. O digno vem pra mim; o indigno vai pra Jeová. Todos continuam a existir, apenas em lugares diferentes.

— Essa coisa do "digno" não está invertida?

Satanás fez que não.

— Eu esperava mais de sua pessoa. Você é muito inteligente pra acreditar nas mentiras de Jeová. De fato, fiquei muito impressionado com seu argumento a respeito da aposta. Você é bastante perspicaz.

Eva não soube o que dizer. Em sua mente, ela imaginava que Deus devia ser tão assustador quanto Satanás. Quem era o cara do bem? Havia alguma turma do bem naquela bagunça?

Satanás a observava com intensidade predatória.

— Confesso que lamento não ter sido o primeiro a pôr as mãos em você.

— Não sinto o mesmo — Eva murmurou. — Não sei como posso ajudá-lo.

— Você tem tudo de que precisa na carne ansiosa entre suas pernas. — As palavras dele foram grosseiras, mas o tom foi coloquial. — Separe bem as pernas, gema alto o suficiente, implore com doçura... e Caim e Abel lhe darão o que você quiser.

— Eles não me darão a mãe deles!

Por que os dois estavam tão silenciosos? Será que Satanás a desconectara deles? Será que era poderoso o bastante para impedir uma conexão dada por Deus?

Satanás deu de ombros, num gesto de indiferença.

— Eles podem levar você até ela e você poderá trazê-la para mim.

— O que quer com ela?

— Não é da sua conta.

— Você está me pedindo o impossível.

— Eu a devolverei — ele afirmou, solícito. — Só a quero emprestada por algum tempo.

Eva sentiu os olhos arderem. Riesgo fora pego por sua causa. Não podia abandoná-lo ou perder a oportunidade de se aproximar de Gadara.

Porém, também não podia fazer o que Satanás queria. De qualquer maneira, estava ferrada.

— Não confio em você.

— É possível confiar em alguém?

Ele tinha razão.

— Evangeline, não tenho necessidade de mentir. A verdade funciona bastante bem. Lembre-se: não sou aquele que criou o homem e quis mantê-lo na ignorância. Não sou aquele que ordenou a Abraão que matasse seu único filho pra provar sua devoção. Não sou aquele que queimou, afogou e enterrou vivos centenas de milhares de mortais. Não sou aquele que exigiu que um homem fosse apedrejado até a morte porque recolheu madeira no dia reservado ao culto — Satanás afirmou. — Você sabia que Jeová quase matou Moisés porque seu filho não foi circuncidado? E *eu* sou o monstro?

Como Eva começava a ficar desorientada, parou de girar. Mesmo assim, o deserto ao seu redor pareceu se inclinar. Estava muito quente. Árido.

Satanás sorriu. Havia uma fartura de promessas na curva de seus lábios. Tentação. Ele era infame por isso.

Eva dirigiu a mão ao pescoço, massageando-o como se isso pudesse hidratá-la de alguma forma.

— Jeová é o relações-públicas original — Samael prosseguiu, com a voz se erguendo e descendo, numa cadência reconfortante, tranquilizadora. — Eu lhe dei crédito por sua genialidade. De alguma forma, ele se tornou reverenciado, apesar de sua crueldade. Eu, por outro lado, sou vilipendiado por minha honestidade.

Como Eva iria contrapor àquela argumentação, que trabalhava a seu favor? Tinha de haver um jeito, mas era difícil raciocinar. Sua boca e sua garganta estavam secas. Ela daria qualquer coisa por um copo de água...

— Detenha seus apaniguados — Eva disse, ríspida. — Eles estão complicando tudo.

— Alguém deve ganhar o prêmio — Satanás recordou, por fim esboçando uma parada. O movimento giratório parou junto com ele. — Como eu disse, sempre cumpro minhas promessas.

— Quanto eu estou valendo?

— Imunidade. Uma carta de alforria do Inferno.

— Uau! — Eva se espantou. Não achava que valesse tanto. Quando os Demoníacos eram mortos, permaneciam no Inferno por alguns séculos. Uma reviravolta rápida podia tornar um demônio bastante convencido e imprudente, ela supôs. — Dê o crédito a Azazel. Foi ele quem deu o primeiro passo.

Satanás demonstrou surpresa, o que — insanamente — o humanizou.

— A maioria acharia isso injusto. Azazel sempre circulou livremente.

Eva pôs as mãos nos quadris, em desafio.

— Não me interessa se é justo ou não. Neste momento, sou uma prisioneira em minha própria casa. Isso não é muito propício.

— Vou pensar em algo adequado. — Naquele momento, Satanás estava definitivamente entretido e ela podia enxergar isso nos olhos dele. — Em troca, você não dirá nada sobre nossa barganha para ninguém. Se faltar com sua palavra, vou me sentir livre pra faltar com a minha... o que inclui manter o padre e Raguel. Algo mais?

Parando para pensar, Eva se deu conta de que tinha feito o que ele queria. Sem dúvida, Samael queria mantê-la desequilibrada, confundindo sua mente.

— Sim. — Eva começou a circundá-lo, numa tentativa vã de combater a sensação de um nó corrediço em volta do pescoço. Sentia-se manipulada e superada em estratégia. — Também tenho um problema com o Nix.

Eva se preparou para qualquer demanda que ele fizesse em troca.

— Ah, sim. Você tem!

— Sugue-o de volta quando partir.

— Mas Ulrich está se saindo tão bem... — Satanás afirmou, num tom de provocação. De novo, aquilo o suavizou.

É tudo um truque, Eva lembrou a si mesma.

— Se ele me matar, não terei nenhuma serventia pra você.

Satanás deu risada.

— Então, eu a teria em tempo integral.

— Caim e Abel não teriam a mim nunca — ela indicou, combatendo o desejo de gritar. Por que todos apostavam que ela iria para o Inferno quando morresse?

— Verdade. — Satã estendeu-lhe a mão e ofereceu-lhe uma corrente de ouro com um amuleto: um círculo aberto com diversas linhas e círculos dentro. — Use isto para se proteger do Nix. Ponha ao redor dele para impedi-lo de se transformar em água.

Eva encarou o colar. *Desconfie dos demônios que carregam presentes.* A ideia de ter algo em torno de seu pescoço que vinha de Satanás a deixou nervosa.

— Não há outro jeito? Ouro não fica bem em mim.

Então, Satanás caminhou na direção dela. Eva quis recuar, mas foi mantida plantada no lugar por uma força invisível. Ele envolveu os dedos ao redor do pulso da mão machucada dela e a dor persistente se desvaneceu.

— Se você fizer o que eu digo, nós dois poderemos obter o que queremos. — Satanás a soltou e, em seguida, colocou o amuleto com cuidado ao redor do pescoço de Eva. Ele o enfiou debaixo da camiseta dela com um som sussurrante de satisfação. — Pronto. O problema do Nix está resolvido.

Ele recuou. Eva expeliu a respiração contida com força.

— Você terá de matá-lo sozinha, claro — ele acrescentou. — Mas, sem a capacidade de se transformar, o Nix será um alvo muito mais fácil pra você. Então, ele poderá ser mortalmente ferido.

— Puxa, obrigada — ela resmungou.

Eles se entreolharam por algum tempo. Eva perguntou-se se Satã realmente acreditava que ela entregaria a mãe de Alec e Reed para ele. Em caso afirmativo, por que supunha que o padre e Gadara eram valiosos para ela o suficiente para que traísse os homens que amava?

Eva teria de descobrir o que Satanás estava vendo que ela estava perdendo. Talvez ele achasse que ela seria grata por ele ter suspendido o prêmio e a ajudado com o Nix. Será? Ele não podia ser tão presunçoso. Era mais conveniente para ela, sim. No entanto, de qualquer forma, Eva teria dado conta do Nix e do prêmio.

— Estamos claros acerca das condições, Evangeline?

— Deixe-me esclarecer isso: você quer Eva temporariamente, em troca devolverá permanentemente o padre Riesgo e Raguel?

Satanás fez que sim com a cabeça.

— Eu vou suspender o prêmio e, em troca, você concorda em manter segredo sobre o assunto. Eu saberei se você transgredir. Ao contrário de Jeová, sempre fico de olho.

— O que quer por me dar o Nix numa bandeja de prata? — Eva estreitou os olhos, desconfiada.

— Minha recompensa será o entretenimento. As chances estão sendo igualadas, mas ele pode matá-la. Como poderia pedir uma recompensa por tão pouco?

Satanás estalou os dedos. Eva voltou ao campo de beisebol, e ele desapareceu.

Eva se virou, olhou ao redor, e se viu sozinha. Começou a correr na direção da escuridão além das luzes do campo, procurando Montevista e Sydney com uma sensação nauseante de medo.

— É ALI QUE EVANGELINE MORA?

Quando Alec enfiou a chave raramente usada na fechadura da porta da frente, sua cabeça se virou para seguir a direção em que apontava o dedo de sua mãe. Fazia algum tempo que ele não usava meios seculares para entrar em seu apartamento, mas seus pais não eram *mal'akhs* e quaisquer dons que eles tivessem em Shamaim eram tirados deles na Terra. Em todos os sentidos, eram mortais, apesar da idade.

— Sim.

Antes que Alec conseguisse detê-la, sua mãe venceu o corredor com passos largos e bateu na porta de Eva. Ele se preparou para revê-la. Tudo se robusteceu dentro dele, exceto as vozes que apreciavam o caos.

Ninguém atendeu no apartamento dela.

Preocupada, a mãe de Alec franziu as sobrancelhas.

— Você não disse que não era seguro que ela ficasse fora de casa?

Seu pai estava atrás dela, atento. Alec destrancou a porta para eles e, em seguida, foi para o apartamento de Eva. Estava escuro e silencioso como uma tumba. Na sala de estar, ele tentou se comunicar com ela, mas a resposta foi um silêncio estranho.

— *Eva. Onde você está?*

Ela o atingiu com ímpeto, pegando-o de surpresa com toda a força e fazendo-o retroceder. Alec resmungou e se deslocou até ela.

Eva gritou quanto ele chegou ao seu lado. Alec a pegou pela nuca e a abraçou:

— Psiu! Estou aqui.

Eva tremia abraçada a Alec, com uma série acelerada de imagens atingindo sua mente: Montevista, Sydney, o padre, Azazel.

A fúria se apossou dele:

— *Abel!* — O nome de seu irmão saiu num rugido. De novo, Abel abandonara Eva num momento difícil.

Seria a última vez.

Afastando-a um pouco de si, Alec entrelaçou seus dedos com os dela. Ele a puxou ao longo da extensão da cerca de arame, procurando sinais de sangue, briga ou roupa rasgada.

Em seguida, Alec sentiu os Marcados. Desmaiados, mas próximos. Ele teletransportou Eva para o estacionamento do outro lado de La Palma. A área aberta estava pouco iluminada, mas sua visão aprimorada captou duas formas, uma sobre a outra, a distância.

Alec voltou a se teletransportar, deslocando-se para mais perto com maior rapidez. Ele estabilizou Eva depois que ela cambaleou desorientada.

— Ah, meu Deus... — Eva apertou a mão de Alec e, então, a soltou, ajoelhando-se junto aos seguranças caídos.

Montevista estava estendido sobre sua parceira, quase como se tivesse blindado o corpo dela com o seu. Eva estendeu a mão e roçou os dedos no rosto dele. Montevista gemeu e, em seguida, se mexeu.

— Eles estão vivos! — Eva disse.

Como líder da empresa deles, Alec sabia disso, mas não fez nenhum comentário. Em vez disso, ficou atrás de Eva, perguntando-se por que foram necessários alguns momentos para a conexão deles ser restabelecida.

Abel apareceu do outro lado das duas figuras de bruços no chão.

— O que aconteceu?

— Se você estivesse fazendo o seu trabalho, saberia! — Alec vociferou.

Eva censurou:

— Se vocês dois começarem a brigar...

— Onde você estava? — Abel quis saber, desafiando o irmão.

— Com *ima* e *abba*.

— Por quê? — Reed arregalou os olhos.

— Não se meta nos meus assuntos. Preocupe-se com os seus. — Alec projetou o queixo na direção de Eva. — E com o fato de que Azazel sequestrou o padre bem na frente dela.

— Eu consigo ver isso — Abel afirmou, olhando para Eva e se atualizando por meio de uma filtragem dos pensamentos dela.

— Vocês são duas bestas! — Eva se queixou. — Esses dois estão feridos e vocês ficam aí reclamando um do outro?!

Alec passou os dedos pelos cabelos.

— Tire Eva daqui.

Abel se deslocou para o lado dela e olhou para Alec.

— Você cuida desses dois?

— Sim. Vá embora.

Eva fez um gesto negativo com a cabeça.

— Não vou...

No meio da frase, ela foi teletransportada para longe por um toque das pontas dos dedos de Abel no alto de sua cabeça.

O silêncio que se seguiu à partida de Eva e Abel foi breve. Montevista gemeu e rolou para o lado. Sydney arfou e ergueu a cabeça.

— Onde está Hollis? — ela quis saber.

Alec se ajoelhou ao lado deles.

— Em segurança.

Mas por quanto tempo? O ataque contra o padre fora bastante audacioso. Por que não sequestrar Eva?

Alec pôs uma mão sobre cada Marcado e se teletransportou com eles para a Torre de Gadara.

— ... deixá-los aqui como... Que diabos?! — Eva vociferou e cambaleou quando Reed a levou de volta para a sala de estar de sua casa. — Odeio quando você faz isso sem avisar!

— DESCULPE, QUERIDA. — REED A FIRMOU COM MÃOS gentis. — Mas você deveria saber que não a deixaríamos ali.

— E você deve saber que vou ficar preocupadíssima até saber que eles estão bem.

— Eu vou descobrir pra você. — Reed beijou-lhe a testa.

No momento em que eles se conectaram, a compreensão de quão perto ele chegara de perdê-la o alcançou. Reed apertou as mãos nos bíceps dela. Eva emitiu um ruído baixinho de protesto, e Reed a soltou rápido.

Ele recuou a uma distância segura.

— Ei, está tudo bem — Eva murmurou.

Mas não estava. Não para ele.

— Mantenha-me informada.

Reed conseguiu dar um sorriso.

— *Naturalmente* — ele a tranquilizou. — Fique à vontade. Quando eu voltar, começarei a preparar aquele jantar que prometi.

Eva abriu a boca para dizer algo, mas Reed se teletransportou rápido. Ele se deslocou para os andares subterrâneos da Torre de Gadara e se encostou bem na parede. No corredor movimentado, enquanto os Marcados e os Demoníacos passavam a toda pressa por ele, Reed dedicou algum tempo a se recuperar.

— *Idiota* — Eva ralhou. — *Eu ia perguntar se devia aprontar alguma coisa pra você.*

— *Só você. Eu cuidarei do resto.*

— Abel?

Reed se deparou com Hank, disfarçado de Jéssica Rabbit/Mortícia Adams, aproximando-se com um gingado nos quadris.

— Oi, Hank.

— Como você está? — A nota de júbilo na voz rouca do ocultista era inconfundível.

— Parece que nem de perto tão bem quanto você. — Reed se endireitou. — E aí?

— Fiz algumas experiências com a camuflagem. Acho que encontrei uma boa pista.

— Sério?

Hank sorriu.

— Quando tiver um tempo, dê uma passada pra eu te mostrar.

— Farei isso.

Livrando-se do persistente desassossego, Reed saiu a caminho da recepção principal, onde poderia se informar sobre a localização de Montevista e Sydney. Ele estava a muitos metros de distância do final do corredor quando Sara surgiu. Reed quase mudou de direção, mas ela o viu e o deteve estendendo a mão.

— *Mon chéri* — Sara cumprimentou, sorrindo. — Não fuja ainda. Tenho boas notícias pra você.

Reed não se moveu quando Sara se ergueu sobre as pontas dos pés e pressionou a boca na dele.

— Leve-nos ao meu escritório — ela murmurou.

Reed atendeu ao pedido dela só porque não quis que nenhuma interação entre os dois fosse testemunhada. Assim que eles chegaram, ele se afastou de Sara.

— Seja breve.

— Você nunca atende ao celular — ela se queixou, fazendo beicinho.

— Se atendesse, eu não teria de emboscá-lo dessa maneira.

— Você tem minha atenção. — Reed cruzou os braços.

— Você tinha razão a respeito de Iselda e Caim.

— Continue.

Quando Sara recuou para sua mesa, seu sorriso era amplo e juvenil.

— Deixe-me mostrar a você.

Pegando o controle remoto, Sara ativou a tela, que desceu e cobriu a única janela. O escritório dela era muito menor que o de Caim, mas mais elegante. Sara preferiu tecido adamascado a couro, e cores variadas em vez de apenas uma.

As luzes diminuíram, e o show começou. Reed observou metade da exibição. Quando terminou, ele estava sentado de costas pra tela, em uma das cadeiras posicionadas diante da mesa.

Sara sentou-se com um brilho predador nos olhos azuis e desligou o aparelho com o controle remoto. A tela se ergueu, e as luzes voltaram a se acender.

— Salvei uma cópia pra você em um *pen-drive*. Tudo o que precisa fazer é achar uma maneira de Evangeline ver isso. Em seguida, relaxar e observar as faíscas voarem.

— Não mostrarei isso pra ela — Reed disse com firmeza.

— Por que não? — Sara já não sorria.

Reed bateu o pé no carpete, num *staccato* ligeiro. Se Eva visse aquele vídeo... Ele cerrou os dentes. Machucou-o ver aquilo. Fisicamente, Caim e Izzie pareceram estar se divertindo bastante. Mentalmente, a intensidade da aflição na expressão de seu irmão seria dolorosa para qualquer pessoa ver. Considerando o amor profundo de Eva por Alec, aquilo a arrasaria.

— Droga! — Sara disse, arfando. — Você a está protegendo!

— Atrapalharia nossa causa.

— Como assim? — Sara semicerrou os olhos.

Reed considerou a melhor maneira de responder.

— Eva me procurou hoje à tarde, insistindo que há algo de errado com Caim. Ela me pediu pra investigar e ver se a promoção é responsável pelo comportamento dele. Se ela vir esse vídeo, ficará solidária e ainda mais determinada. Terá o efeito contrário.

Sara tamborilou as pontas dos dedos pintados sobre os braços da cadeira de madeira entalhada.

— Você acha que a conhece tão bem?

— Ela está sob minha responsabilidade. Claro que a conheço. Além disso, não é mais necessário separá-los. Caim fez isso sozinho mais cedo hoje.

— *C'est des conneries!* As reações de Caim são diferentes das dela. Eva precisa cooperar. Com o tempo, ele vai querê-la de volta, e quando isso acontecer, temos de estar certos de que ela o recusará. Esse será o ponto de ruptura dele... — Em seguida, Sara gesticulou para o local onde a tela aparecera. — ... e não essa insanidade temporária.

— Quer dizer que você também enxerga isso.

— Ele está bem agora. Eu o vi quando trouxe os dois seguranças.

— Será que nós dois vimos o mesmo vídeo há pouco?

— Talvez esse seja simplesmente o modo como ele gosta de transar.

— Agora quem está falando besteira? O que há de errado com ele? Eva tem razão? A ascensão o ferrou?

— Como vou saber? — ela resmungou, mal-humorada. — O resto de nós foi criado como somos. Pare de se preocupar com Caim e me dê um motivo melhor pra Evangeline não ver esse vídeo.

— Sabe, apesar de sua animosidade contra ela, Eva falou a seu favor hoje. — Reed moveu-se relaxadamente, mas permaneceu atento.

183

— *Vraiment*? — Sara tentou parecer indiferente, mas falhou.

— Eu contei a ela que você era uma prostituta mentirosa e egoísta.

A raiva tomou conta de Sara.

— Nunca menti pra você.

— Você sabia que eu queria uma promoção e me fez acreditar que me ajudaria a conseguir isso.

— Você também me usou.

Reed percebeu a amargura no tom de voz de Sara e ficou de pé, contornando a mesa com um passo prudente.

— Eva sugeriu que talvez você não tenha me ajudado não porque não quisesse, mas porque não pôde.

— Não preciso que ela fale por mim. — Sara girou a cadeira para encará-lo e cruzou as longas pernas. O terninho vermelho dava-lhe uma aparência sedutora, pecaminosa. O olhar desconfiado suavizava a imagem e fez Reed recordar que, no passado, achou que eles eram perfeitos um para o outro.

Pondo as mãos sobre as de Sara, Reed inclinou-se sobre ela. Ela passou a língua sobre o lábio inferior e não tirou os olhos dele.

— Num primeiro momento, achei que Eva estava sendo amável demais atribuindo a você qualidades que não tem — Reed prosseguiu. — No entanto, considerei isso um pouco mais e sabe a que conclusão eu cheguei? Acho que você preferiria me perder a admitir que exista algo que você não consegue fazer.

Sara pressionou as costas com mais força contra o encosto.

— Eu realmente tive você alguma vez, *mon chéri*?

— Por um tempo, sim. Por causa disso, você me deve a verdade, Sara. Se quisesse me ajudar a ascender, você poderia ter me ajudado ou era impossível?

Ela engoliu em seco e, depois, respondeu:

— Eu quis ajudá-lo.

— Por que simplesmente não me apontou a direção correta? Não me disse para ir a um escalão superior?

— Eu fui a um escalão superior! — Sara vociferou. — Falei com o próprio Jeová. Tinha de ocultar o pedido dos outros. Se Gabriel ou Miguel soubessem, eles me deteriam. Mas, no fim, foi inútil.

— Por quê? — Reed se aprumou e passou os dedos pelos cabelos. — Por que foi possível pra Caim, mas não pra mim?

Ele se afastou, precisando de espaço, e escutou Sara se colocar logo atrás.

— Pense num jogo — Sara sussurrou — em que você percebe as coisas que estão ausentes de uma segunda cena, mas que estavam presentes na primeira. O que está ausente agora que não estava antes?

— Raguel. — Reed a contornou e prosseguiu: — Ele está morto, não está? Por isso nenhum de vocês o procura ativamente.

— Considere o lado bom — Sara se esquivou. — Gostaria de sofrer como Caim está sofrendo?

— Os problemas de Caim são exclusivos dele, e você sabe disso. E se vocês todos estiverem errados? E se Raguel estiver vivo e conseguirmos resgatá-lo?

Sara cerrou os punhos:

— Nesse caso, um de nós teria de ceder território pro estabelecimento de uma nova empresa.

Reed se dirigiu à janela e contemplou a vista noturna da cidade, mas não a registrou.

Ceder território. Pela primeira vez, Reed se perguntou se os arcanjos tinham canibalizado seus resultados financeiros. A sobrevivência do mais apto, talvez. Eles poderiam estar afetando Caim de alguma maneira? Corrompendo-o? Levando-o à loucura? Sara deveria estar atuando como mentora dele, mas, na realidade, trabalhava ativamente para sabotá-lo.

Ainda que Reed tivesse dado as costas à tela durante a exibição do vídeo, escutara tudo. Caim falara em línguas. Eles dois conheciam todas as línguas criadas; assim, aquilo não era uma surpresa. Foram as palavras em si que o arrepiaram:

— *Eu te ordeno, espírito impuro, quem quer que você seja, junto com todos os seus apaniguados agora atormentando este servo de Deus...*

O rito do exorcismo... enquanto transava? Era perverso. Tão grotesco que Reed não era capaz de supor por que as palavras tinham sido ditas.

Por que Azazel capturou Riesgo e não Eva? Por que Caim rompeu com Eva e, em seguida, voltou-se para Izzie?

Amaldiçoando-se no íntimo, Reed sabia que, naquele momento, podia confiar em pouquíssimas pessoas. Todas tinham o que queriam e todas foram implacáveis para consegui-lo.

Em quem Caim poderia confiar depois que se separara de Eva?

Reed sorriu com ironia. Seus pais.

Para sua surpresa, esse pensamento o tranquilizou. Se Caim tinha consciência do que estava acontecendo com ele, vinha trabalhando para pôr aquilo em ordem.

Pôr aquilo em ordem... Separar-se de Eva...

— Droga! — Reed sussurrou, considerando que Caim possivelmente afastou-se de Eva não porque não se interessava mais por ela, mas porque se interessava demais.

Reed olhou por sobre o ombro e encontrou o olhar de Sara.

— Descubra quem ajudou Caim a ascender. Não me importa como você fará isso, mas faça rápido.

Sara fez que sim com a cabeça.

— O que isso significa pra nós? Você e eu? Alguma coisa?

Sara não podia amá-lo. Reed não tinha certeza de por que ela se dava ao trabalho de agir como se se importasse.

— Agora não. — Retirando o celular do bolso, Reed preparou-se para se teletransportar. — Meu telefone está ligado. Ligue quando você souber de alguma coisa.

E partiu para procurar seu irmão.

Sara não tirou os olhos do lugar onde Abel estivera. Havia algo diferente nele; uma mudança bastante profunda desde que tinham conversado no escritório de Caim naquela manhã.

Suspeitando de que a mudança tinha a ver com Evangeline Hollis, Sara ligou seu computador e pressionou rapidamente uma série de teclas, logo conseguindo as imagens gravadas na casa da Marcada mais cedo durante o dia. A tensão tomou conta de Sara quando achou o que esperava desesperadamente não achar.

— Abel! — ela murmurou, odiando-o com uma paixão que igualava seu desejo sexual por ele.

Sara encaminhou o vídeo para o e-mail de Caim.

E enviou uma cópia para Evangeline.

Então, sorrindo, saiu de seu escritório para começar seu plano de contingência. Se Abel não tinha coragem para fazer as coisas voltarem ao normal, ela teria de fazer isso sozinha.

14

EVA FOLHEAVA A BÍBLIA DE RIESGO E, AO MESMO TEMPO preparava uma lista mental de todas as coisas que precisava fazer. Estava em seu sofá, com as pernas erguidas. Havia um copo de refrigerante sobre a mesa de centro a sua frente. Gavin Rossdale cantava "Love Remains the Same" e o History Channel estava mudo na TV, na expectativa de que um documentário bíblico fosse transmitido.

Fingir que tudo estava normal foi uma das maneiras que ela aprendera para lidar com o caos. Nem sempre funcionava — às vezes, gritar era melhor —, mas, naquele caso, Eva não podia se arriscar a perder o controle e alertar Alec ou Reed para o seu problema. Perder Riesgo e Gadara era um preço muito alto a pagar por quebrar seu acordo com Satanás.

Eva precisava de respostas, mas, sem poder discutir seu problema com alguém, como as obteria? Os arquivos no sistema da Gadara retrocediam a um tempo tão remoto que seria como procurar uma agulha num palheiro. A única solução que conseguiu vislumbrar envolvia visitar Hank, que era capaz de ler sua mente. Se ela conseguisse deixar algo escapar...

Se Eva tivesse os meios, procuraria Hank naquele momento, mas seu carro ainda estava no estádio e pedir carona para um dos seguranças externos despertaria suspeitas que ela não tinha certeza de conseguir rechaçar. Eva supôs que poderia ligar para Hank de um telefone fixo e pedir uma visita em domicílio.

A porta da frente do apartamento de Alec se abriu.

Com o som familiar, inconfundível, a tensão tomou conta de Eva. Por um instante, a sensação de *déjà-vu* foi tão intensa que partiu seu coração. Ela não pôde deixar de pensar em sua antiga vizinha, a sra. Basso, e em como a vida era mais simples apenas poucos meses atrás. Eva sentia saudade das palavras de sabedoria e apoio que sua vizinha usava e dividia com ela, e sentia falta de ter sua melhor amiga, Janice — naquele momento, em licença sabática —, por perto, para se condoer e rir.

Quando bateram em sua porta, Eva reprimiu sua apreensão. O fato de Alec procurá-la da maneira secular tinha de significar algo. Se ele quisesse conversar pessoalmente sobre Riesgo e os seguranças ou sobre o que acontecera entre eles, seria pesado para os dois. Ela respirou fundo, tentando assumir uma aparência de serenidade.

— Evangeline? Você está em casa?

Ante a voz feminina, Eva ficou paralisada. Preocupada, acautelou-se, pondo-se de lado para evitar ficar diretamente na frente da porta. Considerou pegar a arma que mantinha num coldre acolchoado, na gaveta da cômoda — sem dúvida, Deus não queria mais saber de lhe dar espadas quando precisava delas —, mas temia o que poderia fazer com ela. O ciúme a estava consumindo, instigado pela volatilidade do Novium. Que diabos uma mulher fazia no apartamento de Alec?

— Quem é? — Eva perguntou.

— Sou inofensiva, juro.

Eva manteve a corrente presa, mas destrancou as diversas fechaduras. Entreabriu a porta e espreitou. A mulher era tão bonita que Eva teve de piscar algumas vezes para processar isso.

— Olá — a visitante cumprimentou com um sorriso amigável. — Sou a mãe de Caim.

Segurando a maçaneta com mais força ainda, Eva ficou boquiaberta. *Puta merda!*

Mais aliviada, Eva soltou a corrente e puxou a Eva original para dentro. Ela olhou o corredor de um lado e de outro e, em seguida, bateu a porta e a trancou. Virando-se, encarou a mãe de Alec com as costas apoiadas na porta.

Eva engoliu em seco.

— Olá — conseguiu dizer, enfim.

— Você é tão bela quanto imaginei que seria — disse a mãe de Alec, sorrindo, cordial. Ela se aproximou de Eva com os braços abertos e a abraçou. — Estou muito feliz em conhecê-la, Evangeline.

— Também é um prazer conhecê-la — Eva conseguiu dizer, enquanto seus alarmes mentais soavam.

Satanás queria tanto aquela mulher que era o suficiente para devolver-lhe Gadara. Por quê? E como ele soubera que ela logo estaria a seu alcance?

— Gostaria que você me chamasse de *ima* — a mãe de Alec pediu, recuando para examinar Eva.

Elas tinham a mesma altura e a mesma cor morena, mas a Eva bíblica era mais exótica, com olhos castanhos amendoados e uma silhueta mais voluptuosa. Usava um vestido simples de linho, que parecia feito à mão, e aparentava ter entre quarenta e cinquenta anos, o que, sem dúvida, não poderia ser o caso. De modo algum ela parecia velha o suficiente para ser mãe de Alec e Reed.

— *Ima* — Eva repetiu, com a mente atordoada com o fato de que a mãe de toda a humanidade se encontrava em sua sala de estar.

— Que casa adorável você tem. — *ima* caminhava pelo recinto, com a cabeça inclinada para trás para observar os tetos abobadados. — Caim falou que você é designer de interiores.

— Sim. — Eva a seguia. — Gostaria de beber alguma coisa? Água, chá... Tenho refrigerante também, se a senhora gostar de tal coisa.

Eva não sabia se aquela mulher era de verdade ou um fantasma. Ela comia e bebia? Dormia?

— O que você está bebendo? — *ima* perguntou, indicando o copo sobre a mesa de centro.

— Coca. Light.

— Light?! — *ima* exclamou, sorrindo. — Você não precisa disso.

— Sim. Toda essa coisa da marca...

— Não por causa disso. Você é muito bonita do jeito que é.

— Obrigada. — Eva ultrapassou *ima* no caminho para a cozinha, acendeu a luz e pegou um copo no guarda-louça.

Na ilha da cozinha, a mãe de Alec puxou uma banqueta e se sentou.

— Estou incomodando você.

Parando com o copo na mão, Eva suspirou, melancólica.

— Não, não é a senhora. Só fiquei surpresa. Ainda estou me acostumando a conhecer pessoas que sempre achei que eram... mitológicas.

— Caim não lhe disse que eu sou real? — O sorriso largo que se seguiu à pergunta tinha um toque de travessura afetuoso. — Vi que você anda lendo a Bíblia. Há algo em particular que está pesquisando?

Por um momento, o barulho da máquina de gelo impediu a conversa. Em seguida, Eva tirou uma lata de refrigerante da geladeira e se virou para encarar *ima*. Ela pensava se deveria questionar acerca de todo o incidente do Jardim do Éden, da maçã, de Satanás logo depois de encontrar a figura central da história, mas o tempo era curto. Quem sabia o que o padre Riesgo e Gadara estavam passando naquele momento? E até quando o padre poderia ficar desaparecido antes que sua vida fosse irrevogavelmente mudada?

Eva pôs o copo diante da mãe de Alec e abriu a lata.

— Estava lendo o Gênesis.

— Não acredite em tudo que lê. — *ima* ergueu a lata e despejou um pouco de refrigerante no copo. Estava sentada com as costas retas e os ombros para trás, elegante e delicada. Seus cabelos eram uma cortina castanho-escura que caía sobre a almofada da banqueta. Havia alguns fios grisalhos na têmpora direita, quase indistintos para serem notados.

— Sério? — Eva apoiou o cotovelo na ilha e repousou o queixo na mão. — Por que eu não deveria acreditar?

— Bem, você não vai achar isso na versão que tem aqui, mas essa história ridícula de meu marido dizendo que só gostava da posição papai e mamãe? Absurdo! Adão é um homem. Lilith espalhou essa história porque é amargurada.

Eva conteve um sorriso. Então, alguém bateu na porta e ela se endireitou abruptamente.

— Fique aqui — ela ordenou, contornando o encosto da cadeira de *ima*. — Se algo acontecer, corra pra um dos quartos e tranque a porta.

Ima agarrou o braço de Eva e a deteve.

— A não ser que você esteja esperando alguém, deve ser Adão — *ima* afirmou.

Eva piscou, surpresa. Adão.

Mais uma batida, agora mais alta e insistente.

— *Isha*? — uma voz masculina chamou.

— *Isha*? — Eva repetiu.

— Mulher, esposa — *ima* explicou, erguendo-se da cadeira e se deslocando para a porta. — Ele ficará muito empolgado em conhecê-la.

Eva levou um momento para se recuperar. Então, arrojou-se de forma protetora. Se algo acontecesse com a mãe de Reed e Alec sob seus cuidados...

Pouco depois, quando Adão entrou em seu apartamento, o espanto a emudeceu. A semelhança com seus filhos era perturbadora. Ele era muito bonito. Havia uma dignidade serena em seu porte, distinguindo-o do aspecto que alguns homens ganhavam com a idade.

Com Eva parada à soleira, Adão a estudou da cabeça aos pés. A expressão dele era austera, não revelando nada. Eva se sentiu embaraçada no íntimo, querendo saber o que ele achou dela, se era bom ou ruim.

Por isso se surpreendeu quando Adão a abraçou, e com tanta força que ela permaneceu rígida por um momento antes de corresponder.

— Percebo por que Caim acha que valeu a pena esperar por ela. — *ima* sorria enquanto Adão se endireitava e ajustava sua túnica tosca com um puxão desajeitado.

Manifestações públicas de afeto pareciam ser desconfortáveis para ele.

Eva estremeceu quando Reed apareceu ao seu lado com um saco plástico na mão.

— Não brigue comigo, mas eu trouxe comida da rua. — Então, Reed notou seus pais e arregalou os olhos. — Não sabia que vocês estavam de visita!

— Surpresa! — Os olhos escuros de sua mãe brilhavam.

— Desculpe pelo jantar — ele murmurou para Eva. — São quase dez horas. Achei que era muito tarde pra cozinhar. Você não comeu sem mim?

Sentindo o peso dos olhares dos pais dele, Eva só conseguiu fazer um gesto negativo com a cabeça.

— Que bom. — Reed beijou a testa de Eva e, em seguida, sorriu para os pais. — Felizmente, comprei um monte de comida. Podemos comer todos juntos. Espero que estejam com vontade de comida italiana.

Reed se dirigiu para a cozinha. Eva o seguiu com passos pesados.

E escutou *ima* falar baixinho atrás dela:

— Meu Deus... De novo não...

No corredor do prédio, enquanto massageava os ombros de Eva, Reed observou seus pais entrarem no apartamento de Alec.

— Relaxe. Se este lugar é seguro para você, também é seguro pra eles.

Quando Eva escutou a fechadura da porta de Alec ser trancada, soltou-se de Reed e voltou para seu apartamento. Ela passara as duas últimas horas perguntando-se se Alec iria dar as caras. Sentiu tanto alívio como decepção por ele não ter aparecido.

— Eles gostaram de você. — Reed fechou a porta e a trancou.

Eva não tinha tanta certeza disso. Eles passaram um tempo razoável juntos após a refeição, mas houve um embaraço ao qual Reed pareceu impermeável.

— Como estão Montevista e Sydney? — ela quis saber.

— Estavam dormindo na enfermaria quando os vi, mas a curandeira afirmou que se encontram estáveis e fora de perigo.

Preocupada, Eva se acomodou no sofá. Reed sentou-se ao seu lado e jogou um braço sobre o encosto do móvel. Havia algo na expressão dele, um quê de tensão.

Eva pôs a mão em seu joelho.

— Está tudo bem?

— Não. Tudo está longe de estar bem. — Ele entrelaçou seus dedos nos dela. — É evidente que Azazel deixou os seguranças fora de combate antes de pegar o padre. A questão é: por que ele não pegou você? Portanto, ele deve querer algo de você: culpa, imprudência, raiva... alguma coisa. Por outro lado, por que não capturar seus pais? Ou sua irmã? A ação foi mesmo tão audaciosa como muito contida. Não faz sentido.

Eva apertou a mão dele com mais força.

— Eu teria perdido o controle se ele capturasse minha família.

— Pois é. Então, ele está brincando com você. Por quê? Por que não ir até o fim e atingi-la onde realmente dói?

Porque Satanás era esperto. Ele queria encurralá-la onde Eva se sentiria desesperada, mas não furiosa. Satã a queria equilibrada, de modo que ela pudesse fazer o trabalho sujo para ele. Talvez ele até quisesse parecer razoável. Mas ela não via como. Por outro lado, Eva não entendia como qualquer uma dessas pessoas trabalhava.

Eva deu de ombros, em sinal de dúvida.

— Talvez o prêmio não seja pra me matar, mas pra me ferrar. Pra me intimidar por causa do lance com o cão do Inferno.

— Foi isso o que a Yuki-onna lhe disse?

— Ela estava sob coação naquele momento — Eva o lembrou, seca.

— Pra começo de conversa, por que você estava ali com o padre?

Eva explicou a cadeia de acontecimentos, tremendo por dentro, enquanto a expressão de Reed ficava mais sombria a cada frase.

— Deixe-me entender direito — Reed disse com firmeza quando Eva terminou. — Você devia ficar em casa. Em vez disso, saiu pra conversar com o padre sobre um maluco que não a incomodaria se você ficasse em casa como deveria?

— Mas...

— Mas nada. Em que estava pensando, Eva?

— Você sabe em que eu estava pensando! Os demônios me querem. Nós queremos Gadara. Nada vai avançar se eu me mantiver aqui escondida. Não preciso sentir mais culpa, Reed. Sei que o sequestro do padre Riesgo aconteceu por minha causa. — Eva sentiu os olhos arderem e a visão borrar, e esfregou-os com dedos impacientes.

Eva detestava chorar na frente de outras pessoas, mas era pior na presença de Reed, que, em reação, se inquietava de modo desconfortável. Muito parecido com seu pai. Mas diferente de Alec, que sentia muito e era aberto a isso.

Reed baixou os olhos e viu suas mãos dadas.

— É muito provável que Raguel esteja morto.

Eva paralisou de assombro. Era uma coisa boa seu coração funcionar como uma máquina, considerando a quantidade de surpresas daquele dia.

— Como você chegou a essa conclusão?

— A impressão que tive de Sara é que Caim não teria sido promovido se Raguel ainda estivesse vivo.

— Você acredita nela?

— Não sei. Faz sentido. Sempre existiram somente sete empresas. Talvez esse número seja imutável. Preciso investigar isso.

Se Gadara estava morto, então, possivelmente, Riesgo também estava. Eva supôs que preferiria acreditar num arcanjo do que em Satanás. No entanto, nunca fora uma pessoa de fé cega. Não conseguia crer em algo sem provas. O que significava que, de algum modo, tinha de fazer Satanás fornecer alguma prova de que estava em posse da "mercadoria".

O dia seguinte seria longo para Eva.

— Preciso dormir. — Quanto antes ela adormecesse, mais cedo poderia acordar e começar a trabalhar.

— Sim. — Reed a fitou com seus olhos escuros, sonolentos. Esperando.

— Não quero ficar sozinha nesta noite.

Em resposta, Reed ficou de pé, ajudou Eva a se levantar e a carregou para a cama.

O TOQUE DO TELEFONE ACORDOU EVA.

Virando a cabeça, ela espreitou o relógio na mesa de cabeceira com um olho: eram quase onze da manhã.

— Meu Deus... — ela gemeu. — Dormimos demais.

Reed a imobilizou no lugar, jogando a perna sobre a dela.

— Ignore.

— O mundo está indo para o Inferno e nós estamos na cama.

— Você preferiria estar em outro lugar quando o mundo acabar?

Reed tinha razão. Eva ergueu o braço que ele pusera em sua cintura e beijou-lhe o dorso da mão.

— Preciso atender.

Reed se moveu, liberando-a. Quando Eva pegou o celular, a ligação já tinha caído na caixa postal, mas uma verificação rápida no identificador de chamadas lhe informou que a origem da ligação era a Torre de Gadara. Ela estava prestes a ligar para o seu escritório quando o telefone recomeçou a tocar.

Ela se sentou.

— Alô?

— Senhorita Hollis? — perguntou Candance, sua secretária, em voz baixa, parecendo um tanto aflita. — A polícia está aqui à sua procura.

Eva tirou os cabelos da testa. Sob a camiseta folgada que usava, o colar de Satanás pulsava entre seus seios.

— Uau!

— Eu disse que a senhorita estava almoçando fora e que ligaria pra eles quando voltasse. Mas eles decidiram esperá-la aqui.

— Uau de novo!

Reed sentou-se.

— Tudo bem, Candance. Chegarei o mais rápido possível.

— Obrigada.

— Eu que agradeço. Você está fazendo um ótimo trabalho. — Eva desligou o telefone e, assustada, dirigiu a palavra a Reed: — Policiais.

— Eu ouvi — ele murmurou.

Eva encarou Reed, incapaz de desviar o olhar. Como *mal'akh*, Reed não sofria os efeitos colaterais do sono dos simples mortais. Ele não apresentava olhos inchados e não tinha mau hálito. Estava simplesmente deslumbrante. Relaxado de uma maneira como Eva jamais o vira antes.

Suspirando, ela jogou as cobertas para trás e saiu da cama.

— Preciso ir.

— Eu levo você.

Certo. Ela estava sem o carro.

Meia hora depois, Eva vestira uma saia reta e uma blusa de seda e prendera os cabelos úmidos num coque elegante. Optara por um sapato com um salto de quase dez centímetros, e que ainda a deixava mais baixa que Reed.

Ele tomara banho com ela e, em seguida, teletransportara-se para sua casa, para se trocar. Durante a ausência de Reed, Eva pensou no quão pouco o conhecia. Ela não sabia onde ele morava; ou seja, não tinha a menor ideia do gosto dele para mobiliário e decoração. Como designer, tomar conhecimento dessas coisas lhe daria muita informação a respeito de quem ele era. Assim como a seleção de livros, as *playlists* em seu MP3, a coleção de DVDS...

— Pronta? — ele perguntou.

Eva fez que sim com a cabeça.

— E os seus pais?

— Estive com eles no caminho de volta da minha casa. Estão bem. Papai, roncando no sofá de Caim. Mamãe, assistindo ao noticiário e se atualizando sobre as novelas que gosta de ver. Ela diz que pode perdê-las durante um ano e ainda assim entender tudo. — Pegando o braço dela, Reed sorriu. — Puxa, você ficou um arraso, querida.

— E você nunca está deselegante. — Eva observou o nó perfeito da gravata. Ninguém usava um terno de três peças como Reed.

— Bem, segure firme.

Em minutos, Eva pousou no corredor de seu escritório. Ela reduziu a velocidade antes de entrar, agradecida pelo fato de sua respiração e seu batimento cardíaco permanecerem firmes e regulares.

— Investigadores... — ela os cumprimentou ao se deparar com duas figuras familiares à espera na área de recepção de seu escritório. — Que surpresa!

Ingram e Jones se levantaram. Jones segurava uma pasta muito gasta.

— Senhorita Hollis.

Com um gesto, Eva pediu-lhes que a seguissem ao seu escritório. Sentando-se atrás da mesa, ela perguntou:

— Posso servir-lhes algo para beber? Café, chá, água?

— Nada, obrigado — Jones respondeu com uma rispidez que revelou a Eva que ele estava cansado de esperá-la.

— Tudo bem. — Eva apoiou as mãos sobre seu calendário de mesa. — Por favor, não me digam que ocorreu outra morte.

— Ainda não. — Ingram alisava a ponta de um lado de seu bigode, estudando-a. — A senhorita conhece o padre Miguel Riesgo?

Eva quis assumir uma fisionomia inexpressiva, mas sabia que era impossível. Os dois policiais a observavam avidamente. Jones se inclinou para a frente.

— Sim, conheço — ela afirmou.

— Quando foi a última vez que o viu?

— Na noite passada. Por quê?

— Um informe de pessoa desaparecida para Riesgo foi protocolado esta manhã pelo padre Ralph Simmons.

— Um pouco prematuro, não? — Eva franziu de leve as sobrancelhas.

— Não há tempo de espera no estado da Califórnia — Jones disse. — O padre Riesgo não apareceu na igreja esta manhã e seu carro foi achado no Glover Stadium, aqui em Anaheim. Assim como o seu.

— Sim. Meu namorado me pegou para um jantar surpresa. — Eva praguejou no íntimo quando sua marca queimou. *Dá um tempo! Está muito próximo da verdade.*

Jones retirou um bloco de anotações do bolso.

— Alec Caim?

— Não. Reed Abel.

— Caim e Abel? — Ingram perguntou, admirado.

Eva deu de ombros, mas de modo nada convincente.

Alguém bateu na porta e, em seguida, a abriu. O Homem de Cinza entrou, com seu terno de três peças cinza-escuro. Alto e magro, movia-se com graça felina. Os cabelos e os olhos tinham um tom mais claro de cinza que o traje, e os lábios finos se curvavam numa sugestão de sorriso que jamais parecia alcançar os olhos. O olhar de Eva passou por Ismael e parou em sua secretária. Candance ofereceu um sorriso tranquilizador.

— Desculpe-nos. — Jones ficou de pé abruptamente. — O senhor pode esperar lá fora até terminarmos aqui?

— Eu represento a senhorita Hollis — Ismael disse, tranquilo, aproximando-se e estendendo a mão para se apresentar: — Ismael Abramson.

— A senhorita sente a necessidade de um advogado? — Ingram perguntou a Eva, observando-a.

— Estou aqui a pedido das Empresas Gadara. — Ismael se sentou no sofá junto à porta. — A senhorita Hollis é fundamental na reforma do

Hotel e Cassino Mondego, em Las Vegas. Queremos ter certeza de que nada interferirá na conclusão do projeto.

Por um bom tempo, Jones ficou imóvel. Então, ele sussurrou um som vago e se acomodou em sua cadeira. Decidiu ignorar Ismael, concentrando-se mais intensamente em Eva.

Ela pigarreou.

— Estou confusa quanto ao motivo de investigadores do Departamento de Homicídios terem tanto interesse no caso de uma pessoa desaparecida.

Ingram vasculhou a pasta.

— Depois que seu nome veio à tona, seguimos um palpite.

Ótimo.

— Um palpite?

Como na última vez em que esteve naquele escritório, Ingram empurrou fotos pelo tampo da mesa, na direção de Eva. Dessa vez, era uma pilha. Ela examinou superficialmente a camada mais alta.

As fotografias eram em preto e branco e estavam bastante granuladas. Logo, Eva deduziu, a partir da qualidade e dos enquadramentos, que eram imagens tiradas das câmeras de segurança ao redor do campo de beisebol e de sinais de trânsito próximos. Sentiu um grande alívio ao constatar que nem Satanás nem Azazel eram visíveis para as câmeras, embora, em certas cenas, ela parecesse ridícula, porque dava a impressão de estar falando com o ar.

— Vê o que vimos? — Ingram deslizou para a beira do assento e se inclinou sobre a mesa.

Eva franziu o cenho, sem entender a que ele se referia.

— Aqui. — Ingram espalhou as fotos e revelou as que estavam embaixo daquelas que Eva olhara rapidamente.

Ela respirou fundo ante a imagem granulada da cerca de arame atrás dela. O Nix estava ali, com os dedos presos na cerca e um sorriso estranho. Ela fitou Ismael, que ficou de pé e se aproximou.

— Parece o sujeito do xerox que vocês me mostraram — Eva disse aos investigadores, reclinando-se para pôr distância entre ela e a imagem.

— O do retrato falado.

— Correto — Jones confirmou. — O homem que estamos procurando e relacionando com os assassinatos da poncheira. Nós o pegamos com uma câmera do semáforo a uma quadra de distância. Ele estava sozinho na calçada, mas talvez tivesse um cúmplice que cuidou do sequestro.

— Assassinatos da poncheira? — Eva achou horripilante que algo tão atroz ostentasse um nome assim ridículo.

— Infelizmente, a qualidade das câmeras de segurança ao redor do estádio é ruim. Têm pontos cegos e gravam em intervalos. Assim, há vezes em que nem a senhorita nem Riesgo estão no vídeo.

Em silêncio, Eva agradeceu a quem teve a previdência de cuidar disso.

— Sendo assim, eis o que temos. — Jones arrumou a gravata. — Sua vizinha, Mona Basso; seu colega de escola, Anthony Wynn; seu padre, Miguel Riesgo; seu carro na possível cena do sequestro; e um *serial killer*. A senhorita está bem no meio de tudo. Já estou nisso há um bom tempo pra saber que a senhorita oculta informações valiosas. O que não faz sentido, considerando que esse sujeito, evidentemente, quer prejudicá-la. Conte-nos quem ele é, antes que o padre Riesgo arque com as consequências. A senhorita não há de querer carregar o peso da morte de um padre na consciência.

O olhar de Eva se moveu entre os dois investigadores:

— Não faço ideia — ela respondeu com veemência. — Acredite, se eu pudesse de alguma maneira ajudar o padre Riesgo, eu ajudaria. Embora ele não seja "meu" padre.

— Então qual é sua relação com ele? — Ingram quis saber.

Eva explicou, omitindo o motivo pelo qual ela quis originalmente uma Bíblia.

— A última vez que o vi, o padre Riesgo estava recolhendo bastões e luvas.

Não era bem verdade, mas...

— Deixaria que déssemos uma olhada em seu carro? — Jones indagou.

— Claro.

— Também precisamos que a senhorita compareça à delegacia e nos faça uma declaração oficial sobre ontem à noite. Até lá, acho que seu carro estará liberado.

— Posso comparecer depois do trabalho? Às cinco da tarde, mais ou menos?

— Tudo bem. Enviaremos um carro pra pegá-la.

— Não será necessário — Ismael afirmou. — Eu a levo. Em qual delegacia?

— A da Harbor — Jones informou. — À propósito, que caminho pra casa a senhorita pegou com seu namorado e qual era o carro? Vamos verificar as câmeras e ver se esse sujeito a seguiu.

— Reed dirige um Lamborghini Gallardo Spyder prateado. E pegamos a Harbor para Brookhurst — Eva olhou para Ismael que, de algum modo, transmitiu tranquilidade sem nenhuma alteração em sua expressão: ele acharia um jeito de materializar o trajeto fictício dela para os investigadores.

— Lamborghini, puxa... Deve ser legal. Obrigado.

Os policiais ficaram de pé. Ingram recolheu as fotos, ergueu o olhar e encarou Eva.

— Pense no que aconteceu ontem à noite. Cada detalhe. Cada palavra dita. Qualquer coisa que considere estranha. Às vezes, o menor detalhe pode desvendar um caso.

— Sem dúvida. — Eva também se ergueu. — Quero muito ajudar.

Ismael acompanhou a saída dos investigadores. Eva esperava que ele voltasse, mas não voltou.

Sabendo que o veria no caminho para a delegacia, ela deixou o escritório para encontrar Hank.

RAGUEL SENTIU O CHEIRO DO TERROR HUMANO ANTES

de a porta de sua cela se abrir. Usando a pouca força que lhe restava, ele alterou sua aparência, recolhendo as asas que o mantinham aquecido e mudando suas feições para as de um adolescente. Ele sairia do Inferno e, quando saísse, não poderia se arriscar a ser reconhecido como o famoso magnata imobiliário.

O recém-chegado foi jogado na cela de pedra de Raguel com tanta força que tropeçou. O choque já começara a se manifestar. As pupilas do homem estavam dilatadas e sua respiração, bastante acelerada.

Raguel demorou um pouco para reconhecê-lo: era o padre de Evangeline. Aquele ao qual ela recorrera e que, por sua vez, incitara uma investigação sobre a infestação de Tengus no Olivet Place. Ela devia ser o motivo da sua presença ali.

— Sente-se, padre. — Raguel indicou a grande extensão do piso de pedra. — Como o senhor pode ver, há muito espaço.

Como Jeová, Samael empregava o drama para impressionar. Nesse caso, a alusão era a Inquisição Espanhola, ocasião em que atrocidades foram cometidas em nome de Deus. Grilhões estavam pendurados na parede e gritos distantes mantinham os nervos à flor da pele e impediam o repouso tranquilo.

— Onde estamos? — O padre se agachou com o olhar desfocado.

— Acho que o senhor sabe.

De um ímpeto, o homem se pôs de pé e se deslocou para a porta. Ele agarrou as barras de ferro áspero e tentou olhar para fora. Não havia nada lá, exceto fogo e calor. Nenhum chão abaixo, nenhum céu acima. Samael poderia escolher transformar aquilo no mais deslumbrante dos espaços, mas isso seria muito amável. Dessa maneira, a sensação de segurança vinha da detenção deles.

— Havia outra pessoa comigo — o padre afirmou, rude. — Uma jovem.

— Evangeline está bem. Por enquanto.

— Como sabe?

Raguel passou os braços em torno dos joelhos. Sua alma sentia frio quando separada de Deus.

— De outra maneira, o senhor estaria morto ou não estaria aqui.

— Quem é você?

— Um prisioneiro como o senhor. Com influência para forçar aqueles na terra a cumprirem uma ordem do demônio.

— Você é um deles?

— Não. Sou um servo de Deus, exatamente como o senhor.

— Como posso acreditar em você? Como conhece Evangeline?

Riesgo sentiu os joelhos perderem a força, deixou-se cair no chão e moveu os lábios no que pareceu uma oração silenciosa. Raguel não viu razão para dizer a ele que Jeová não conseguia ouvi-lo dali, pois a esperança era algo que nenhum deles podia se permitir perder. Teriam bastante tempo para conversar depois que o choque passasse. Não havia nexo em questionar o homem quando sua mente não estava funcionando a toda a velocidade.

Um longo tempo se passou. Raguel começara a cochilar quando o padre voltou a falar:

— Ela me perguntou se eu acreditava em demônios.

Raguel esfregou as mãos no rosto, odiando o cheiro que cobria sua pele.

— Qual foi sua resposta?

— Não tenho certeza se respondi algo.

— Compreensível. Mesmo aqueles com fé têm seus limites.

O padre olhou para Raguel.

— Ela dizia que não tinha fé, mas acreditava em demônios. Até contratou seguranças pra protegê-la.

Semicerrando os olhos, Raguel indagou:

— O senhor conheceu esses seguranças?

— Sim.

— Como se chamavam? O senhor se recorda?

— Montevista e Sydney. Por quê?

Ela estava em perigo. De algum modo, Caim e Abel souberam disso antes do sequestro do padre. O que estaria acontecendo? Por que Samael iria querer Evangeline?

— Há quanto tempo você está aqui? — o padre quis saber. — Você é o motivo de ela acreditar em demônios?

Raguel se inclinou para a frente.

— O senhor e eu teremos de conversar muito para acharmos um jeito de sair daqui vivos.

— Podemos sair?

— Devemos. — *Pelo menos, eu devo.*

Caim teria de renunciar ao cargo que roubara. De algum modo, Raguel encontraria os instrumentos necessários para fazer aquilo acontecer. O padre era tudo o que ele tinha para manipular e o tempo era curto. Uma estada prolongada no Inferno era como um câncer que consumia sua condição interior a partir do exterior. Quanto mais um mortal ficava ali, menos de sua alma e de sua sanidade mental permaneciam. Raguel já estava sentindo os efeitos, e ele era muito mais forte.

— Fique à vontade, padre — Raguel murmurou. — Será necessário que o senhor seja o mais preciso possível em suas lembranças.

EVA ACABARA DE ERGUER A MÃO PARA BATER NA PORTA de Hank quando ela se abriu por vontade própria. Estava escuro no interior, como de costume, apenas com a iluminação estrategicamente posicionada sobre as bancadas repletas de placas de Petri e tubos de ensaio. Ao contrário do habitual, porém, havia um grande barulho nas profundezas do recinto. Era a primeira vez que Eva visitava o domínio de Hank e não encontrava o local silenciosíssimo.

— Hank? — ela gritou.

Ele emergiu da escuridão como homem, usando calça preta e camisa social. A melancolia de seu traje permitia que o vermelho brilhante de seus cabelos se destacasse. Eva sentiu um pouco de inveja daquela cor.

— Eva! — Ele estendeu-lhe a mão. — O que a traz aqui?

— O que é esse barulho? — ela perguntou, gritando.

— Seu amigo Tengu.

A distância, ela escutou Fred, a assistente de Hank, xingando e rosnando.

— Qual é o problema?

— Eu estava fazendo experiências com o sujeito, usando-o como cobaia pra meus testes do agente mascarante. O teste mais recente envolveu uma proporção maior de Marcado em relação a Demoníaco, e o demônio nele está se rebelando.

— Quanto tempo ele ficará assim?

— Mais duas horas, no mínimo.

— Não acho que consigo gritar durante tanto tempo!

— Devemos ir pra outro lugar? — Hank esboçou um sorriso encantador.

— Se você não se importar.

Eles estavam prestes a sair quando o som rápido e abafado dos pés de cimento denunciaram a aproximação do Tengu em fuga.

— Cuidado! — Fred gritou.

— Marcada bonita! — o Tengu berrou, antes de se lançar como um míssil na direção de Eva.

— Merda! — Eva caiu de costas no chão, passou os braços em torno da besta pesada e ficou por cima dela, sabendo, por experiência, que era melhor evitar ficar embaixo de um Tengu.

Eva e o Tengu iniciaram uma luta corpo a corpo. Os sapatos de salto alto dela dificultavam a obtenção de um ponto de apoio sobre o piso de cimento polido. O Demoníaco tirava proveito da situação, gargalhando de uma maneira que ela nunca ouvira antes: menos brincalhão, mais maníaco, com uma ressonância que parecia quase como se existissem diversos seres rindo, em vez de apenas um.

Saltando, Fred emergiu da escuridão na forma de lobo, uivando.

— Basta! — Hank se inclinou para libertar Eva.

No entanto, o Tengu agarrou o coque de Eva e o segurou com firmeza. Ela gritou quando ele puxou seus cabelos. No conflito violento, o colar escapou pelo decote do vestido. Quando tocou no antebraço do Tengu, o demônio se acalmou, abriu a boca num "O" surpreso e, em seguida, piscou como que despertando. A mão nos cabelos de Eva se desprendeu e o braço caiu sobre o chão com um baque surdo.

— Marcada bonita — o Tengu sussurrou, parecendo atordoado.

Eva vociferou quando foi erguida por Hank.

O ocultista apanhou o colar e o fitou com olhos arregalados.

— Onde você conseguiu isso?!

Eva piscou tão rápido quanto o Tengu piscara. Ela pensou em Satanás e esperou que Hank lesse sua mente como costumava fazer. Em vez disso, ele a fuzilou com o olhar. Quando o Tengu começou a se mexer e rugir baixinho, Hank tirou o colar pela cabeça de Eva e o colocou em torno do pescoço da criatura. O Demoníaco se acalmou, sentando-se com as mãos no colo e a cabeça inclinada para o lado. Seus dedos de cimento acariciaram o amuleto com reverência.

— Samael — Hank murmurou, pondo Eva de pé e endireitando-lhe a gola da blusa.

— Eu preciso dele. — Ela apontou para o colar.

— Não consigo ler sua mente quando você o usa. E você não consegue me ouvir quando seu amigo está tendo um chilique. Matamos dois coelhos com uma cajadada só. Você pode recuperar a peça depois — Hank completou.

— Te peguei! — Fred mudou de forma, voltando à de Lili.

Como Fred estava nua, Eva desviou o olhar, mas a escutou erguer o Tengu e voltar para a escuridão.

— Você está ferrada. — Hank pegou o braço de Eva e a levou mais para o fundo do recinto.

Eva ficou surpresa com o súbito aparecimento de uma mesa e cadeiras de madeira. Hank se sentou, e ela o imitou, mais uma vez admirada pela falta de cavalheirismo.

Hank a examinou com atenção.

— É claro que nem Caim nem Abel sabem. Se soubessem, você estaria trancada em um lugar seguro. O que seria inútil.

— Não posso falar nada.

— E suas lembranças de Samael são como estática num televisor antigo. — Hank suspirou. — Muito bem. Então, eu falarei. Você só tem de fazer as perguntas certas.

Eva concordou com um gesto de cabeça. Não tinha ideia da idade de Hank, mas não restava dúvida de que ele guardava uma quantidade incrível de informações dentro de si. Mas essas informações remontariam ao começo dos tempos?

Ela começou com as perguntas:

— Você sabe exatamente o quanto da história de Eva e da maçã é verdade?

— Ah, Gênesis... interessante! — Hank exclamou, contraindo os lábios. — A história varia dependendo da pessoa pra quem você pergunta. Algumas dizem que a Bíblia é tão exata quanto se pode esperar. Outras, que é mais uma fábula com significados ocultos.

— Por exemplo?

— A serpente de Samael seria uma alusão fálica, e a Árvore do Conhecimento, o despertar sexual feminino.

— Caramba! — Eva exclamou.

— Há aqueles que se atrevem a dizer que Caim é filho de Samael, e não de Adão, e esse é o motivo pelo qual ele é tão bom assassino.

Eva arfou. Se Satanás queria alguma relação sexual em grupo, todos estavam ferrados. Seria um desastre.

— Ele é um demônio bonito. Não ansiaria secretamente por ela, ansiaria? Satanás tem inúmeras opções.

— Você tem de entender as camadas existentes. — Hank coçou a nuca, numa das muitas ocasiões em que Eva viu sinais de estresse nele.

— Continue.

— É uma concepção errada afirmar que Samael governa um lugar chamado Inferno. Samael governa a terra. Ele foi banido do Céu, mas fixou domínio aqui. Ele não está assando em algum inferno.

— Não?

— Não. Ele pode criar aquele efeito visual e, muitas vezes, cria porque fomos educados pra temê-lo, mas é apenas jogo de cena. Há camadas no Céu e há camadas na terra. Como uma cebola. Samael pode descascar ou combinar camadas, a fim de criar o efeito desejado.

Com um sorriso ligeiro, Fred emergiu da escuridão usando um jaleco. Carregando uma bandeja com um jarro e copos cheios pela metade, ela parecia mais uma *nerd* inofensiva do que uma assassina-demônio.

Eva se inclinou para abrir espaço para os refrescos.

— Você vai se juntar a nós? — ela perguntou para a Lili.

— Não posso, mas obrigada.

Com o olhar, Hank acompanhou a saída de sua assistente.

— Ela está preocupada com o fato de que morrerá a qualquer momento. Fred nunca relaxa por causa disso.

Cem Lilis morriam todos os dias. Eva não conseguia imaginar viver com isso pairando sobre sua cabeça.

— Tudo bem, de volta às camadas — ela redirecionou a conversa.

— A camada que você e eu ocupamos a maior parte do tempo é difícil de navegar, tanto pra Jeová como pra Samael. Como você sabe, eles não atuam bem juntos. Assim, quando querem funcionar aqui com a gama completa de movimentos que os mortais têm... tato, paladar, desejo... eles precisam de emissários.

A compreensão a atingiu em cheio.

— Como Jesus Cristo — Eva afirmou.

— E o Anticristo. Você pode sentir a mão de Deus ou as garras de Samael, no sentido figurado ou através de seres secundários, como demônios e *mal'akhs*, mas só consegue senti-los literalmente se eles ganham acesso a essa camada terrestre através de um emissário.

— Então, consideremos, hipoteticamente, que Satanás quisesse me dar um presente. Não um poder, mas uma coisa real, como um colar. Ele teria de fazer isso através de um emissário?

Hank passou a mão em torno do copo, mas não o ergueu.

— Ou usaria um emissário como uma ponte para ele mesmo fazer isso. Se o emissário fosse bastante forte, Samael poderia até se manifestar separadamente e os dois conseguiriam ocupar o mesmo plano ao mesmo tempo.

Se o emissário fosse bastante forte...

Eva perguntou-se por que o recinto não girava. Ela achava que deveria girar, considerando o quão instável ela se sentia por dentro.

— Caim é essa ponte?

Como Samael poderia ter sabido que a Eva original estaria visitando essa camada?

Hank desviou os olhos de seu copo.

— Agora você está começando a fazer as perguntas certas.

— **POR QUE NINGUÉM ME DÁ UMA RESPOSTA DIRETA?** — Alec jogou os ombros para trás, para combater o cansaço, no momento em que não deveria senti-lo. — Você me faz esperar durante horas e, depois, conversa fazendo rodeios. É uma simples questão de sim ou não.

Uriel entregou-lhe uma garrafa de água gelada e se sentou numa cadeira de vime diante de Alec. O chefe da empresa australiana estava sem camisa e descalço. Seus cabelos longos, descorados pelo sol, agitavam-se levemente à brisa marítima que soprava através das portas duplas de seu escritório. Ele era considerado um dos principais fabricantes de iates do mundo, mas recentemente passara a diversificar suas atividades, dedicando-se à vinicultura. A economia mundial estava em crise, reduzindo as compras de bens de luxo.

— Sim, só há sete de nós — o arcanjo enfim respondeu, após vinte minutos de evasivas. — E sim, isso pode ser intencional. Assim está melhor?

Alec pegou a garrafa de água e a bebeu em poucos goles. A cada hora, ele sentia mais calor, o que o deixava com a garganta seca e a pele molhada de suor.

— Não brinque comigo agora — Alec rosnou, pondo, com um baque surdo, a garrafa vazia na mesa de centro de vime com tampo de vidro.

— Espero, pro seu bem, que você não ache que somos equivalentes — Uriel advertiu. — Ou que minha natureza serena lhe dá alguma vantagem.

Alec respirou fundo algumas vezes, controlando cuidadosamente seu gênio.

Por que não consigo sentir Eva?

Ele não fora capaz de senti-la desde que acharam os dois seguranças. Como arcanjo responsável por Abel, podia sentir que seu irmão não estava alarmado, mas isso só estimulava a inveja de Alec. A coisa maldita dentro dele estava lhe custando a única coisa que lhe importava.

— De quem é o projeto? — Alec voltou à sua pergunta inicial. — Você e os outros fazem uma peneira pra chegar ao número certo?

Uriel semicerrou os olhos azuis, revoltado.

— Você pisa em terreno perigoso com suas acusações.

— Como convenceram Jeová de que sete de vocês eram suficientes?

— Não temos nenhum controle sobre Jeová. Você sabe disso. Assim como em qualquer coisa, os prós e os contras foram ponderados.

Alec não pôde deixar de se perguntar se estava experimentando os contras. Apesar da rajada de vento frio noturno que entrava pela varanda, ele suava. Não restava dúvida de que o caos em seu interior se agravava.

— Não estou... bem.

— Posso ver — Uriel murmurou, com sua postura casual inalterada.

— Os outros... os arcanjos que não estão mais aqui... tiveram problemas semelhantes?

— Que problemas você está tendo?

— Deixe-me reformular — Alec disse, firme. — Alguma vez vocês tiveram de rebaixar um arcanjo porque ele estava fora de controle?

Com força, Uriel ajeitou seus cabelos negros.

— Não. Nós sete fomos criados como somos, Caim. Você é uma aberração. Uma incógnita. Talvez seu corpo, outrora mortal, seja incapaz de lidar com o poder de um arcanjo.

— Fui alterado. Senti como se estivesse sendo rasgado em pedaços. A dor foi indescritível.

— Imagino. Isso não significa que, agora, você seja um de nós. Para se tornar um *mal'akh*, Abel teve de morrer. Para Cristo alcançar seus objetivos, teve de morrer. É bem possível que sua transformação não possa ser concluída sem a perda de todo o vestígio de seu eu anterior.

— Se sou uma aberração, é possível que Raguel ainda esteja vivo e seja por isso que minha ascensão está me ferrando?

A súbita quietude que tomou conta de Uriel não passou despercebida.

— Suponho que sim.

Bem, aquilo explicava por que nenhum deles estava procurando ativamente por seu irmão: eles presumiam que Raguel estivesse morto.

Inquieto, Alec ficou de pé e começou a caminhar. Se era possível a existência de apenas sete arcanjos, ele estava numa posição insustentável. Em primeiro lugar, teria de averiguar se Raguel estava vivo ou não. Em seguida, teria de se decidir entre matar ou ser morto.

O quanto eu quero isso?

Em protesto, as trevas nele se agitaram. O poder era como uma droga; uma da qual não era fácil abrir mão.

Alec se dirigiu à janela para refrescar sua pele úmida com as suaves rajadas de vento.

— O que o aflige? — Uriel indagou, com a voz baixa e sedutora.

— Há algo em mim. Irado. Violento. Muito forte.

— Muito forte?

— Agora não. — Alec olhou para o mar. À noite, uma praia parecia igual à outra. Porém, ele não pôde deixar de pensar nas noites passadas com Eva. Sua parte egoísta gostaria de poder compartilhar com ela a confusão que sentia. — Mas quero melhor controle sobre isso.

— Talvez a ascensão tenha liberado um lado reprimido de sua personalidade.

— Você acredita em tudo que escuta?

O vime rangeu quando o arcanjo se levantou da cadeira. Embora sua aproximação fosse silenciosa, Alec sentiu Uriel vindo. A torrente de poder que ele experimentou ao redor de um único arcanjo foi de uma força igual à que sentia quando ingressava numa empresa.

— Depende de quem está falando — Uriel murmurou.

Jeová conheceria a verdade por trás dos rumores?

Alec sentiu o coração disparar em reação ao seu pânico. Algo estava neutralizando as proteções de sua marca e a inesperada reação física provocou uma leve desorientação.

Ele coçou o peito por cima da camiseta de algodão.

— Quem falou com você?

— Isso importa? A questão é que, possivelmente, o problema está no seu sangue. — Uriel se manteve em silêncio por algum tempo. Então, tocou o ombro de Alec. — Você deve dirigir suas perguntas a Jeová.

— E cair em meu primeiro desafio como arcanjo? — Alec zombou. — Nem pensar.

— Acha que isso é um teste?

— E tudo não é? Toda a minha vida foi um julgamento. — Alec encarou Uriel. — Isso não é uma queixa, é simplesmente uma constatação.

— Entendo. Todos nós enfrentamos julgamentos, sendo santos ou pecadores. Gostaria de poder ajudá-lo nesse.

Alec ergueu uma sobrancelha, surpreso.

— Tem certeza de que não pode? Você não me ofereceu muita coisa.

Uriel sorriu, mas seus olhos não acompanharam o gesto.

— O melhor conselho que posso lhe dar é: procure em outro lugar. Você fala de ira e violência dentro de si, mas não aborda aquele de nós conhecido por essas características. Por quê?

— Miguel?

— O comandante do exército do Senhor. Quem conhece as trevas melhor do que ele, que derrotou Samael sozinho?

Alec caminhou para fora. Uriel o seguiu. Eles ficaram próximos ao parapeito da varanda observando a luz da lua cintilar sobre a água.

— Você tem medo dele. — O arcanjo ainda olhava para a frente. — E deve temê-lo. Mas se alguém pode ajudá-lo, é Miguel.

— Obrigado.

— Não me agradeça ainda, Caim. — Uriel o fitou de relance. — Se você se tornar um perigo, eu mesmo o caçarei.

No íntimo de Alec, a emoção da possível batalha acelerou seu coração.

O olhar de Uriel endureceu:

— Sinto o cheiro disso em você. Talvez deva ir, Caim, antes que eu decida não deixá-lo partir.

Praguejando por dentro, Alec se teletransportou para longe.

REED ESTAVA PREOCUPADO COM SEUS PENSAMENTOS. Tanto que levou um tempo para perceber que a cerveja que pedira já esquentara na sua frente. A garçonete que a trouxe esperava, paciente.

— Desculpe — ele murmurou. — Não ouvi o que você disse.

— Quer mais alguma coisa? — a bela morena perguntou, com um sorriso largo. Seu crachá dizia que ela se chamava "Sara". Um nome infeliz, mas não era sua culpa.

— Não, obrigado. — Reed pegou a garrafa, ignorando o copo gelado ao lado dela. Para os mortais, era talvez um pouco cedo para beber. Para um *mal'akh*, não era diferente de beber água com gás.

— Voltarei em alguns minutos — ela disse. — Mas, se você precisar de algo antes, basta acenar.

— Ok.

Sara piscou antes de se afastar, requebrando. O convite para um flerte com ela foi claro e divertiu Reed, mas ele não tinha tempo de se entregar a tais brincadeiras naquele momento. Havia muita coisa em jogo.

Sozinho de novo, Reed apreciou sua condição de ocupante único do pátio do House of Blues. Do interior do restaurante vinha uma música — num volume suficiente para identificar as canções, mas não tão alto para impedir conversas. Apesar da economia em crise, o movimento de pedestres na Downtown Disney era grande. Uma mistura de adolescentes cantando, famílias de turistas olhando vitrines e comendo, e uma grande proliferação de Demoníacos. Os mortais não tinham ideia, com suas expressões despreocupadas e felizes denunciando sua ignorância do perigo. O que diriam se soubessem que o vendedor ambulante de caricaturas era um Íncubo? Ou que a mulher enchendo saquinhos de pipoca era uma Djinn?

— Abel?

Virando a cabeça com indiferença calculada, Reed observou a aproximação de Chaney e Asmodeus. O novo Alfa usava uma calça casual e uma camisa polo folgada. Seu companheiro, um dos sete príncipes do Inferno, vestia-se de modo semelhante a Reed: terno Armani, camisa impecavelmente justa e sapatos sociais de cromo alemão. Seu glamour era impressionante. Asmodeus escolhera um corpo musculoso e feições angulosas para ocultar a monstruosidade de diversas cabeças que ele era na realidade.

Os demônios contornaram a cerca metálica do pátio e se juntaram a ele. Reed permaneceu sentado e continuou bebendo sua cerveja, observando o movimento dos pedestres.

— Raguel está vivo — Asmodeus afirmou sem preâmbulos. — Atualmente, desfruta da hospitalidade do segundo nível do Inferno.

O nível que Asmodeus dirigia. É claro. O demônio devia ter agradado Samael de alguma forma para merecer tamanha honra.

— Ainda melhor do que eu esperava — Reed respondeu. — Nós dois temos acesso ao que o outro quer.

Ele observou os dois Demoníacos através dos óculos escuros. Nenhum deles o olhou. O Alfa virou a cabeça e passou a analisar as pessoas, enquanto Asmodeus se voltou para a porta do restaurante, fazendo contato visual com Sara.

Os dois demônios pediram comida e bebida e Reed, outra cerveja. Em seguida, Asmodeus ergueu seus óculos escuros e revelou olhos de laser vermelho-vivo.

— Eu quero mais — Asmodeus disse, baixinho.

Reed começou a brincar com o rótulo da garrafa de cerveja, mas manteve a atenção em seus companheiros.

— Quer?

— Não vejo como dividir um prêmio com um demônio de escalão inferior me beneficia. Obtenho um benefício maior tendo Raguel sob minha guarda.

— Ah... Entendo.

— Você não está surpreso — Chaney notou.

— Claro que não está. — Asmodeus riu. — Ele me conhece muito bem.

— Estava esperando por isso — Reed afirmou, tranquilo. — Eu também quero mais. Quero o padre.

— Fechado. Não queremos nada com ele, além de pôr as mãos na mulher de Caim.

Tenso, Reed falou lentamente:

— Certo.

A garçonete voltou com as bebidas, prometendo a comida para breve. Reed não conseguia se imaginar comendo naquele momento, e suspeitava que o pedido deles era um estratagema para que parecessem mais controlados do que estavam.

Independentemente disso, eles tinham mais controle do que ele.

— Então, o que mais vocês querem? — Reed perguntou, quando o silêncio se prolongou.

— O que podemos conseguir? — Chaney quis saber.

Reed deu uma risada.

— Não trabalho dessa maneira. Comecemos com vocês me dizendo contra quem estou apostando e eu verei o que consigo fazer.

O Alfa tentou aparentar inocência. Asmodeus não se deu ao trabalho. Jogou a cabeça para trás e riu.

— Sempre gostei de você, Abel — Asmodeus ainda ria. Seus dentes tinham um tom horrível de amarelo, incompatível com sua beleza.

— Como soube?

— Não sabia — Reed confessou, com a mente girando com as possibilidades. — Suspeitei. Você confirmou. Imaginei que mais alguém, além de mim, deve querer Raguel de volta. Eu não podia ser o único que barganharia com um demônio por conta disso.

Caim, talvez? Alguém enviado por Sabrael? Ismael?

— Sou obrigado a guardar segredo. Não posso lhe dizer quem é.

— Não me importa quem seja. O que me importa é o que você quer. Estão te oferecendo algo, mas você acha que pode conseguir mais de mim. Caso contrário, não teria aparecido hoje. O que estão propondo e quanto mais você quer?

Asmodeus olhou para o Alfa e depois para Reed.

— Propuseram ampliar o território do Grupo Diamante Negro, diminuindo a posição hierárquica das alcateias do perímetro.

— Ok. — Reed esperou um momento. — Qual é? Você já disse que dividir o prêmio com Chaney não te interessa. Portanto, o que está tirando disso?

Asmodeus relaxou na cadeira e sorriu:

— Um treinador. Um que foi um pé no saco pra mim por muito tempo.

Reed conteve seu horror e fez sua oferta:

— Posso cobrir isso. Facilmente.

— O que você tem? — Chaney perguntou.

— Um arcanjo pra substituir o que vocês me darão.

Admirado, Chaney assobiou.

— Qual deles?

Asmodeus gargalhou.

— Quem você acha que é? — ele perguntou, com os olhos brilhando tanto que Reed agradeceu a si mesmo por estar com seus óculos escuros. — Ele nos dará Caim.

AZAZEL, PARADO COM AS MÃOS ENTRELAÇADAS ÀS costas, separado da massa de celebrantes ao seu redor, perguntou:

— Ela recebeu o amuleto, meu senhor?

Samael fez que sim com a cabeça.

— Isso serve a muitos propósitos, sobretudo o fato de ela se manter um pouco mais segura até a notícia do sucesso da competição pelo prêmio alcançar todo o mundo.

— Se o senhor disser que participei da competição, isso rebaixará meu *status*. Estou acima desses jogos.

— Está? — Samael perguntou, com ironia. Reclinando-se mais no divã, ele observou os celebrantes através das cortinas transparentes que cercavam seu catre. Entre suas pernas separadas, uma súcuba trabalhava, com a boca deslizando para cima e para baixo, e com habilidade louvável, dada a extensão de seu pênis. — Que estranho. Achei que seu lugar era onde eu o pus.

Seu tenente fez uma reverência.

— Não pretendi ofender, meu senhor. Simplesmente chamei a atenção pro fato de que minha capacidade pra executar as tarefas que o senhor me designa melhora quando os outros me temem. Esse temor é mais facilmente invocado quando sou visto ao largo das massas.

Samael assobiou de prazer com a língua ardente acariciando a parte de baixo de seu membro.

— Não se preocupe, Azazel. Eu disse pra Evangeline que pensaria em alguma coisa. Não que usaria a sugestão dela.

— Obrigado.

Samael desviou o olhar para os súditos que dançavam e transavam freneticamente pouco além da beira de seu divã. Infelizmente, a agitação contínua de seu tenente afetou seu divertimento com a libertinagem.

— Você ainda tem perguntas?

— Apenas uma.

— Bem, desembuche! Fico ofendido com o quão prontamente todos acreditam num plano divino, mas os meus sempre são questionados.

— O senhor ofereceu uma conveniência pra alguém que é um joguete de nossos inimigos. Só queria entender por quê.

— Conveniência... — Samael repetiu, lentamente. — Sim. Suponho que o amuleto é conveniente. Sem dúvida, iguala as chances entre uma Marcada impotente e um demônio superdotado.

— Sim. O senhor poderia ter acabado com a competição pelo prêmio sem facilitar as coisas pra ela.

Erguendo a mão num gesto para que seu tenente esperasse, Samael moveu os quadris, penetrando o membro na boca gulosa que o servia. Acolhendo a sugestão dele, a súcuba aumentou a pressão e o ritmo da felação. Samael gozou com um gemido, estremecendo com o bem-vindo alívio da tensão.

— Excelente — Samael disse, por fim, empurrando a cabeça dela para trás.

Ela ergueu os olhos, que estavam reverentes e quase fechados. O glamour asiático que ela usou fora ideia dela, mas ele desfrutou de um prazer perverso com isso após o encontro com a mulher de Caim.

— Azazel está muito soturno — ele murmurou, acariciando o rosto dela. — Ajude-o a relaxar.

— Será uma honra, meu senhor. — A súcuba engatinhou, num movimento estranho, mas que ficou sensual pelo prazer com que ela cruzou a distância.

— Não estou soturno — Azazel protestou. — Apenas curioso.

Samael bocejou, perigosamente entediado e só um pouco suavizado por seu recente orgasmo.

— A conveniência funciona em ambos os sentidos, Azazel. Agora, relaxe. O padre é nossa próxima diversão e quero que você aproveite o espetáculo.

EVA PÔS DE LADO SUAS DÚVIDAS E CONFIOU EM SUA intuição.

— Não acredito que Caim tenha algo a ver com isso. Ele não está bem, mas não é um portão pra uma camada do Inferno. Ele tem muita virtude dentro de si.

— Caim não entende o que está acontecendo com ele — Hank afirmou. — Como podemos excluir algo?

— Ele entendeu o suficiente pra me afastar.

Eva virou a cabeça para investigar as profundezas sem iluminação do recinto. Em comparação com a barulheira produzida pelo Tengu antes, agora se encontrava sinistramente silencioso.

— Estava muito magoada pra ver isso no início, mas ele está tentando me proteger de si mesmo. Ontem à noite, quando apareceu no estádio, Alec provou que ainda se importa. O Caim que conhecemos ainda está lá dentro, em algum lugar. Ele não está completamente possuído. — Então, Eva voltou a olhar para Hank. — Ele deve estar possuído, certo?

— Assim suponho, mas Caim está descontrolado neste momento. Nunca houve nada parecido com ele. Nós todos estamos aprendendo com isso.

Enquanto Eva considerava qual seria a melhor maneira de lidar com a situação, longos momentos se passaram. Ela tamborilou os dedos na mesa de madeira e contraiu os lábios. Alec não a procurara em busca de ajuda e, sem dúvida, não a queria, mas ela não deixaria que isso a detivesse. Se ele sofresse um colapso, seria ruim para todos. Sobretudo para si mesmo. Eva não tinha dúvida de que os outros arcanjos o matariam.

— Ei! — ela se animou. — Você disse que Alec não entende o que está acontecendo com ele. Portanto, ele veio te ver, não? Ele quis que você o ajudasse.

— Todos me procuram em busca de uma mãozinha. Nem sempre tenho as respostas, mas gosto de ficar por dentro das coisas.

— Que respostas Caim procurava hoje?

— Na realidade, eu o chamei aqui pra conversar sobre o amigo Tengu. Mas também conversamos a respeito da inadequação dele em relação à posição de arcanjo.

Preocupada, Eva franziu as sobrancelhas.

— Inadequação? Acho que Alec é perfeito pro trabalho. Ele sempre assume o comando das situações e conhece seu trabalho melhor que ninguém.

— Caim é um tipo de Marcado prático. Ele é o melhor nas trincheiras. Há outros que são mais apropriados pra dar entrevistas pra imprensa e trabalhar num escritório.

— Talvez esse seja o problema — Eva sugeriu. — Ele não deve conseguir lidar com toda a coisa periférica. Fico com a cabeça doendo só de escutar a quantidade de informação circulando através da mente de Abel. É como estar nas Cataratas do Niágara. Não consigo suportar mais do que alguns segundos. E Caim de repente começou a receber uma quantidade de informações avassaladora. Isso pode enlouquecer uma pessoa.

— Suponho que sim. Mas conheci outros arcanjos que não gostaram disso e não chegaram no fundo do poço.

Eva pensou nos arcanjos: Saraquiel, Raguel, Miguel, Gabriel, Rafael, Uriel e Ramiel. Todos pareciam muito à vontade com seus trabalhos.

— Quais? Como eles superaram isso?

— Chamuel sofreu muito. Não acho que ele tenha superado isso em algum momento. Existiram outros, mas seus nomes me escapam agora.

Inclinando-se sobre a mesa, Eva indagou, com urgência:

— Existiram mais do que os sete que conheci? Abel tem uma teoria a respeito de um possível número máximo. Se ele tem razão, precisamos saber o que aconteceu com os outros.

— A suposição dele vale tanto quanto a minha — Hank afirmou. — Tudo o que sei é que, logo depois que as empresas foram criadas, a quantidade de arcanjos diminuiu rápido, até que restaram somente sete.

— Por quê? Precisamos... Ai! — Eva exclamou, sentindo uma dor súbita e levando as mãos à cabeça. — Droga... enxaqueca.

Contudo, ela não tinha enxaquecas. Hank se ergueu e se colocou atrás de Eva, tocando os ombros dela. Com a dor aumentando de intensidade, ela se curvou ainda mais sobre a mesa. E, tão de repente como apareceu, a dor sumiu. Deixando para trás Alec, que estava examinando a mente de Eva como uma chama em propagação, lambendo as superfícies das memórias dela.

— *Alec.*

— *Onde você estava?*

Ele pareceu tão furioso quando antes. Devia ser exaustivo carregar toda aquela fúria.

— *Procurando você* — ela arfou, ainda cambaleante por causa da força da entrada dele.

— *Não. Não é seguro.*

— *Me deixa te ajudar!*

Alec começou a retroceder. Eva o pegou com ambas as mãos, mas foi em vão. Ele se deslocou com muita rapidez, como fumaça sugada por um aspirador. Num instante, Alec sumiu.

Eva se endireitou de súbito e a parte posterior de sua cabeça bateu no queixo de Hank. Ele praguejou e tropeçou para trás.

— Desculpe! — Eva gritou, ficando de pé tão depressa que a cadeira caiu para trás e atingiu o chão. — Caramba, Hank. Sinto muito!

— Puxa! — Ele segurava o queixo. — Não precisa se desculpar. Você está bem?

Eva quase passou a mão no rosto, mas lembrou que estava usando maquiagem.

— Era Alec... Caim investigando minha mente.

— Ele te machucou?

O tom de voz de Hank a alarmou. Então, Eva explicou sem demora:

— Ele tentou compartilhar informações. Os outros arcanjos acham que Raguel está morto, mas Caim não. Ele acredita que Raguel esteja vivo.

Por isso, se sente tão desequilibrado. Pra ele, o número sete é absoluto quando se trata de arcanjos.

— Você estava sentindo muita dor — Hank insistiu, soltando o queixo para pegar o dela. Ele virou a cabeça de Eva de um lado a outro. Estalando os dedos, fez um lenço aparecer e o pressionou na narina direita dela. — Seu nariz está sangrando.

— Foi como se ele tivesse de forçar a passagem — Eva murmurou.

— Ele é o seu líder de empresa. Não precisaria "forçar a passagem" em você. Ah! — Hank exclamou, sorrindo e de olhos arregalados.

— O quê?

— Tente alcançá-lo de novo. — Hank correu na direção da escuridão e gritou por cima do ombro enquanto se deslocava: — Veja se consegue entrar em contato!

Eva tentou se comunicar com Alec. Em seu nariz, o lenço ficou quente e ensanguentado. Ela o encontrou, rodopiando como um furacão, furioso e destrutivo.

Eva tentou se comunicar com a humanidade dele:

— *Tenho muita coisa para te falar. Quero poder contar com você.*

O ciclone ficou um pouco mais lento, e depois parou. Alec permaneceu calado, mas ela pôde senti-lo se suavizando.

— *Você me deve* — ela alfinetou —, *depois da maneira horrorosa como me tratou.*

— *Eu te fiz um favor.*

Eva bufou:

— *Dane-se.*

— *Tome cuidado.* — A voz dele mudou, assumindo um tom monótono de loucura que causava arrepios em Eva.

— Pegue — Hank disse, aparecendo de repente e jogando o colar para Eva.

Ela se abaixou, evitando que a peça atingisse seu rosto. No entanto, quando o colar se aproximou dela, abriu-se e enlaçou-lhe o pescoço de uma maneira que seria impossível sem algum meio sobrenatural.

E, como um sinal de celular que cai, sua linha de contato com Alec morreu abruptamente.

Eva piscou para Hank. A marca fizera seu trabalho e curara o ferimento em seu nariz, mas as ramificações mais profundas ainda doíam.

Baixando a mão que segurava o lenço, Eva perguntou:

— O que aconteceu?

Pensativo, o ocultista cruzou os braços.

— Esse colar parece amortecer o poder dos Demoníacos.

— Achei que só funcionasse contra o Nix.

Hank deu de ombros, em sinal de dúvida. No fundo do recinto, o Tengu começou a gritar e golpear algo metálico. Uma jaula, talvez.

— Por que um amuleto contra os Demoníacos trabalha contra Caim?

— Agora estamos provando a minha teoria, não estamos?

— Mas eu não...

O Tengu continuou gritando.

— Você não consegue fazer essa coisa calar a boca?! — Curvando-se para baixo, Eva levantou a cadeira caída.

Hank assentiu e fez um gesto para ela segui-lo. O foco da iluminação os acompanhou; um truque que ela quis saber como realizar sozinha.

Como Eva suspeitara, o Tengu estava enjaulado no que parecia ser um grande canil. Ele se agarrava às grades, sacudindo-se e gritando feito louco.

Ao lado da jaula, Fred fazia anotações numa prancheta. Ela olhou para Hank e, com um gesto de cabeça, concordou com alguma sugestão que ele lhe fizera. Virando-se, Fred colocou a prancheta sobre uma bancada de laboratório e pegou um tubo cujo bocal parecia o de um extintor de incêndio. Ela mirou no Tengu e borrifou nele uma nuvem avermelhada de névoa fina. Ele cuspiu e tossiu, soltou-se das grades e caiu na superfície inferior da jaula. Ficou ali por um tempo, sacudindo a cabeça e parecendo quase tão atordoado quanto ficou quando usou o colar. O líquido vermelho foi absorvido rapidamente por sua casca de cimento, deixando-o com a mesma aparência de sempre. Hank proferiu um encantamento lírico e o Tengu sentou-se reto e olhou para Eva.

— Marcada bonita — ele disse, ficando de pé.

— Você é um sujeito barulhento — ela respondeu.

O Tengu desviou o olhar para encarar Hank.

— Traidor.

Eva se inclinou na direção do ocultista e sussurrou:

— O que havia no tubo?

— Sangue de Demoníaco.

Eva quase perguntou onde Hank conseguira aquilo, mas decidiu que não queria saber.

— Os demônios acham calmante o seu próprio sangue? Podemos ganhar a guerra com isso. Matar alguns e borrifar o sangue nos outros.

— Não faria efeito sobre Demoníacos saudáveis. Neste caso, só está anulando a dose excessiva de sangue de Marcado que eu dei a ele antes. Duvido que você queira testar sua tese com sangue de Marcado.

Movendo-se para mais perto da jaula, Eva examinou a pequena besta de pedra.

— Esse sujeito teve uma reação muito selvagem.

— Óleo e água — Fred afirmou. — Demoníacos e Marcados não se misturam.

— Nem brinque.

— A respeito do Nix... — Hank se aproximou da bancada onde Fred deixara a prancheta.

— Sim?

— Examinei a poncheira que você me trouxe. Sei que Caim quis que eu previsse o futuro do Nix por meio de quaisquer resíduos que pudessem existir nela, mas receio que isso não seja possível.

Eva torceu o nariz, desgostosa.

— Facilitaria as coisas, mas, com ele atrás de mim, nós vamos vê-lo de novo.

Graças ao colar, o Nix era o menor de seus problemas naquele momento. Assim, Eva o afastou de seus pensamentos em favor de problemas mais urgentes.

— Certo, mas eu tinha pensado em criar um repelente de algum tipo usando uma combinação de diversos ingredientes da camuflagem.

— A menos que seja um repelente permanente, acho que eu preferiria simplesmente matar o babaca e acabar com isso.

— Bem, eu não sabia do colar naquele momento. — Hank apoiou uma das mãos na bancada e pôs a outra no quadril. Era uma pose muito feminina, que fez Eva sorrir. — Agora que sei, começo a pensar que talvez consiga ajustar isso no sentido inverso.

— Inverso?

— Torná-la mais atraente. Irresistível.

— *Ela não precisa de ajuda pra ficar irresistível.*

A voz grave de Alec alcançou a audição de Eva antes de ela registrar o som de suas botas batendo ritmicamente sobre o piso de cimento. Ele emergiu da escuridão, com os olhos arregalados e selvagens, com as veias dos antebraços e bíceps grossas e visíveis. Ela poderia ter desmaiado se fosse do tipo que faz isso e não fosse uma Marcada, mas só passou a língua nos lábios. Eva sempre tivera uma queda pela *vibe* de *bad boy* dele, mas naquele momento... uau!

— Você resistiu muito a mim, mais cedo — ela conseguiu dizer.

Alec continuou se aproximando; uma imensa força da natureza, que a imobilizou contra a jaula que prendia o Tengu.

Ele pegou a nuca de Eva e disse:

— Não corte mais o contato na minha cara.

Eva aprumou os ombros.

— O que fará se eu cortar?

Como Eva imaginou, Alec a puxou com força para mais perto e a beijou, com a boca comprimindo a dela sem nenhum refinamento.

Alec moveu os dedos na nuca de Eva, deslizando sua mão na busca por seu seio, concentrado somente em seus desejos animais apesar dos espectadores. Estendendo a mão, ela conseguiu pegar o colar. Tirou-o pela cabeça e, em seguida, deixou-o cair em torno do pescoço dele.

Alec ficou paralisado. Houve um momento estranho, em que eles ficaram como estátuas, com as bocas juntas num beijo.

— *Que diabos?*

Eva empurrou Alec e se afastou da jaula, onde o levado Tengu apalpava-lhe a bunda com seus dedos curtos e grossos. Ela observou Alec, notando a mudança drástica em seus olhos e em sua postura.

Respirando fundo, Eva cumprimentou o Alec que ela conhecia:

— Oi!

Em sinal de desagrado, Alec franziu as sobrancelhas.

— Como você está? — Eva quis saber.

Hank se aproximou.

— Sim. Como você está, Caim?

— Como eu deveria estar, porra?! — ele vociferou, mas sem reagir. Esfregou as mãos no rosto, como fazia quando acordava de manhã.

— Furioso? — Eva sugeriu. — Controlado?

Alec ergueu o amuleto e não tirou os olhos dele.

— O que é isto?

— Um amuleto da sorte.

— Sorte pra quem? — Alec fixou o olhar em Eva e uma expressão de aflição tomou conta de seu semblante. A culpa se assentou como uma pedra pesada em suas entranhas.

— Sorte pra nós — ela afirmou. Lidariam com a culpa depois. — Precisamos de você no comando agora. Se um colar no seu pescoço resolve a questão, vamos nessa.

— Onde conseguiu isto?

— Eu dei pra ela — Hank improvisou. — É algo em que estou trabalhando.

Eva lançou-lhe um olhar de gratidão.

— Seja o que for, é perfeito. Fico contente que algo esteja funcionando pra nós no departamento experimental. — Alec inclinou a cabeça para o lado, como se estivesse escutando algo que ela não ouvia. — Montevista acordou. Preciso falar com ele.

Esperando que o segurança fosse capaz de dizer para Alec o que ela não podia, Eva sugeriu:

— Vá checar.

— Você vem comigo. — Alec lançou-lhe um olhar severo. — Também preciso falar com você. É melhor reunirmos você, Sydney e Montevista e ver se conseguimos descobrir o que houve ontem à noite.

— Ainda não terminei com Hank — Eva protestou.

Alec fitou o ocultista.

— Ele não vai fazer nada em você pra atrair o Nix. Isto é uma ordem.

Hank ergueu as mãos num gesto de rendição.

— Nem imagino se conseguirei ter sucesso, mas, se conseguir, poderá ajudar se você definir a hora e o lugar do confronto.

— Isso pode ser útil — Eva apoiou.

— Como se você não tivesse problemas suficientes com o prêmio prometido aos Demoníacos — Alec zombou, puxando-a na direção da porta.

Eva se despediu de Hank com um aceno, e ele desapareceu na escuridão.

Se eu conseguisse trazer Gadara de volta, o que aconteceria com Alec?, ela se perguntou. Eva gostaria de saber quem endossou a promoção de Alec, mas isso poderia potencializar o risco de eles o matarem. Se Alec fosse o emissário, eles não hesitariam.

Ele não é o emissário, ela se repreendeu. Além disso, não tinha nenhuma pista de quem era o responsável.

Uma súbita imagem de olhos com chama azulada ocupou sua mente. Eva quase pôs de lado o pensamento, dizendo a si mesma que, claro, ela pensaria nele. Ele era o único serafim que ela conhecia.

Então, Eva se deu conta de que o pensamento vinha de Reed.

TOMADO DE ESPANTO, CHANEY RECLINOU-SE PARA TRÁS na cadeira de plástico.

— Sabia que você odiava seu irmão, mas isso... Não vai se meter em apuros por causa disso?

— Na realidade, estou autorizado. — Reed ergueu a garrafa de cerveja.

— Alguém lhe deu autorização pra se livrar de Caim? — Asmodeus não escondia a incredulidade.

Reed considerou o quanto devia revelar.

— Algo deu errado com a ascensão. Ele é um perigo para si mesmo e para os outros.

— Um homem como ele seria útil para nós.

— Suspeito que Caim será ferido fatalmente pela ausência de Deus em sua alma. Não tem valor pra ninguém.

Reed considerou o número crescente de turistas, enquanto a quantidade de Demoníacos crescia proporcionalmente. Lançando um olhar para o interior escuro do restaurante, ele lastimou sua decisão de se sentar do lado de fora. A mesma exposição que lhe dava um pouco de segurança perto de Asmodeus também o excluía de qualquer um das dezenas de Marcados que vigiavam o excesso de demônios na área. Eles eram muito visíveis fora dali.

— Um destino pior que a morte pra vocês, não? — Chaney cortou seu bife malpassado e comeu o pedaço com gosto. — Espero nunca desagradá-lo.

— Então, não ferre essa troca.

— Qual é a sua proposta pra fazermos isso? — Asmodeus pegou um camarão com o garfo.

— Quero que tragam o Nix. — Reed virou a garrafa de cerveja para poder pegar a luz do sol. — Mas controlem-no. Ele precisa ser uma ameaça, nada mais que isso. Caim virá para o resgate e eu assegurarei que não haverá ninguém por perto pra interferir.

— E quanto a Raguel e o padre? — Chaney lambeu o sangue em sua boca. — Quem fará o papel do herói? Você?

— Não. Deixe que eles escapem.

— Então, o que você ganha com isso?

— O serafim que endossou Caim quer a confusão dele desfeita — Reed mentiu. — Esse é um favor que poderei cobrar depois. E, sem Caim, Evangeline Hollis não serve a nenhum propósito. Raguel vai gostar tanto da perda de seu substituto como do fim da competição pelo prêmio. De novo, outro favor a cobrar numa data posterior.

— Perder um e salvar muitos. — Asmodeus bateu o garfo de leve na beira do prato. — Precisarei de ajuda pra destruir Caim.

— Isso é problema seu, não meu. Seja lá como você fará isso, apareça depois de amanhã no condomínio de Hollis. O Nix sabe onde ela mora, se você não souber... Digamos... no meio da tarde. Estaremos na piscina. Eu abrirei o registro da água, para que o Nix possa entrar. Ele pode ser a distração, enquanto você faz o que deve ser feito.

— O lugar é uma fortaleza, Abel — Asmodeus resmungou. — Será um banho de sangue completo.

— Por isso é melhor você garantir que Raguel e o padre já estejam a caminho, se não quiser se tornar um alvo.

— Escolha um lugar diferente — Chaney disse.

— Não posso — Reed foi sucinto. — Depois da forma com que o padre foi sequestrado, Hollis permanece trancada, em casa ou no trabalho. E não há jeito de vocês entrarem na Torre de Gadara. Todos nós sabemos disso.

— Droga...

— Não — Asmodeus afirmou. — Vou esperar até a poeira baixar. Depois, irei atrás dela quando for mais conveniente.

Reed bateu o pé de leve sob a mesa. Ele também preferiria esperar, mas o padre não ficaria vivo por tanto tempo. E, se ele morresse, Eva jamais se perdoaria.

— Ela e o padre talvez estejam mortos até lá.

— Antes eles do que eu! — Asmodeus vociferou.

— Você talvez também venha a perder Caim se ele não se organizar mentalmente. — Reed ficou de pé. Então, tirou dinheiro do bolso e jogou duas notas de vinte dólares na mesa. — Você sabe onde me encontrar se mudar de ideia.

— Não gosto que brinquem comigo, Abel.

— Você só saberá se estou brincando se der as caras.

— MARIEL? ESTÁ TUDO BEM COM VOCÊ?

Mariel desviou o olhar da reunião no pátio do House of Blues, retornando-o para seu companheiro. A varanda do Ralph Brennan's Jazz House ficava do outro lado do calçadão movimentado do outro restaurante, mas a audição de *mal'akh* de Mariel não teve dificuldade de captar a conversa traidora que ocorreu ali. Mesmo daquela distância, ela conseguiu enxergar o brilho de laser dos olhos do demônio e detectar a malevolência em sua voz.

— Não — ela respondeu em seu zulu nativo de Marcada. — Não estou nada bem.

— O que...

— Não. — Mariel impediu Kobe Denner de virar o rosto pondo a mão na cabeça dele. — O que você não souber poderá salvar sua vida.

Preocupado, Kobe franziu as sobrancelhas. Um dos melhores Marcados de Mariel, já estava com ela havia anos.

— O que eu posso fazer?

— Receio que vamos ter de terminar nosso almoço mais cedo.

Kobe afastou seu prato pela metade.

— Claro. Podemos ir, se você quiser.

Mariel tirou o guardanapo do colo e o pôs na mesa.

— Vou teletransportá-lo daqui. Não quero que você seja visto.

O tom de Mariel transmitiu sua urgência. Kobe ficou de pé rapidamente. Ela tirou algum dinheiro da bolsa e o deixou para o surpreso garçom, para quem eles deram uma explicação ligeira antes de pegarem o caminho para o piso inferior.

No corredor que levava aos banheiros, Mariel se teletransportou com Kobe de volta para a Torre de Gadara.

Alec levou Eva para baixo, para o corredor, e, depois, para um canto, onde havia um bebedouro. Então, ele segurou o rosto dela com ambas as mãos.

— ESTOU FERRADO — ELE DISSE, SEM MEIAS PALAVRAS.

— Também não estou bem — Eva afirmou, seca, mas seus olhos escuros brilharam naquele local sombrio.

— Precisaremos conversar sobre nossa relação pessoal depois. — Ele tocou a testa dela com a sua, sentindo-se tão surrado quanto após uma luta particularmente desagradável. — É repugnante e doloroso, mas temos algo pelo qual vale a pena lutar... se você me der uma chance de consertar essa bagunça.

Alec sentiu os dedos dela se engancharem nos passadores de seu jeans.

— Sim. Precisamos conversar.

Alec sentiu um tremor de cautela cruzar a mente de Eva, mas não conseguiu ler os detalhes. Contudo, aquele tremor foi mais do que ele fora capaz de obter dela nos últimos dois dias.

— Você está me bloqueando? — ele perguntou, rude. — Ou é minha... *condição* que vem causando um sinal insatisfatório entre nós?

— Um pouco dos dois, talvez. — Eva enfiou o colar na camisa dele.
— Quando eu lhe contar algo, quero fazer isso do jeito dos mortais. Você e eu. Conversando em voz alta. Sem pressa e em particular.
— Tudo bem. Assim que terminarmos aqui. — Alec a tirou do recinto.
— Depois disso, preciso ir à delegacia.
Percorrendo o corredor, ela forneceu algumas informações a ele.
— Tudo bem. — Alec deu a mão para ela. — Nós iremos juntos.
— Ismael me levará. Faz parte de sua representação como advogado. Talvez pareça estranho se você aparecer.
— Por quê?
Eva olhou para ele e se retraiu.
— Eu disse a eles que terminamos.
Alec ficou grato por seu passo não ter vacilado, pois sentiu como se tivesse recebido um soco no estômago. Ele bufou:
— Que rapidez...
— Dá um tempo. Estou sendo atacada de todos os lados. Falei o que precisava naquele momento.
Alec não tinha uma base firme para se sustentar, pois fora ele que se afastara dela. Mas aquilo não facilitava as coisas.
— Desde que você não estivesse falando sério.
Eva apertou a mão dele.
— Uma coisa de cada vez.
Quando tocou a maçaneta da enfermaria, Alec escutou o nome de Eva ser chamado. Ele olhou ao redor e avistou Mariel se aproximando com um passo surpreendentemente enérgico.
— Evangeline — a encarregada chamou —, você pode me dar um minuto de seu tempo?
Alec soltou a maçaneta.
— O que você quer, Mariel?
— Conversar a sós com Hollis. — Ela esboçou um sorriso tão ligeiro que mais pareceu uma careta. — Coisas de garota, Caim. Sabe?
— Não, não sei. — Alec olhou para Eva, dizendo: — Venha assim que o papo acabar.
Eva assentiu:

— Claro.

Alec, sentindo como se algo precioso estivesse escorrendo através de seus dedos, a deixou no corredor.

Eva não precisava da capacidade de ler mentes para saber que a *mal'akh* estava muito transtornada. O fato de Alec não captar plenamente a agitação de sua treinadora era prova adicional de que ele estava seriamente fora de sintonia. Mariel também sabia disso. O olhar dela se fixou na porta até que se fechasse com um estalido firme.

— Ele não está bem — Eva murmurou. — Acho que você sentiu isso por meio da conexão entre treinadora e líder da empresa.

— Espero que ele se ajuste em breve, mas, neste momento, a incapacidade de Alec de nos ler é uma dádiva oculta. — Mariel dirigiu sua atenção para Eva. — Temos um problema sério. Temo pela segurança dele e pela de Abel. Você é a única em que posso confiar para achar uma solução que mantenha os dois vivos.

— O que há?

— Algo não está certo com Abel... não é mais ele mesmo. Você não vai acreditar quando eu te contar.

Não é mais ele mesmo...

Pegando Mariel pelo braço, Eva a puxou, afastando-a um pouco da porta da enfermaria.

— Conte-me tudo.

17

— NÃO ME LEMBRO DE MUITA COISA — SYDNEY AFIRMOU, aborrecida. — Eu observava um movimento debaixo das arquibancadas quando Montevista me derrubou. O impacto deve ter me nocauteado. Você me acordando foi a próxima coisa que eu vi, Caim.

Alec desviou a atenção para Montevista, que parecia em estado tão miserável quanto o de Sydney.

— Nenhuma lembrança... — o Marcado afirmou. — Nem mesmo isso. Eu estava parado junto à cerca, vigiando alguns Demoníacos. Em seguida, me vi aqui, na Torre de Gadara.

Os dois seguranças, sentados numa mesa de metal, usavam camisolas hospitalares azul-claras. Alec, sentado defronte a eles, experimentava a enorme influência do colar aquecendo seu peitoral. Algo tinha de ser sacrificado, e rápido. A falta de sono cobrava seu preço, mas ele precisava estar disponível para ajudar Eva durante o dia e tinha investigações a fazer sobre sua condição enquanto ela estivesse dormindo à noite.

Alec espiou a curandeira que cuidava da enfermaria. A mulher tinha não mais de um metro de altura e seus cabelos loiros eram cortados bem rentes, enfatizando seus traços de criança.

— Alguma ideia do que aconteceu com esses dois? — ele quis saber.

— Eles foram examinados — ela respondeu. — No caso de Sydney, acho que ela perdeu a consciência com o impacto, assim como sugeriu. Montevista, porém... não tenho certeza. Acho que ele se intrometeu no caminho de um impacto direto. Talvez uma descarga de energia dirigida contra Sydney. Ao ser atingido na parte de trás da cabeça, teria sido nocauteado e ido de encontro a ela. Algo assim explicaria a perda de memória, sobretudo se Azazel foi o agressor.

— Quais são os efeitos colaterais? Há algum?

— Apenas fadiga.

— Gostaria de voltar ao trabalho — Montevista afirmou.

— Eu também — Sydney concordou.

— Têm certeza de que não querem alguns dias de folga? — Alec sondava as mentes dos seguranças em busca da quaisquer sinais de trauma.

A busca foi difícil, ainda mais por causa da supressão das vozes no interior de sua cabeça. Essa ausência deixou um silêncio estranho dentro dele; não como um afastamento, mas uma expectativa. Ele sabia que algo não estava certo. Alec só esperava pela explosão para provar isso.

Montevista assentiu e falou pelos dois:

— Temos certeza.

Após uma leve batida na porta, Eva entrou e se dirigiu direto para os dois seguranças com os braços abertos. Eles ficaram de pé e os três se abraçaram. Era o jeito dela. Eva era muito aberta, muito disposta a se ligar com outras pessoas. Ela as deixava ingressar em sua vida desde o princípio, esperando que se tornassem amizades valiosas. Justamente o contrário dele, que aprendera a manter todos a uma certa distância, até provarem que mereciam a proximidade.

Eva perguntou da saúde deles e como estavam se sentindo. Quando eles pediram para reassumir sua segurança, Eva aceitou de pronto. Sem recriminações, sem provocar sentimentos de culpa. Os dois Marcados ficaram aliviadíssimos.

Olhando por cima do ombro para Alec, ela perguntou:

— Tudo bem?

Por um segundo, ele ficou tenso, esperando a compulsão de dizer algo indelicado. Alec começara a se sentir da maneira como imaginava que os pacientes com síndrome de Tourette se sentiam: emitindo palavras antes que o cérebro as registrasse. Quando as vozes se calaram, ele abriu um grande sorriso.

— Uau! — Sydney murmurou.

— Puxa, que incrível — Eva sussurrou.

Enquanto ele ainda conseguisse sensibilizá-la, nem tudo estaria perdido.

— Não tenho nenhuma objeção se vocês estiverem de acordo com isso — Alec afirmou. — Mas quero manter os dois fora do campo de batalha por, no mínimo, dois dias.

— Por mim, tudo bem — Eva concordou. — Depois de ir à delegacia, volto pra casa e fico por lá. Que tal Montevista e Sydney irem pra lá agora com você? Eles podem descansar em minha casa, enquanto você compensa o tempo parado com seu pessoal.

— Meu pessoal? — Alec ficou de pé.

A expressão de quem conhece a situação nos olhos de Eva respondeu à pergunta não verbalizada dele.

Alec olhou para os Marcados:

— Vistam-se. Volto logo.

— Estaremos prontos — Montevista garantiu.

Indo em direção à porta, Alec fez um gesto com o queixo para Eva se aproximar, pegou o braço dela à soleira e a incitou a sair na sua frente.

Eles passaram por filas alinhadas de camas hospitalares; a maioria delas, vazia. Então, deixaram a enfermaria e seguiram pelo corredor esfumaçado.

— Você conheceu meus pais? — ele perguntou.

— Sim. Eles apareceram ontem à noite.

Alec cerrou os dentes. Ele sabia que *ima* não sossegaria enquanto não conhecesse Eva pessoalmente. Sua mãe não era do tipo que esperaria ele estar próximo para aliviar sua curiosidade.

— Gostou deles?

Eva deu um sorriso tímido.

— Amei seus pais. Os dois são encantadores. Acho que também gostaram de mim. Foi difícil fazer uma leitura de seu pai. Mas se você conhecesse o meu... ele também é bastante reservado. Não me ofendi.

Eva parou perto do canto aonde ele a levara antes e o encarou. Alec gostava dela daquele jeito, toda formal e certinha em seu terninho. Ele não conseguiu deixar de notar as mudanças que a passagem dos anos provocaram nela, convertendo-a numa mulher formidável. Liberto momentaneamente de seus demônios pessoais, sentiu-se tomado de afeição e orgulho.

— Por enquanto, esqueça-se de nós, Alec. Você precisa decidir o quanto quer esse trabalho de arcanjo. — Ela pressionou os dedos na boca de Alec quando ele ia começar a falar. — Pense nisso: levando em conta a teoria de que sete arcanjos são o limite, o que acontecerá quando Gadara voltar? Você vai enfrentá-lo? Vai se demitir? Removerá outro arcanjo? Como você se sentirá se Deus decidir que gosta das coisas do jeito que eram e devolvê-lo à condição de Marcado?

O brilho determinado nos olhos escuros de Eva revelou a Alec que era melhor ele se manter calado por enquanto e fingir que ainda estava indeciso. Ele aprendera há muito tempo que as mulheres gostavam que os homens pensassem muito, como elas faziam.

Eva continuou, recuando um passo:

— E não pretendo colocar pressão adicional sobre sua decisão, mas não investirei num relacionamento com alguém que não pode me amar.

— Anjo...

— Ei! — Eva o cortou. — Sem ressentimentos, se for assim. Não me esqueci de que entre nós sempre seria temporário.

Quando Alec começou a se aproximar dela, uma figura familiar apareceu atrás de Eva. Alec cerrou os punhos.

— Eva...

Ela se virou ao cumprimento de Abel. Para surpresa de Alec, Eva também cerrou os punhos.

— O quê?!

Ante a reação dela, Abel semicerrou os olhos, avaliando-a.

— Está pronta pra ir para casa?

— Tenho de passar na delegacia e fazer um relato.

— Tudo bem. — Abel fitou Alec, mas continuou a se dirigir a Eva. — Eu te dou uma carona.

— Não é necessário. Irei com Ismael.

— Por quê?

Então... Abel também não conseguia lê-la. Eva era como uma estação de rádio com estática. Um problema que eles teriam de investigar.

O ritmo da caminhada de Eva mudou, com o estalido de seu salto denunciando agitação.

— Vá pra casa — ela disse a Alec, com firmeza. — Coloque Montevista e Sydney na frente do videogame e não deixe seus pais fora do alcance de sua visão nem mesmo por um segundo até eu chegar. Depois, você poderá ir fazer o que quiser.

— O que eu quiser, é?

— Mas, se você tirar o colar, vou quebrar a sua cara.

— O que vou ganhar se não tirá-lo?

Eva passou reto por Abel.

— Mantenha o colar no pescoço e fique de olho nos seus pais. Isso vai me deixar contente.

Depois do dia anterior, Alec não poderia pedir mais nada. Mas Eva não sabia disso... ainda.

— Tenho muita coisa pra fazer, anjo.

— Apesar de seu transplante de personalidade ontem, ainda confio em você — Eva sustentou. — Em troca, você me deve um pouco de confiança.

— Eu confio em você.

— Ótimo. Sendo assim, faça como eu falei. Eu o vejo mais tarde.

Alec não estava acostumado a seguir ordens de ninguém, exceto de Jeová. Mas Eva estava certa, ele tinha uma dívida com ela. E se sentia exausto. Fazia quase dois dias que não dormia. Era muito tempo, até para um arcanjo. Alec tiraria uma soneca e, em seguida, localizaria Sabrael após o retorno de Eva.

Abel se virou e seguiu Eva. Alec não tinha ideia do que seu irmão fizera para irritá-la, mas se sentia feliz por ela estar de mal com os dois.

Alec tentou dizer a ela que a esperaria para jantar, mas a conexão ficou carregada de estática de novo.

Realmente, eles teriam de conversar sobre isso quando ela voltasse.

— Vamos ver se eu adivinho... — Reed coçou o queixo. — Você está furiosa comigo.

Eva alcançou os elevadores e apertou o botão.

— Não tenho tempo pra brincar com você agora.

Reed se pôs na frente dela, forçando-a a encará-lo. Apesar da incrível capacidade dele de ser um tremendo idiota, assim como acontecia com Alec, a simples visão de Reed fazia os joelhos de Eva fraquejarem.

— Quantas vezes tenho de lhe dizer, Eva, que não estou brincando com você?

Ela fez beicinho.

— Você conhece "O presente dos magos"? Não a história bíblica, mas o conto de O. Henry.

— Quem não conhece?

— Você e eu estamos trabalhando com objetivos distintos agora, Reed. Eu sei o que estou fazendo, você não. Aceite meu conselho e vá viajar. Volte em alguns dias.

— Do que está falando, Eva? — Reed pegou a mão dela.

Ele ostentava uma expressão corajosa, mas Eva o conhecia muito bem para sentir que ele assumia uma posição defensiva. Era culpado da acusação, pelo visto. No entanto, ela acreditava que ele tentava fazer a coisa certa: trazer Gadara e o padre de volta e salvá-la do Nix. Porém, Eva não duvidava nem um pouco de que Reed se dispunha a entregar Alec em troca. O fratricídio estava arraigado neles, mas ela não queria ser a causa da morte de um dos dois.

Eva sentiu Reed tentando sondar sua mente e retrocedeu, quebrando o contato físico entre eles.

— Tenho de ir. Pense nessa história. Alinhave um final infeliz pra ela e é isso o que você terá se não voltar atrás.

A campainha do elevador tocou e as portas se abriram.

— Abel...

Os dois se viraram. Sara se aproximava. Na distração de Reed, Eva entrou rápido no elevador e apertou o botão para o saguão do prédio.

— Ei! — ele gritou, impedindo o fechamento das portas. — Que diabos!

Eva soltou a mão dele da porta.

— Seu irmão não é dispensável pra mim, Reed.

Ele a contemplou com um olhar severo até o fechamento completo das portas.

Assim que chegou ao saguão, Eva trocou de elevador, pegando um que a levasse até seu escritório, no quadragésimo quinto andar. A quantidade de Marcados no prédio ia diminuindo à medida que o expediente chegava ao fim, permitindo que o enjoativo aroma doce de suas almas alcançasse um nível controlável.

Quando Eva chegou na recepção do escritório, Candance ficou de pé e deu um ligeiro aceno. Eva sorriu, em cumprimento.

— Ismael disse que estaria aqui às quatro e meia — a secretária relatou, contornando sua mesa com o bloco de mensagens na mão.

— Perfeito. — Eva se dirigiu para sua sala.

— Há um e-mail de sua irmã e também um de Saraquiel, que está marcado como urgente.

Eva se deteve, e Candance quase colidiu com as suas costas.

— Se é urgente, por que ela simplesmente não me liga? Sara tem o meu número.

— Há um anexo no e-mail. Talvez o motivo seja esse. Quer algo pra beber?

— Não, obrigada. Pode ir embora agora, Candance.

Eva encaminhou-se até sua mesa e se sentou diante do computador. Acessou seus e-mails e leu o de sua irmã, Sophia, primeiro. Fotos de seus sobrinhos ocuparam a tela e lhe provocaram uma pontada de inveja. Ela era a mais velha, mas Sophia estava anos a sua frente quando se tratava de constituir uma família. Além disso, enquanto Eva tivesse a marca, ficaria para trás. As Marcadas eram estéreis.

Eva digitou uma resposta rápida — "Assim que eu puder" — para a pergunta de Sophia sobre quando ela lhe faria uma visita. Em seguida, reclinou-se no espaldar e dedicou um instante a afastar sentimentos importunos de ressentimento.

Como muitas vezes fazia em momentos como aquele, Eva olhou ao redor de seu escritório, captando a mistura de moderno, tradicional e peças de bambu de inspiração asiática que compunham a decoração. Ela trouxera a maior parte da mobília de seu escritório anterior, que era muito menor, no Grupo Weisenberg. Parte do esforço de misturar sua vida antiga com a nova. E era disso que Eva se lembrava quando se sentia pra baixo: ela teve permissão de misturar suas duas vidas. Nenhum dos outros Marcados teve tanta sorte.

Novamente concentrada, Eva se aprumou e abriu o e-mail de Sara. O nome do anexo que veio junto a deteve, pois era, sem dúvida, a gravação de um vídeo do "Escritório-de-Caim" realizada na véspera. Sara tomara conhecimento dos problemas de Alec? Quanto perigo ele correria se ela tivesse descoberto?

Eva clicou duas vezes no vídeo e esperou sua exibição. Quando começou, ela precisou de um minuto para compreender o que via. E precisou de um pouco mais de tempo para romper a imobilidade provocada pelo horror. Então, arrancou o cabo de alimentação do computador da tomada. O monitor ficou negro e a ventoinha do computador parou de funcionar, deixando o recinto em silêncio absoluto.

Arfando, Eva se curvou sobre a mesa e procurou esquecer o que vira.

— Não era Alec — ela disse para si mesma, arrastando as palavras. — Não era ele. Você sabe disso.

É repugnante e doloroso, mas temos algo pelo qual vale a pena lutar... Alec pretendia contar para ela. Eva sabia. Expor tudo e esperar que ela entendesse. Mas ela ainda estava furiosa e com ciúme.

Eva se ergueu e pôs-se a caminhar. Suas emoções precisavam de um escape, e não havia nenhum. Considerando a expressão de Alec, ele fora tão vítima quanto Izzie. Qualquer que fosse a punição que a puta alemã merecesse por atrair o homem de outra mulher fora dada durante o ato.

Só restava saber o que Sara pretendia com aquilo.

Eva parou diante da janela e se inclinou sobre a cômoda posicionada na frente. O que a arcanjo esperara ganhar enviando-lhe o vídeo? Sara queria Eva longe de Reed; então, por que enviar-lhe algo tão perturbador que a empurraria direto para os braços dele? Não há fúria que se iguale à de uma mulher desprezada, certo? Sara teria de saber que, se Eva estivesse de saco cheio de Alec, a melhor maneira de dar o troco seria transar com Reed.

— O que você quer, Sara? — Eva perguntou, em voz alta. — O que pretende ganhar?

Não há fúria...

Seus olhos se arregalaram, com a mente saltando para a conversa que tivera com Mariel.

— Está pronta para ir, senhorita Hollis?

Dirigindo a atenção para a porta, Eva avistou Ismael parado ali.

— O que o senhor é de Raguel Gadara? — ela perguntou, endireitando-se.

— Como disse?

— O senhor é o tenente dele, certo? Seu braço direito?

— Algo assim.

Eva assentiu com um gesto de cabeça.

— É só um emprego para o senhor? Ou se preocupa de fato com dele?

Houve uma ligeira hesitação. Então, ele disse:

— Raguel é meu amigo.

— É. Tempo presente. — Eva se aproximou e parou diante dele. — O senhor também acha que ele está vivo?

Ismael concordou com um breve gesto de cabeça.

— O senhor tem acesso a tudo? Pode autorizar investigações?

— Em que posso ajudá-la, senhorita Hollis?

Eva pegou o braço dele e o dirigiu para fora.

— Me chame de Eva, por favor. E não me teletransporte para o térreo. Me deixa zonza. Façamos as coisas do jeito dos mortais, se o senhor não se importar.

Mais uma vez, Ismael assentiu.

— Agora, não sei se o senhor acredita em mim ou não, mas também quero Gadara de volta — Eva prosseguiu.

Eles saíram para o corredor e se dirigiram aos elevadores.

— E como pretende trazê-lo de volta... Eva?

— Receio que isso eu não possa lhe contar.

Ismael a encarou com intensidade durante toda a descida até o saguão. Apesar da determinação de Eva, aquilo ainda a fazia se encolher. Ele tinha olhos de tubarão. Escuros e inanimados.

Os dois saíram para a entrada circular de carros. Parada perto da fonte central, a limusine requerida por Ismael aguardava. Eva preferiria o Lamborghini de Reed, que ele, arrogantemente, deixava estacionado bem na frente da entrada. O conversível era uma beleza prateada, tão elegante e perigoso quanto seu dono. Ela o imaginou dirigindo depois de seu encontro com os demônios na Downtown Disney e seus dentes cerraram. Em vez de se teletransportar, Reed usara o carro para impressionar. Talvez como uma maneira de se humanizar, para parecer à vontade e despreocupado em seu encontro com um príncipe do Inferno. A bravata era um instrumento de negociação necessário ao se lidar com demônios.

Eva foi até a cabine dos manobristas e apontou para o Lamborghini.

— Você tem a chave daquele?

Um dos três manobristas assentiu, mas pareceu desconfiado. Ismael estalou os dedos e o manobrista entrou na cabine para pegar a chave. Sem demora, ele retornou e Eva estendeu a mão.

— Obrigada — ela agradeceu quando ele lhe entregou a chave.

Eva abriu a porta do passageiro para Ismael antes de se encaminhar para o lado do motorista. Então, ajustou o assento para a frente e, depois, agarrou o volante com ambas as mãos.

— Pena que deixei meus óculos escuros em casa — ela murmurou, um pouco receosa de pegar o carro de Reed sem permissão. *Pode ser que ele ache isso divertido ou fique furioso.*

Ismael estendeu a mão e ela achou seus óculos escuros presos nos dedos dele. Com um sorriso irônico, ela os aceitou. Sem dúvida, seria útil ser capaz de se teletransportar para qualquer lugar e voltar num piscar de olhos. Eva colocou a chave na ignição e deu a partida. O motor rugiu e, depois, ronronou deliciosamente.

— Cinto de segurança — Eva disse, afivelando o seu.

Em seguida, partiu, contornando a fonte central e pegando a Harbor Boulevard. A delegacia de polícia ficava na mesma rua, a apenas alguns quilômetros de distância.

— O que você precisa de mim, Eva?

— O senhor estaria... — Eva hesitou, mas prosseguiu: — ... aberto a espionar um arcanjo? O senhor tem pessoas que seriam capazes e estariam dispostas a fazer isso?

— Caim?

Eva respirou fundo, esperando não estar se ferrando majestosamente.

— Saraquiel.

— Ah, sim! — ele exclamou.

Na visão periférica de Eva, Ismael tamborilava os dedos silenciosamente no assento.

— E você precisa dessas informações pra usar no resgate de Raguel? Tem certeza de que não envolve questões pessoais suas?

— O senhor não terá de me dizer o que descobriu — Eva respondeu. — Só investigue e, se algo lhe parecer errado, trate disso quando considerar adequado.

— Um pedido estranho — Ismael murmurou.

— Confie em mim. Se o senhor descobrir o que eu suspeito que descobrirá, não restará qualquer dúvida de que não é uma questão pessoal.

Ismael permaneceu em silêncio. Eva esperava que ele estivesse pensando no assunto.

Alguns minutos depois, eles chegaram ao estacionamento da delegacia e Eva estacionou numa vaga em diagonal, com uma vaga vazia de cada lado. Ela não queria ter de explicar um amassado na porta, além do roubo do veículo.

Eles entraram na delegacia. Pouco depois, Ingram veio ter com eles e os levou a uma sala com uma mesa velha e um grande espelho de duas faces. Sobre ela, havia uma caneta e um formulário. Ingram pediu para Eva se sentar e fazer uma declaração do que ela se lembrava, com o máximo de detalhes.

Eva se acomodou e começou a escrever. Ismael se dirigiu até um canto distante e se sentou numa cadeira, com os olhos fechados. Ele dava a impressão de estar cochilando, mas Eva suspeitou que estivesse enviando ordens para quem quer que estivesse em seu campo de ação.

Eva estava na metade da segunda página quando a porta se abriu. O fedor do Demoníaco assaltou sua narina. Um policial uniformizado entrou com uma garrafa de água na mão. Ela observou, com os olhos arregalados, quando ele a pôs sobre a mesa. A boca dele se curvou num sorriso maligno. Sua particularidade se espalhava para cima, por debaixo de sua camisa, parando em seu pomo de adão. Era um desenho insignificante, adequado a um demônio menor.

— Achei que você talvez quisesse algo pra beber — o demônio disse, num tom de voz amigável, idealizado para enganar aqueles que talvez estivessem observando por trás do espelho.

Eva teve uma visão distinta ao olhá-lo de frente. A boca torcida dele revelou os caninos pontiagudos de um Vampiro.

— Grite se você quiser qualquer coisa. Há muitos de nós lá fora — ele prosseguiu.

Recostando-se lentamente, Eva olhou de relance para Ismael. Ele não se movera, mas seus olhos estavam abertos. O Demoníaco não prestou nenhuma atenção a ele. Eva não sabia se isso se devia ao fato de o demônio ser estúpido e incapaz de reconhecer um Celestial sem cheiro de Marcado ou se ele era tão convencido que não enxergava um *mal'akh* como uma ameaça.

— Obrigada. — Em seguida, Eva falou, sorrindo: — A competição pelo prêmio acabou.

— Não fiquei sabendo disso — ele respondeu, silvando. — Cadela mentirosa... — O Demoníaco partiu, mas seu fedor perdurou, coroando o que tinha sido um dia breve, mas sórdido. Ela pousou a caneta na mesa.

Ou o demônio estava seriamente por fora ou Samael quebrara sua promessa. Ela gostaria de saber qual hipótese era a verdadeira.

— Devemos ir. — E os lábios de Ismael se moveram sem emitir som: *Antes que seus amigos cheguem.*

Vou terminar isto mais tarde. Eva escreveu "continua..." na folha de papel e, em seguida, ficou de pé.

Ingram estava à soleira quando Eva abriu a porta.

— Terminou? Antes de a senhorita ir, gostaria de revisar sua declaração em sua presença.

— Não, ainda não terminei. — Eva olhou para a direita e para a esquerda, bastante consciente da quantidade de olhos que a observavam.

Não era seguro para ela ficar num lugar em que era um alvo fácil. Não que pudesse contar isso a Ingram, apesar de nada aparentar ser mais seguro que uma delegacia de polícia.

— Precisamos desse relatório, senhorita Hollis — Ingram afirmou com severidade, com o bigode se movendo de uma maneira que sugeria impaciência. — Pra nós é fundamental obter um quadro claro do que aconteceu.

— Sinto muito. Não me dei conta de que levaria tanto tempo. — Eva tocou no braço dele, mas recuou quando ele demonstrou tensão. — Peguei o carro do meu amigo emprestado, já que o senhor está com o meu, e tenho de devolvê-lo.

— A senhorita está aqui há apenas trinta minutos — Ingram observou.

— Minha cliente é muito ocupada — Ismael disse, tranquilamente.

— O senhor não poderia ir ao meu escritório pra concluirmos? — Eva lamentava estar tomando o precioso tempo dos investigadores, que deviam estar trabalhando para solucionar crimes e não perdendo tempo com ela. — Preciso fazer isso aqui?

Aborrecido, Ingram franziu as sobrancelhas.

Jones apareceu atrás dele. Mais baixo e mais leve que seu colega, ele se aproximara furtivamente.

— Eu ligarei pra senhorita de manhã e marcarei um horário.

— Ótimo. Obrigada — Eva apertou as mãos dos dois. — Sinto muito pela inconveniência.

Ismael segurou o braço de Eva e a levou para a saída.

— Quando chegarmos do lado de fora da porta principal, vou me teletransportar com você de volta para a Torre de Gadara.

— Não posso deixar outro carro pra trás. O senhor terá de voltar pra buscá-lo.

— Eu não dirijo. Abel terá de fazer isso.

Ismael mal pôs a mão na maçaneta da porta dupla quando eles sofreram um ataque-surpresa, sendo lançados para fora com a força de um furacão.

Ismael caiu no jardim situado do lado direito da porta. Eva girou várias vezes antes de parar.

— Senhorita Hollis...

Jones, parado ao lado dela, mantinha a porta aberta. Ela afastou algumas mechas de cabelo de seu rosto.

— Sim?

Jones olhou ao redor. Eva fez o mesmo, tentando ver onde Ismael tinha se metido. A única evidência do ataque foram alguns galhos quebrados em um dos arbustos e um pouco de cinza fina, testemunhando a morte de um Demoníaco. O próprio *mal'akh* tinha partido, muito provavelmente se teletransportado para evitar ser visto.

— Aonde foi seu advogado? — o investigador quis saber.

— Ao banheiro.

Perturbado, Jones franziu as sobrancelhas, mas assentiu com a cabeça.

— Estava admirando o carro que a senhorita pegou emprestado. — Ele fitou o estacionamento e assobiou. — É um Lamborghini.

— Sim...

— A senhorita se importa se eu der uma olhada?

— Como?! — Eva exclamou, surpresa.

Droga... Ela olhou ao redor do estacionamento, mais uma vez. Parecia bastante tranquilo, mas Eva não queria expor o policial ao perigo. Os Demoníacos já tinham provado que pegavam qualquer pessoa, em qualquer lugar e a qualquer momento.

A porta tornou a se abrir e Ismael saiu, não parecendo pior por causa do evento. Eva suspirou de alívio.

Jones já caminhava na direção do carro de Reed. Eva correu para alcançá-lo. Ismael a seguiu num ritmo mais discreto.

— *Seria mais seguro o teletransporte* — o *mal'akh* disse. — *Mas parece que não temos escolha.*

Eva liberou as travas e o alarme do carro com o controle remoto e Jones abriu a porta do motorista. Olhando por cima do ombro, perguntou:

— Achei que as portas fossem daquele tipo que abre para cima.

Eva deu de ombros, em sinal de ignorância.

O investigador parou junto à porta aberta e olhou para o interior do veículo. Com a cabeça abaixada, ele tinha a visão obstruída. Eva fitou Ismael, que vigiava o outro lado. A sensação da presença de Demoníacos era forte.

Se eles conseguissem entrar no carro...

— Muito legal — Jones afirmou. — Como é dirigi-lo?

— Um sonho. — Eva esboçou um sorriso que pareceu forçado. — Investigador, sinto muito, eu realmente tenho de ir.

— Certo. — Jones saiu do caminho. — Eu ligarei amanhã pro seu escritório.

— Ótimo. — Eva embarcou rápido no carro e deu a partida.

Ismael esperou até ela engatar a marcha à ré para entrar também.

Jones permaneceu nas proximidades, observando-os com sua visão aguçada. O investigador não confiava nela e pretendia conseguir surpreendê-la.

Depois de sair da vaga, ela partiu.

Era difícil dirigir e, ao mesmo tempo, ficar atenta a possíveis ameaças. Eva relaxou um pouco quando alcançou o cruzamento da Katella com a Harbor, sentindo-se mais segura na multidão. As calçadas estavam cheias de turistas e executivos deixando o centro de convenções. Havia uma lojinha de suvenires perto da loja 7-Eleven da esquina; suas mercadorias também se encontravam espalhadas em seu minúsculo estacionamento. Os clientes circulavam entre araras, procurando camisetas com temas da Disney e da Califórnia. E um expositor de cartões-postais fez Eva se lembrar de assuntos não concluídos.

— O senhor investigaria um cartão-postal que recebi logo depois que fui marcada? — ela perguntou, dirigindo sua atenção de volta à avenida. — Veio das Empresas Gadara. Alguém ali tem de ser o responsável por isso.

— O que quer saber?

A Torre de Gadara não estava longe, mas, pelo que se via, Eva tinha certeza de que Ismael já chamara reforços. Parecia haver uma quantidade incomum de Chevrolets Suburbans brancos ao redor deles.

— Bem, pra começar, quem o mandou pra mim. Queria perguntar o motivo. — Eva deu de ombros.

Um carro de polícia piscou os faróis e ligou as sirenes até conseguir alcançar uma posição diretamente atrás dela.

— Meu Deus... — Eva sussurrou, sentindo a marca queimar. — Será que ele está tentando me parar?

Ismael olhou por cima do ombro.

— Fui eu quem o enviou.

— O quê? Por quê? — Eva observou o policial pelo espelho retrovisor.

O Demoníaco acelerou o motor e sorriu. Era o Vampiro de novo, com as mãos grudadas no volante.

O Lamborghini estava parado no semáforo. Era o primeiro da fila, mas no meio de uma avenida com muitas faixas. Eva viu-se presa até a luz do sinal mudar.

— Compulsão divina, talvez? — Ismael respondeu. — Eu vi o cartão-postal na mesa de Raguel e achei que poderia despertar seu interesse. O prédio não estava pronto e precisava de uma designer.

— Se o senhor está tentando me dizer que não tinha nada a ver com minha conversão em Marcada, devo informar que não acredito.

Ismael olhou para ela e, em seguida, voltou a encarar o carro de polícia atrás deles.

— Tinha tudo a ver com a Mudança. Você era agnóstica. O apelo aos seus talentos seculares servia como substituto para o apelo à sua fé. Por isso, Raguel marcou uma entrevista de emprego com você. O cartão-postal teve o propósito de ser um lembrete, uma sedução adicional. Mas Raguel não pôde recebê-la e Abel estava... impaciente. Você foi marcada antes disso chegar.

O semáforo oposto mudou de cor, passando para amarelo. Eva se preparou para pisar no acelerador.

— E quanto ao Tengu?

— Não sei nada a respeito do Tengu. Como falei, talvez fosse uma compulsão divina. Nem todas as coincidências são ruins.

Um caminhão de dezoito rodas surgiu na Katella. Quando o semáforo de pedestre começou a piscar a luz vermelha, as rodas dianteiras do caminhão atravessaram a faixa de segurança.

O demônio voltou a acelerar o motor. Eva quis pôr a mão em seu coque para mostrar o dedo do meio para ele. Então, o Demoníaco bateu a viatura no carro dela, empurrando o Lamborghini para o meio do cruzamento.

O caminhão buzinou. Eva viu seu reflexo na grade cromada e gritou.

18

— OLHE PARA O CARRO, ADÃO. NÃO SOBROU NADA DELE — *ima* disse.

Alec manteve os olhos fechados e fingiu que dormia. A fascinação de sua mãe pelos noticiários e pelas novelas vespertinas estava além de sua compreensão. Por que ela não assistia a filmes água com açúcar ou de ação, como Eva? Em vez disso, via os canais de notícias assim que as novelas terminavam, sempre mudando quando os comerciais entravam.

Um ronco baixinho vindo do sofá oposto revelou a Alec que seu pai conseguira adormecer. Alec, não, e não só porque sua mãe insistia para que ele passasse um tempo com eles na sala de estar. Com a mão em seu peito, Alec esfregava o amuleto enquanto sua mente refletia sobre como a coisa funcionava. Amuleto de boa sorte? Besteira. O objeto fora projetado para reprimir alguma coisa, e Alec queria saber o quê. O que nele era afetado pelo amuleto, e como Hank criou o supressor?

— Esses carros esportivos caríssimos se desintegram quando batem — sua mãe continuou. — Se Abel não fosse um *mal'akh*, eu pediria pra ele se livrar do automóvel dele. O que apareceu na TV era igual. Olhe pra ele agora: você não pode nem dizer que era um carro. Não consigo acreditar que um policial foi o responsável por um acidente tão feio.

Alec abriu um olho e fitou a TV. O repórter, parado na esquina, apontava para o veículo destroçado contra a grade do caminhão de dezoito rodas.

— ... afirmam que existem diversos pedidos de reparos arquivados para a viatura... um Ford Crown Victoria... envolvido nesse acidente. Ainda não se sabe se o carro de polícia apresentou mau funcionamento ou se algum erro do motorista desempenhou um papel nessa tragédia. O nome do policial envolvido e as identidades dos ocupantes do Lamborghini conversível ainda não foram divulgadas.

Alec ficou paralisado de susto ao se dar conta de que o metal retorcido e chamuscado na tela era prateado não devido à pintura lascada, mas sim porque prateado tinha sido a cor do carro.

Ele se endireitou de imediato:

— *Abel!*

— *O que foi?* — seu irmão vociferou em resposta.

Saltando da cadeira reclinável, Alec assustou sua mãe com o rangido, o que, por sua vez, fez seu pai se mexer no sofá.

— *Onde está seu carro?* — Alec perguntou com cuidado.

— *Na entrada do prédio.*

Os olhos de Alec se fecharam, assim como sua garganta.

— *E Eva?*

— *Ela está...*

O súbito silêncio agourento foi quebrado por repentinas batidas na porta da frente.

— Caim.

Reconhecendo a voz de Ismael, Alec se teletransportou para o corredor, pondo o *mal'akh* de lado para olhar para a direita e para esquerda. Ao não avistar Eva, ele saiu a caminho do apartamento dela.

— Onde ela está?

— Não sei.

Alec deu meia-volta.

— O quê?

— Eu estava segurando a mão dela antes de realizar o teletransporte pra fora do carro — Ismael revelou, com uma incomum entonação ligeiramente estridente. — Mas quando cheguei à Torre de Gadara, ela não estava mais comigo.

ALÉM DE TER FECHADO OS OLHOS, RAGUEL NÃO SE mexera desde que dois Demoníacos tiraram o padre da cela deles. Ele mal teve energia para reabri-los quando Riesgo reapareceu. Manter a aparência de um mortal era exaustivo. Infelizmente, ele não precisou de sua visão para ver que o padre estava bastante abalado.

Contudo, Raguel observou quando Riesgo se refugiou num canto e se sentou. O padre passou os braços em torno dos joelhos e adotou uma posição fetal. Era alarmante sentir tal vulnerabilidade num homem tão orgulhoso e forte. Samael pretendia reduzir os dois a nada, e aquilo era uma maneira de realizar essa tarefa de uma vez só. Raguel ficou profundamente afetado pela desolação e pelo estado de choque de Riesgo.

— O senhor está ferido, padre? — Raguel perguntou, gentil, endireitando-se.

Houve um silêncio prolongado. Então, o padre respondeu:

— Não.

— O senhor não ficou muito tempo fora.

— Sério? Parece que foi uma eternidade. — Riesgo suspirou. — Agradeço a Deus que alguma coisa o tenha tirado dali. Não sei se conseguiria suportar ficar mais um segundo naquele lugar.

— Quer falar do que aconteceu?

Riesgo apoiou o rosto no joelho.

— Não tenho certeza se eu sei.

Recostando-se na parede de pedra, Raguel esperou com paciência. Quanto mais intenso o silêncio, mais forte o desejo de preenchê-lo.

— Ele não era o que eu esperava — o padre disse, por fim. — Satanás, eu quero dizer.

— Ele sempre é o que a pessoa precisa que ele seja. Esse é o seu dom.

— Ele foi... paternal.

— Como o senhor busca Deus neste Inferno, ele tenta desempenhar esse papel. Satanás se encontrou com o senhor a sós?

Riesgo contemplou Raguel quase sem expressão.

— Não. Havia algum tipo de celebração. Uma orgia. Sexo, dança e... outros atos que nem vale a pena mencionar. Havia sangue... muito...

— Ele assume o papel de uma âncora na tempestade. Uma presença firme num mundo enlouquecido.

— Como Deus no mundo superior, oferecendo paz em meio ao caos.

Raguel ficou impressionado com a capacidade de percepção do padre.

— Isso perturbou o senhor, padre? Abalou sua fé, como ele pretendia?

— Não sei — Riesgo respondeu, hesitando. — Ele foi equilibrado. Sereno. Sua segurança me assustou mais do que qualquer coisa.

— O senhor o imaginou como alguém volátil.

— Sim. Selvagem e fora do controle. Alguém com um temperamento explosivo. Alguém capaz de discutir com Deus o suficiente para ser expulso do Céu.

— Em vez disso, encontrou alguém frio e calculista. Samael não se zanga. Ele se vinga.

— Ele me fez sentar ao seu lado, sobre um catre, no meio do recinto. Ofereceu-me algo pra comer e beber. Eu estava com sede, mas não aceitei nada dele.

— Não o teria prejudicado se o senhor tivesse aceitado. — Raguel sabia que o mortal não sobreviveria muito tempo sem se alimentar.

O padre não era o único ser frágil. Após semanas de solitária, Raguel não tinha certeza se suportaria a perda de seu único companheiro.

Se, de algum modo, eles conseguissem ir além do vazio em que pairavam, Raguel achava que seria capaz de tirá-los dali. Eles estavam no segundo nível do Inferno. Ele talvez conseguisse forçar a entrada no primeiro, apesar de sua crescente fraqueza. Então, negociaria a saída dos dois a partir daquele ponto.

— Ele tinha uma mulher ali — Riesgo prosseguiu, num murmúrio. — E pediu pra ela massagear meus ombros.

— Um chamariz aprimorado por poderes a que o senhor não é capaz de resistir.

Riesgo denotou tensão e falou com firmeza:

— Deus espera que eu resista.

— O senhor não fez nada de errado.

— Você não tem conhecimento disso! — De súbito, o padre ficou de pé. — Enquanto me tocava, a mulher mudou. Sua aparência... se transformou.

— Ela mostrou ao senhor sua verdadeira face? A podridão sob o glamour?

— Quem dera fosse isso. — Riesgo tornou a suspirar e passou as mãos pelos cabelos.

O padre ficou tão desassossegado que isso superou o cansaço de Raguel e prendeu a atenção dele.

— Ela se transformou em Eva — Riesgo revelou. — Evangeline.

Raguel franziu as sobrancelhas, mas então as arqueou, indicando que o entendimento começava a se manifestar.

— Foi um truque cruel. Não significa nada.

— Significa alguma coisa! Fiquei irritado com a mulher, até que ela se transformou. Aí... — Riesgo interrompeu sua fala, dirigindo-se à porta e agarrando as grades da cela. — ... minha reação mudou em relação a ela.

— O senhor está falando do próprio Diabo — Raguel sustentou, esforçando-se para ficar de pé. — Ele tem jeitos de fazer o senhor ver coisas que não estão ali. Satã consegue fazê-lo acreditar numa mentira como se ela fosse verdade.

— Não há um grão de verdade em cada mentira? — Dando pancadas nas grades, o padre estendeu o pescoço para ver o lado de fora. — Tenho de sair daqui. Agora. Tenho de cair fora.

Cuidadosamente, Raguel aproximou-se do padre e tocou-lhe o ombro.

— O senhor se sente atraído por Evangeline porque Deus tem um propósito pro senhor na vida dela. Samael deformou isso em sua mente pra contornar a vontade de Deus.

— Você não sabe nada disso. — Riesgo encarou Raguel com um olhar furioso.

Uma voz gutural, mas divertida, se intrometeu:

— Eu ia deixá-los sair. Mas qual é o sentido, se vocês são tão barulhentos?

Virando a cabeça, Raguel viu Asmodeus à soleira.

Riesgo recuou com uma arfada de horror.

Raguel também sentiu nojo do demônio de diversas cabeças, mas não demonstrou. Sem nenhum glamour, Asmodeus era uma monstruosidade atarracada, grande e pesada. Uma criatura que era tanto demônio como besta.

O príncipe olhou de soslaio com seus muitos olhos e recuou, indicando a cela por meio de um aceno de sua mão fendida. A fechadura se curvou espontaneamente, guinchando quando o metal ficou torcido além do uso. A porta da cela se abriu.

— Sigam por ali. — Asmodeus apontou para a esquerda e um caminho pavimentado com pedras arredondadas surgiu, flutuando sobre um vazio aparentemente sem fim. — Daqui a algum tempo, vocês encontrarão uma lagoa. Mergulhem até o fundo e acharão uma caverna. Entrem nela e caminhem até o seu final. Aí, vocês estarão de volta à superfície. O portão não permanecerá aberto por muito tempo. Vocês terão de correr para alcançá-lo. Se forem capazes.

Raguel hesitou. Se Samael de fato decidira libertá-los, faria isso por si mesmo. Dessa maneira, ele poderia se vangloriar de sua generosidade.

Asmodeus riu:

— Rápido, Raguel. Antes que a confusão que eu criei chegue ao fim.

— Confusão? — Riesgo indagou.

Olhando para Riesgo, Raguel percebeu que o padre estava muito pálido, mas concordava com um gesto lento de cabeça.

— Quando Satanás saiu do recinto, pareceu muito apressado — Riesgo disse.

— Por isso eles o mandaram de volta tão rápido.

— Sim.

Raguel tornou a se virar para Asmodeus, mas o príncipe tinha ido embora.

— Vamos. — Raguel gesticulou para que Riesgo o seguisse.

Eles não olharam para trás.

REED SE TELETRANSPORTOU PARA O CORREDOR DO lado de fora do apartamento de Caim. Ele ignorou Ismael, em favor de seu irmão.

— O que houve? Onde está o meu carro?

— Abel... — A voz de sua mãe chamou sua atenção para a porta aberta do apartamento. Ela estava ali, com os olhos arregalados e a boca trêmula. — O carro que está aparecendo na TV é o seu? Eva estava nele?

— Meu carro está aparecendo na TV? — Reed, irritado com a aflição exibida por todos, passou por sua mãe e entrou na sala de estar.

Ele encontrou seu pai sentado no sofá vendo o noticiário e pôde observar quando a câmera deu um close num bombeiro usando uma ferramenta para arrombar o que restava de seu automóvel.

— Puta merda! — ele exclamou, voltando para o corredor e parando direto na frente de Ismael. — Cadê Eva?!

O *mal'akh* o encarou, sem resistência, mas desafiador.

— Não sei.

Agarrando-o pelas lapelas de seu terno cinza, Reed o ergueu contra a parede:

— Resposta errada!

Caim pegou Abel pelo ombro e o puxou com força. Os pés de Ismael atingiram o carpete com um baque, mas ele não tropeçou.

— Você é um grande bosta, Abel! Você tem *um* trabalho, um único trabalho, e não consegue fazê-lo direito!

— Caim... — o pai deles advertiu.

— Não, *abba*. — Caim fez um gesto de censura com a mão. — Seu precioso Abel só faz besteiras, quer o senhor queira ouvir isso, quer não. Ele devia manter em segurança seus protegidos, mas, nos últimos dois dias, Eva foi emboscada por Azazel e agora...

Caim emudeceu, o que quase devastou Reed. Será que Eva ainda estava presa nos destroços? Ninguém conseguiria sobreviver a uma colisão como aquela. Ninguém.

— Você é o mentor dela, idiota! — Reed cerrou os punhos ante o brutal entendimento de sua própria culpa. Ele não quisera Rosa nas proximidades, mas permitira liberdade de ação a Eva, porque... Droga.

Porque ela estava brava com ele e ele queria acalmá-la? Porque não conseguia lê-la e levou isso para o lado pessoal? Porque ele sentiu que a estava segurando com firmeza e tinha medo de brigar com ela?

— Ela estava dirigindo seu carro! — Caim afirmou.

— Eu não sabia! Achei que Eva usara a limusine, com Ismael.

Caim assumiu uma expressão ameaçadora.

— Aposto que você deixou o Lamborghini na frente do prédio, não? Bem no meio da entrada pra que todos o vissem. "Vejam o carrão que eu dirijo pra acariciar meu imenso ego e compensar meu pinto minúsculo."

— Caim! — *ima* vociferou. — Isso foi completamente...

Reed não esperou pelo resto. Ele arremeteu pelo espaço entre os dois e derrubou Caim no carpete. Então, eles se agarraram, numa luta corpo a corpo. Semanas de frustração, ciúme e raiva verteram para os punhos de Reed. Ele não sentiu seu irmão devolvendo os golpes. Não sentiu medo ao desafiar um anjo muito mais poderoso do que ele. Tudo o que ele sentiu foi bom. Realmente muito bom.

Braços e mãos se intrometeram rápido. Adão e Ismael se colocando entre os irmãos, para separá-los. Com os punhos contidos às costas, Reed foi puxado para longe de Caim e posto de pé à força.

Ele continuou a chutar, com seu irmão ainda no chão, e de novo quando Caim conseguiu se erguer.

— Chega! — *ima* gritou, dando um tapa na cara de Reed e outro na de Caim. — Por que não conseguem trabalhar juntos pelo menos uma vez? A rixa de vocês é mais poderosa do que seus sentimentos por Evangel...

A súbita hesitação na fala dela chamou a atenção de todos no corredor. *Ima* se aproximou de Caim, com seus dedos achando e erguendo o colar, que escapara para fora da camiseta.

— Onde conseguiu isso? — ela balbuciou.

Caim baixou os olhos na direção da mão dela, com suas íris ainda tremeluzindo com a ira persistente dos anjos.

— Eva me deu.

Reed cerrou os dentes. Eva tinha dado um presente a seu irmão?

As portas se abriram ao longo do corredor e os moradores puseram as cabeças para fora. Sydney também apareceu, saindo do apartamento de Eva.

— O que está acontecendo aqui? — uma mulher perguntou, mal-humorada. — Estou chamando a polícia.

— Não será necessário. — Ismael soltou Reed e se afastou para enfrentar as reclamações dos vizinhos.

Sydney se juntou a ele para ajudá-lo no controle de danos.

— Onde Evangeline conseguiu isso? — *ima* insistiu, parecendo enorme, apesar de sua baixa estatura.

— Um Demoníaco da empresa fabricou — Caim respondeu.

Abba permaneceu parado e atento.

— Não, ele não fabricou.

Pegando-o, *ima* disse:

— Me dê isso.

Caim inclinou a cabeça e semicerrou os olhos:

— Não posso. Prometi a Eva que não o tiraria.

— Ela pode estar morta! — *ima* vociferou, arrepiando Reed com sua frieza. — Dê o colar pra mim.

Então, ela ofegou e cobriu a boca, enquanto suas palavras descuidadas assentavam.

— Sinto muito, filho. Não quis dizer isso.

— O que é este colar, *ima*? — Caim perguntou com suavidade perigosa, observando-a como o predador que era. — O que isto faz?

— Não faz nada.

— Como a senhora sabe?

Adão se aproximou de Eva e tomou-lhe a mão.

— Deixe disso, Caim.

— Não posso simplesmente...

— Deixe disso — o pai deles repetiu, áspero, e puxou sua mulher pelo corredor, na direção do apartamento de Caim.

Reed dirigiu a atenção de novo para seu irmão:

— O que está acontecendo aqui? Onde está Eva?

— Desaparecida. — Caim recolocou o colar dentro de sua camiseta e, em seguida, apontou-lhe um dedo acusador. — Encontre-a. Se ela estava em seu carro... — Sua garganta se fechou. — Simplesmente a encontre.

Concordando que Eva estava em primeiro lugar, e matar seu irmão poderia esperar, Reed se teletransportou para o banheiro masculino da loja 7-Eleven situada na esquina da Katella com a Harbor. Ao sair na rua, ele avistou muita gente e escutou o som repugnante de metal sendo rasgado em pedaços. Seu estômago embrulhou.

— VOCÊ NÃO ESTÁ USANDO O COLAR QUE EU LHE DEI — Satanás sussurrou, estalando os dedos e invocando um trono no centro do deserto amarelo. Ele afundou no assento e estendeu as longas pernas. As asas vermelhas se achavam recolhidas, oferecendo uma visão assustadoramente normal de um homem belo, de tirar o fôlego. O pior era sua semelhança com Caim.

E com Abel.

De fato, Eva gostaria de escutar uma explicação para isso.

— Temos de parar de nos encontrar desse jeito — ela murmurou, arrancando um dos seus sapatos de salto alto.

— Eu acabei de salvar sua vida.

— Tenho certeza de que Ismael teria feito o mesmo se você não houvesse se adiantado. E, a propósito, tenho de assinalar que minha vida não devia estar em perigo. Você concordou em suspender o prêmio.

Como se magoado, Satã pôs sua elegante mão sobre o coração.

— Eu suspendi.

— O Vampiro que bateu no carro que eu dirigia não parecia saber disso!

— Às vezes, pode levar algum tempo pra notícia se espalhar. No entanto, você não parece mal.

— O carro que eu dirigia não pode dizer o mesmo.

Havia algo errado em relação à indiferença exibida pelo Diabo. Se ele fizera como disse — e Eva acreditava que o que ele falava era, no mínimo, uma meia verdade —, então fora abertamente desafiado. Era difícil acreditar que Satanás aceitaria essa ofensa com tanta facilidade.

— Onde está o colar, Evangeline?

A maneira como ele disse seu nome inteiro deu-lhe um ar paternalista, que causou calafrios em Eva. Como teria sido bom se tivesse ido ao banheiro feminino na delegacia...

— Em um lugar seguro.

— Humm! — ele exclamou, inclinando a cabeça para um lado e permitindo que uma cortina de cabelos negros sedosos caísse sobre o ombro. — O que você considera um lugar seguro? Eu gostaria de saber. A casa de seus pais?

— Como se eu fosse arrastá-los para isso. Não é importante, está bem? Não há nenhum problema.

— Talvez eu queira o colar de volta se você não pretender usá-lo.

— Eu o devolverei depois que matar o Nix. Foi esse o trato. — Eva não tinha ideia de como aparentava estar calma e controlada quando estava longe disso, mas ficou grata. — Então, por que me trouxe pra cá? Faz apenas um dia que fizemos nosso pequeno acordo. Você terá de me dar mais tempo.

— Está com Abel? — ele insistiu. — Com Saraquiel? Com Caim?

— O que você quer?

— Talvez você tenha pedido para Eva cuidar dele — ele murmurou.

— Não.

Em um segundo, Satanás passou do trono para um lugar bem diante dela, agarrou-lhe a cabeça, com as palmas pressionando-lhe as têmporas, e a inclinou para trás. Olhando diretamente nos olhos dela, ele a manteve cativa com seu toque gélido e seu olhar flamejante. Eva não conseguia piscar, não conseguia recuar.

A boca dele se moveu, como se Satã estivesse falando, mas tudo o que Eva pôde ouvir foi seu próprio sangue circulando em seu cérebro num ritmo acelerado. Então, ela se deu conta de que era ele em sua mente, deslocando-se ao redor de tudo. Tocando Alec. Depois, Reed. Através dela. Como se ele fosse ela.

Um sorriso curvou a boca de Samael. Seu rosto se inclinou na direção do dela. Lentamente. Muito lentamente. Quando seus lábios tocaram os dela, Eva lastimou, mas não foi capaz de se afastar. O beijo que ele lhe deu foi de Alec. O toque, o sabor, a textura. A posse e a paixão; o amor e o desejo. Foi uma fusão intensa e luxuriante da boca deles e ela se viu participando com ardor. Lágrimas escaparam dos cantos dos olhos dela e secaram na brisa árida do deserto, mas, se eram de alegria ou de tristeza, ela não saberia dizer.

Satã gemeu baixinho e recuou.

— Você beija como uma mulher apaixonada — ele murmurou, com o polegar tocando de leve o lábio inferior dela, do jeito que Alec fazia. — Obrigado.

Eva piscou para ele, estupefata.

Satanás a soltou e se afastou.

— Isso terá de me suprir, acho, já que você concluiu a missão que estabeleci pra mim mesmo. Indiretamente, é claro, e, ao fazer isso, me negou um prazer que antecipei com gosto. Mas considerarei cumprida sua parte de nosso acordo. Independentemente do fato de eu não ter sido o mensageiro, a mensagem foi entregue. Você está livre.

— Como?! — Eva não entendeu.

Mas, se ele disse que ela concluíra a missão, tudo bem. Ainda que não fizesse o menor sentido.

— E quanto a Riesgo e Raguel? Eles também serão libertados?

— Alguém já arranjou a fuga deles. — Samael caminhou de volta para seu trono. — Não posso libertar aquilo que não mais possuo. Ajeitando-se em seu assento, sorriu para ela. — Você só terá de torcer pra que uma dessas outras barganhas seja bem-sucedida.

— Isso não é justo.

— Por quê? Porque agora você tem de decidir quem salvar e quem sacrificar? Talvez decida não fazer nada e deixe o assunto nas mãos de Jeová. Estou curioso para ver que caminho seguirá, Evangeline. — Ele estalou os dedos.

Eva se viu na sala de estar de seu apartamento, entre a TV e Montevista, que dormia no sofá.

Livrando-se dos sapatos de salto alto, Eva se sentou perto dele e pôs a mão em seu ombro. O Marcado estava frio ao tato, e foram necessárias algumas sacudidas para trazê-lo de volta ao mundo dos vivos.

— Ei! — ele murmurou, rouco, esfregando o rosto.

— Como está se sentindo?

— Como se eu devesse ter fechado a porta de correr antes de cochilar. Está começando a ficar frio à noite. — Ele se moveu para se sentar. — Como foram as coisas?

— Pioraram, Montevista. Vou precisar de sua ajuda.

— Me diga o que você quer que eu faça.

19

EM BUSCA DE PRIVACIDADE, EVA PEGOU O ELEVADOR para o salão revestido de mármore de seu condomínio.

— *Alec.* — Eva mal estabeleceu o contato e ele surgiu diante dela, segurando-a pelos braços e lhe dando uma sacudida não muito gentil.

— Onde você esteve? — Em seguida, Alec pressionou o rosto dela contra seu peito.

Eva resmungou no peitoral dele. Ele enfiou os dedos em seu coque e puxou-lhe a cabeça para trás.

— Não tem graça. Você me assustou muito.

— Abel sabe?

— Todo o condado de Orange sabe. Está no noticiário.

— Nossa!

Eva enviou uma desculpa silenciosa a Reed. E ele apareceu tão rápido quanto Alec, com o olhar igualmente assombrado. Pobres rapazes, ficaram tão preocupados com ela... Eva os amava por isso.

Apesar do protesto silencioso de Alec, Eva se afastou dele, colocando uma distância igual entre os dois, de modo que os três formaram um arranjo em forma de V. Pela porta de vidro atrás de si, Alec conseguiu ver o reverendo maluco cantando na esquina.

Eva dirigiu a atenção aos dois irmãos.

— Estamos perdendo tempo aqui.

Surpresos, Abel e Caim ergueram as sobrancelhas.

Eva encarou Alec e disse:

— Você tem de descobrir o que lhe acontecerá quando Gadara voltar. Suponho que tenha menos de vinte e quatro horas, Alec.

Ele cruzou os braços:

— O que você fez?

Eva se dirigiu a Reed:

— E seu plano secreto é uma droga em muitos aspectos, sobretudo o fato de que não é mais secreto. Satanás tem conhecimento dele.

Reed a fuzilou com o olhar.

— Não sei do que você...

— Sabe sim. — Eva tornou a fitar Alec. — O que ainda estão fazendo aqui?

— Bem, chefona, estou esperando que meus pais terminem de fazer as malas pra que eu possa acompanhá-los de volta pra casa. Depois disso, seguirei suas ordens.

Preocupada, Eva curvou a cabeça.

— Mas eles acabaram de chegar.

— Caim provocou outra briga.

— Eu não, Reed. — Alec encarou-o com um olhar fulminante. Em seguida, pôs o colar para fora da camiseta. — Isto provocou.

Reed assentiu com um gesto de cabeça:

— Ao ver o colar, *ima* perdeu o controle.

— Perdeu o quê?

— A calma, Eva. A cabeça. Tudo.

— Ela disse por que o colar a incomodou tanto?

— Não. — Alec observava Eva, desconfiado. — Mas ela disse que Hank não o fabricou.

— Na realidade, *abba* disse isso — Reed corrigiu, observando-a com a mesma expressão.

— Ninguém disse que Hank o fabricou — Eva retificou.

— Onde você o conseguiu, anjo?

Eva conhecia muito bem aquele tom de voz amável. Alec sempre o usava pouco antes de ela se meter em apuros. O que poderia dizer? Não queria arranjar encrenca entre Alec e seus pais. Se *ima* não revelara nada sobre Samael e o colar após todos aqueles anos, não seria Eva a pessoa a fazer isso.

Algo na periferia da visão de Eva chamou sua atenção. Ao virar a cabeça, ela viu o Papai Noel do Mal no pé da escada que levava à porta trancada do salão. Da calçada, ele lhe lançou um olhar fatal, cantando aos berros e arranhando seu violão.

— Algum de vocês pode fazer algo a respeito desse sujeito? — ela se queixou.

Alec e Reed olharam por cima do ombro.

— Tipo o quê?

— Não sei, Alec. Levá-lo ali na esquina e exibir suas asas. Enviá-lo numa missão em nome de Deus ou, ao menos, contar pra ele que eu sou do bem.

Com um gesto, Alec indicou a porta.

— É todo seu, mano.

— Vá se foder! Você cuida disso.

— Não acho que esse sujeito irá apreciar minhas asas negras.

Os olhos de Reed cintilaram de ira. Depois, ele encarou Eva.

— *Você me deve uma* — ela recordou — *por me barganhar em troca de Gadara.*

— *Querida...* — Reed pareceu frustrado. — *Você confia em mim?*

Eva pôs a mão no quadril.

— *Jura que está me perguntando isso depois de ter me oferecido numa bandeja de prata pro príncipe do Inferno?*

— *Sim, estou. Você também me deve uma. Afinal, destruiu meu carro.*

— *Não importa. Não tem comparação.*

Reed lançou-lhe o olhar sombrio que ela achava um tesão; aquele que o fazia parecer rude, perigoso e primitivo, apesar da urbanidade de seu traje.

— *Você não tem ideia do que passei esperando os bombeiros cortarem a carroceria... temendo ver o que eles encontrariam lá dentro.*

— *Sinto muito.* — Eva ficou comovida.

Então, ela se deu conta do quão desgrenhado Reed estava. Um olhar rápido para Alec revelou que a camiseta dele estava rasgada.

Suspirando interiormente, ela indicou a porta para Reed.

— *Cuide do maluco lá fora e eu voltarei a conversar com você sobre a questão da confiança.*

Reed obedeceu, embora muito irritado.

Uma vez sozinha com Alec, Eva disse:

— Precisamos de respostas. Descubra-as.

Alec se apoiou numa das caixas de correio embutidas na parede.

— Você parece ter certeza de que Raguel voltará.

— Talvez eu tenha.

— Precisa contar pra mim, anjo.

— Não posso. Você está conectado a todos da empresa de uma maneira imprevisível. Não podemos arriscar um vazamento assim. Você terá de se manter atento aos desdobramentos.

Alec bufou.

— Estou fazendo isso desde que te encontrei.

— Não é tão ruim, é?

— Ao menos pode me dizer por que você tem este colar?

— Pra matar o Nix. Ao que tudo indica, o colar suprime tendências demoníacas.

Alec permaneceu em silêncio.

— Sim, algo está em você que não deveria estar — Eva afirmou, completando em seguida: — Mas acho que você já sabia disso.

— Não imaginei que fosse algo demoníaco, e sim que era simplesmente... eu. — Alec tomou a mão dela e brincou com seus dedos. — Anjo, preciso te contar uma coisa.

— Não, não precisa.

— Sim, preciso.

— Não; sério. — Eva apertou a mão dele. — Eu sei sobre Izzie e sei que não era você.

Alec pareceu chocado e, em seguida, aliviado.

— Eu não te mereço, sabia? Nunca mereci.

O bico do sapato de Eva seguiu uma linha de reboco no mármore.

— Eu também preciso te contar uma coisa.

— Não, não precisa.

— Sim, preciso.

— Não quero ouvir. E quando vi o nome do anexo no e-mail de Saraquiel, também não quis abri-lo. Por isso, eu o excluí.

— Porque você se sente culpado em relação a algo pelo qual não é responsável. Você acha que isso nos torna iguais, mas não torna, Alec. Eu sabia muito bem o que estava fazendo; você, não.

— Não me importo — Alec teimou.

— Eu faria de novo; você, não.

— Eu não lhe daria motivo pra fazer de novo. — Alec se aprumou. — Vamos ver se meus pais estão prontos. Tenho de partir.

— Certo. — Eva decidiu que, naquele momento, não fazia sentido conversar com Alec sobre aquele assunto.

Ele não a estava escutando. Ela voltaria ao tema mais tarde. Tinha de fazer isso. Tudo estava diferente, e ignorar aquelas diferenças não ajudaria nenhum deles.

— Mas eu o quero de volta aqui antes do meio-dia. Você e esse colar. Entendeu?

— Entendi. — E Alec se teletransportou com Eva para seu apartamento.

Na sala de estar, encontraram *ima* sentada no sofá de couro preto. *Abba* devia estar em um dos quartos. Quando Eva indicou o corredor com o queixo, Alec entendeu a mensagem e foi se juntar ao pai, deixando-a sozinha com sua mãe.

Ima observou Eva, revelando olhos e nariz avermelhados. Ela pareceu mais velha do que na noite anterior, com rugas profundas ao redor da bela boca e ombros caídos. Eva sentou-se ao seu lado, oferecendo-lhe um sorriso solidário.

Pondo a mão no joelho de Eva, *ima* perguntou, baixinho:

— Como conseguiu o colar?

— Satanás me emprestou.

— Por quê?

— Para repelir Demoníacos.

— E repele? — *ima* desviou o olhar. Sua voz ficou mais distante.

— Eu não sabia. Para mim, não funcionava desse jeito.

Eva olhou para o corredor, certificando-se de que Alec continuava ocupado em ajudar seu pai. Então, ela se inclinou e perguntou, baixinho:

— É seu, não é?

Assentindo, *ima* explicou:

— Quando casei com Adão, Jeová me deu o colar, junto com vinte e três outras joias.

O colar ao redor do pescoço de Alec seria a única joia encantada? Talvez todas elas tivessem um dom singular.

— Como Satanás pôs as mãos nele?

— Eu o dei a Samael. De certo modo, foi conveniente que você o desse pra Caim.

Um gesto sentimental. Aparentemente, um presente com algum significado. Uma mensagem entregue, como Satanás dissera.

— A senhora não deve dizer mais nada — Eva murmurou. — Caim compartilha comigo meus pensamentos e minhas memórias. Não importa o que eu saiba; ele, com o tempo, acaba descobrindo.

— Entendo. — *ima* deu um tapinha no joelho de Eva. — Obrigada pelo aviso.

— A senhora ficará bem?

— Adão e eu estamos unidos pra sempre. Isso não mudará agora.

— Espero revê-la. Uma visita mais longa, talvez.

— Eu gostaria disso.

Ima abraçou Eva. Pouco depois, Adão fez o mesmo, embora com alguma falta de jeito. Em seguida, Alec teletransportou-se com eles. A despedida foi agridoce para Eva. Ela passara tempo suficiente com eles para se dar conta de que queria mais.

Sabendo que havia mais coisas a serem feitas antes do amanhecer, Eva voltou ao seu apartamento. Sydney preparava *chili* com carne na cozinha. Reed, ao telefone, falava com a companhia de seguros, e Montevista estava no banho. De novo, Eva descalçou os sapatos de salto alto, esperando que fosse pela última vez naquela noite. Estava quebrada. Ela pôs os sapatos sob a cômoda, ao lado da porta da frente, e seguiu pelo corredor rumo ao seu escritório.

Ismael estava ali, sentado à mesa dela, observando atentamente o monitor do computador. Ele reclinou-se quando Eva entrou e suspirou. Aquele som o suavizou aos olhos dela, assim como a visão dele sem paletó e colete.

— Olá — ela disse.
— Como vai?
Eva sussurrou, evasiva:
— Já estive melhor.
— Encontrei o que acho que você estava procurando. — Ismael apontou para o monitor.

Eva contornou a mesa para ver a que ele se referia.

Congelada na tela, a imagem granulada de Saraquiel, de óculos escuros, sentada junto a uma mesa de piquenique, no que parecia ser um parque público. Do outro lado de seu assento, estavam outra mulher loira e um homem grande de cabelos escuros e longos.

— Quem são? — Eva perguntou.
— Saraquiel. — Ismael apontou para a figura familiar. — Este é Asmodeus. E esta é Lilith.

Boquiaberta, Eva se inclinou para ver mais de perto. Infelizmente, não dava para distinguir muita coisa, além dos corpos e da cor dos cabelos. Ela não conseguia ter uma boa ideia da aparência da primeira mulher de Adão. O que a desapontou.

— Isso não pode ser boa coisa. Como você conseguiu isso?
— Raguel sumiu. Dois arcanjos estão em seu território. Achei que seria sensato ficar de olhos bem abertos durante sua ausência.

Eva endireitou-se.

— Você é o máximo.
— Agora é a sua vez, senhorita. Conte-me o que isso significa.

Eva sentou-se no *futon*, com as pernas dobradas sob si, e revelou aquilo que Mariel lhe contara. E terminou a explicação de seguinte maneira:

— Negociar um treinador tiraria do jogo vinte e um Marcados, mas só temporariamente. Não vejo como isso poderia valer a pena numa troca por Gadara. A menos que o treinador fosse Abel.

— Isso aumenta muito o valor da aposta— Ismael concordou.

— Exato. E permite que um demônio diga na cara de Abel que ele estava sendo trocado.

— Como você reduziu os culpados a Saraquiel?
— É uma coisa de mulher, acho. Podemos ser vingativas quando desprezadas.

— Está assumindo um risco me contando isso — Ismael observou.

— Vocês todos são dispensáveis, se for preciso fazer isso pra trazer Raguel de volta.

— Certo.

— Então, você deve ter um plano.

— Creio que o senhor possa chamá-lo assim. — Eva sorriu. — Mas "o caos completo" também serve.

Ismael assentiu.

— Conte comigo. O que posso fazer por você?

— QUE LUGAR ESTRANHO PARA UM ENCONTRO, CAIM... — Sabrael murmurou. — O local mais usado dos Estados Unidos pra se cometer suicídio. É uma mensagem de algum tipo?

— Nada tão mórbido. — Alec piscou e protegeu os olhos do brilho do serafim. — Eva o mostrou pra mim quando assistia a um programa de TV que falava de bruxas.

— Longe de ser mórbido — o serafim ironizou. — Acho que se qualifica como romântico.

A vista do alto de uma torre da ponte Golden Gate era incomparável. As águas da baía de São Francisco cintilavam com as luzes da cidade e a brisa marítima era fria, úmida e ligeira. Isso mantinha clara a mente de Alec, o que ele apreciava.

Sabrael sentou-se ao lado dele, com suas poderosas pernas pendentes na beira.

— Está gostando de sua ascensão?

— Em geral, sim.

— Estou aqui pra receber um agradecimento?

— Tenho algumas perguntas, se você não se importa.

— Siga em frente.

— O que aconteceria comigo se Raguel voltasse?

— Ah... Excelente questão. — Sabrael dirigiu seu olhar de chama azulada para Alec. — Eu não esperava por isso.

— Fico feliz de conseguir surpreendê-lo.

— O que você acha que aconteceria?

— Não sei. Eu morreria?

Sabrael gargalhou. Foi um som grandioso, celestial. Exclusivo de um serafim.

— Meu caro Caim... Duvido que Jeová possa se dar ao luxo de perder um Marcado com seus talentos. Você é insubstituível, eu diria.

— Bom saber.

— No entanto, você perderia a empresa norte-americana e tudo o que vem junto.

— Tudo, então — Alec afirmou. — Voltaria ao que eu era antes? Ao menos eu seria restituído à condição de *mal'akh* pleno?

— Você me entendeu mal. Quero que você conserve seus dons de arcanjo, apesar de não ter mais as responsabilidades que costumam acompanhá-los. — Em seguida, Sabrael assumiu um tom cáustico: — Não esqueça que você tem uma dívida comigo, Caim. Independentemente da missão que eu dê para você, tê-lo como arcanjo é um grande benefício pra mim.

— Nunca te deixei na mão, e isso desde quando eu não tinha dons além daqueles de um Marcado comum.

— O que está dizendo? Você decidiu que não gosta da vida de arcanjo?

— Ainda não cheguei tão longe. Mas meu objetivo era comandar a empresa, e não obter mais dons. Sem a primeira, não preciso do resto.

— *Eu* preciso disso, e não vou abrir mão só porque você vai perder sua Evangeline.

— Ela não vai embora. — Alec agarrou o ferro ornamental pintado de vermelho. Apesar da baixa temperatura e do colar reconfortante, ele começou a sentir calor à medida que seu mau humor aumentava. — Se eu conseguir me organizar mentalmente, ela e eu ficaremos bem.

— Veio ao lugar errado pra pedir compaixão. Eva enfraquece você e Abel. Ela é uma Marcada medíocre, pouco competente nas aplicações práticas e propensa a blasfêmias e irreverências. Está sendo tolo se acha que vou sacrificar você... a maior máquina mortífera já criada... por ela.

Alec agarrou o ferro com mais força ainda, até doer.

Não vou investir num relacionamento com alguém que não pode me amar, ela dissera, e ele sabia que era verdade.

O que tornava Abel, agora, uma ameaça maior do que antes. Ele se tornaria o braço direito de Eva quando ela não pudesse recorrer a Alec.

Sabrael levitou até seus pés ficarem de novo nivelados com o topo da torre.

— Você permanecerá como arcanjo até eu decidir que não é mais útil nessa função. No entanto, acho essa possibilidade muito remota.

E o serafim partiu.

Alec se deixou ficar, esperando que o tempo apresentasse a solução que tanto buscava.

DEPOIS QUE OS SEGURANÇAS SE ACOMODARAM PARA dormir — Sydney no quarto de hóspedes e Montevista no sofá da sala de estar —, Ismael se teletransportou com Eva para os andares subterrâneos da Torre de Gadara. Juntos eles bateram na porta de Hank.

— É tarde — Eva comentou. — O senhor tem certeza de que ele ainda está aí?

— Ele mora aqui. — Com a mão na parte inferior das costas de Eva, Ismael a empurrou pela porta aberta.

— Bem-vindos de volta. — Hank emergiu da escuridão. — Vocês tiveram uma tarde interessante depois que me deixaram.

— Você pode chamar assim — Eva concordou, seca.

Hank devia ter notado o agasalho esportivo de tecido aveludado de Eva e o traje casual de Ismael, pois ele se trocou, passando da calça e da camisa para um conjunto de moletom preto, o que trouxe Riesgo à lembrança dela, embora o padre fosse consideravelmente mais musculoso.

A determinação de Eva cresceu mais ainda. Muitas pessoas dependiam dela para não ferrar tudo:

— Tenho duas perguntas pra você.

— Vamos nos sentar? — Hank os conduziu até a mesa, com acabamento precário, agora familiar.

Pouco depois, Fred aproximou-se usando um *body* justo de couro envernizado e fivelas de metal. Seu rosto apresentava uma maquiagem pesada, e seus longos cabelos brancos tinham sido penteados com capricho. Ela pousou sobre o tampo uma bandeja contendo um jarro com o chá gelado preferido de Hank e três copos. Em seguida, afastou-se com afetação, revelando um rabo de cavalo artificial oscilando na parte de trás de seu traje.

Eva a observou de olhos arregalados. Ismael desviou o olhar.

— Arrasou, Fred — ela murmurou.

— Notem que o Tengu está quieto. Parece que se apaixonou por Fred. O traje de dominatrix o mantém distraído.

Como a própria Eva ficara sem fala por um momento, conseguiu perceber o quão bem a vestimenta funcionava. Então, redirecionou sua atenção para Hank.

— Você tem algo ou conhece alguma maneira de impedir a desintegração dos Demoníacos quando eles morrem?

— Por quê? — ele perguntou, surpreso.

— Preciso de um corpo.

— O agente mascarante parece preservar os corpos. Também os restitui à vida — Hank revelou.

— Não desejo mais nenhuma matança. Quero que os derrotados permaneçam mortos. Mas preciso de alguns restos mortais. Ao menos, até a cremação.

— O colar talvez dê conta do recado, Eva.

— Você acha? — Eva se recostou.

— É uma possibilidade.

— Ok. Próxima pergunta: o que acontece com os mortais que veem coisas que não deviam?

Hank passou os dedos para a frente e para trás ao longo de um sulco profundo na mesa.

— Depende de quão confiável é a testemunha e que prova ela tem, se tiver. É impossível afirmar até acontecer. Você terá de arriscar.

Ismael ergueu um copo e bebeu o chá em grandes goles. Ao terminar, enxugou a boca com o dorso da mão, e disse:

— Fique sabendo que talvez eu tenha um uso para um atrativo de Nix. Por acaso, você não teria um, teria?

— Claro que tenho. — Hank abriu um grande sorriso. — E ficaria feliz de dá-lo a você, desde que o líder de nossa empresa não tivesse me dado a ordem de não entregá-lo a Evangeline.

Fred ressurgiu com um lindo borrifador de vidro verde, que pôs na frente de Ismael. Eva estudou a Lili enquanto ela estava próxima, observando sob a maquiagem seus traços delicados. Espantou-se com a semelhança de Fred com sua mãe. Ela era uma garota muito bonita, com um comportamento suave que, de maneira efetiva, ocultava a natureza da besta em seu interior.

— Obrigado — Ismael agradeceu.

Eva contraiu os lábios.

— O que te preocupa? — Hank quis saber.

— Lilith teria um motivo para querer pôr as mãos em Abel?

Ismael a encarou, perguntando:

— Você acha que ela está interessada nele. Por que não supor que a motivação dela é o lucro resultante? Eu vejo Abel como um meio para um fim.

— Talvez seja você que ela queira — Hank sugeriu, envolvendo-se na conversa por meio da leitura dos pensamentos de Eva. — Talvez ela a veja como uma substituta de Eva, a mulher amada por Adão. Ela odeia muito os dois.

— Por enquanto, deixemos de lado essa possibilidade. — Eva deu de ombros. — É um beco sem saída. Lilith me mataria ou me torturaria. Em ambos os casos, fim de história. No entanto, se ela tivesse Abel, o que faria com ele? Ela o manteria ou o trocaria, certo? Se ela o mantivesse, por que seria? E se o trocasse, trocaria pelo quê? O que Satanás tem que Lilith pode querer?

Ismael riu:

— Lilith quer tudo. E ela teve quase tudo no Inferno e em sua cama, em um momento ou outro. A terra é um parque de diversões para ela.

Eva olhou para Hank, que ergueu as mãos.

— Ismael tem razão. Lilith quer tudo.

— Minha mãe é motivada pelo tédio — Fred revelou, deixando-se ficar no limite do círculo de luz que pendia sobre a mesa. — Ela faz coisas por motivos estranhos e, muitas vezes, por nenhum motivo. Desisti de tentar entender.

— Muito bem. — Eva ficou de pé e bocejou. — Obrigada aos dois pela ajuda.

Ismael também se ergueu. Hank permaneceu sentado.

— Vocês estão determinados a avançar o sinal e deflagrar isso amanhã? — o ocultista indagou.

— Só estou preparando o terreno — Eva respondeu, sorrindo. — Quer o show comece, quer não... Teremos de esperar para ver.

— Não deixe que te matem. Quero revê-la.

Eva bateu-lhe uma continência zombeteira.

— Boa sorte — Fred desejou.

— Obrigada. Nós vamos precisar.

20

PASSAVA UM POUCO DAS SETE DA MANHÃ QUANDO EVA deixou seu quarto, atravessou o corredor e alcançou a sala de estar. Observou Montevista, geralmente o primeiro a acordar quando em serviço, mas que, no momento, ainda dormia. Sydney, sentada na ilha da cozinha usando roupão de banho azul-claro e chinelos vermelhos, lia a matéria do jornal sobre a perda total do Lamborghini.

— Café? — Eva abriu a geladeira para pegar os grãos.

— Claro. — A Marcada sorriu-lhe. — Adoro o quão normal você é.

Eva bufou.

— Isso é normal? Brincadeira, certo?

Sydney largou o jornal.

— Quando eu fui marcada, não sabia como aguentar a parada. Parecia uma responsabilidade imensa ser uma guerreira de Deus. E tudo era muito diferente. Eu adorava café, bebia o dia todo. Mas desisti, achando que não fazia mais sentido, pois a cafeína não causava nenhum efeito em mim. Como mudei muitas coisas em minha vida, senti-me como uma estranha em minha própria pele durante muito tempo.

Conhecendo essa sensação muito bem, Eva assentiu.

— Considere o aspecto positivo dessa dedicação. Isso a torna uma Marcada muito melhor do que eu. Quero ser como você quando crescer.

Sydney desceu da banqueta, deslocou-se até o guarda-louça e pegou três canecas:

— Tenho a esperança de ser mais como você.

— Ruim com a espada e propensa a acidentes?

— Sem essa. Matar coisas é só uma parte do trabalho. Na realidade, acho que seu agnosticismo lhe dá uma vantagem. Você não acredita piamente em nada. Assim, enxerga coisas que o restante de nós não consegue. Desde que a conheci, estou tentando me reconectar com aquilo que costumava me definir. No último fim de semana, comprei estantes de livros e uma máquina de café escandalosamente cara. Parece nada, eu sei...

— Não, eu entendi. Você está construindo um futuro, em vez de viver um dia de cada vez. E está se permitindo se divertir com sua vida. Muito bem!

— Obrigada. — Sydney pôs as canecas na bancada. — Sinto-me muito mais feliz agora que você me transmitiu algumas de suas qualidades.

— E eu espero que algumas de suas incríveis qualidades sejam transmitidas pra mim.

Enquanto Eva punha os grãos de café no moedor, um curto silêncio tomou conta do ambiente. Então, Sydney murmurou:

— Acho que meu novo eu também é mais atraente. Trabalho com Diego há muito tempo e ele jamais prestou atenção em mim como mulher. Na realidade, certa vez, ele disse que eu não era o seu tipo.

— Eu diria que isso mudou.

— Você também reparou? — O brilho nos olhos dela aqueceu o coração de Eva, que gostava dos dois Marcados e queria muito que eles fossem felizes.

— Totalmente. Ele está muito apaixonado — Eva afirmou e decidiu que aquele era um ótimo momento para mencionar um tópico sensível. — Ei, faça-me um favor: fique de olho nele. Montevista é muito orgulhoso para admitir que ainda não está cem por cento.

— Já estou de olho.

— Você é o máximo.

Eva pressionou a tampa do moedor de café . Quando a barulheira cessou, elas ouviram Montevista se mexendo no sofá.

— Hora de acordar, dorminhoco! — Sydney gritou, dirigindo-se para a sala de estar. — Temos de remover os moradores do prédio.

Eva fechou a cafeteira e lavou as mãos.

Parte do plano que ela passara para Montevista incluía informar todos os moradores de um possível (e fictício) vazamento de gás. Os Marcados que faziam a segurança ao redor do perímetro estavam preparados para se disfarçar de funcionários da companhia de gás e bombeiros. A fim de reprimir as reclamações, Ismael arranjara que as Empresas Gadara pagasse a conta da estada em um hotel próximo. A última coisa que algum deles queria era encontrar mortais no meio do caminho. Melhor prevenir do que remediar.

Já no escritório do apartamento, Eva enviou um e-mail para sua secretária, dizendo que ela não apareceria na empresa naquele dia. Eva esperaria mais uma hora e, então, ligaria para os investigadores e os informaria. Com sua agenda definida, recostou-se na cadeira e ergueu os olhos para o teto.

Como Gadara estaria quando voltasse? Ele ficara longe tanto tempo... E Riesgo? Como estaria o padre? Eva sentia saudade dos dois, e também tristeza ao pensar em como eles deviam ter sofrido.

— Então...

Eva ergueu a cabeça e viu Reed à porta.

— Oi.

— Ainda estou tentando decidir como devo me sentir por ter dormido sozinho a noite passada.

— Nós não moramos juntos.

Ele entrou no escritório e se sentou no *futon*. Usava uma camisa vermelho-escura perfeitamente passada a ferro e com o colarinho aberto. Combinada com uma calça preta e seus cabelos escuros, era instigante de uma maneira que a deixou embaraçada.

— Então Caim se acalmou um pouco e você me descartou. É isso? — Reed sugeriu, severo.

— Não. Não é isso.

— Agora eu sou o seu segredinho sujo, querida? — ele perguntou, com o olhar rude e frio. — Vai fingir que nada aconteceu entre nós?

— Vou fingir que você não está me insultando agora. E me convencer de que é porque gosta muito de mim que você está sendo um babaca.

— Vai contar a Caim sobre nós?

— Já contei. Bem, eu tentei — Eva se corrigiu. — Alec não quis ouvir, mas ele já sabe.

A expressão de Reed mudou, suavizando-se a ponto de fazê-la perder o fôlego. Naquele momento, ele estava tão vulnerável quanto esteve na cama com ela. De certo modo, era mais íntimo com os dois completamente vestidos e a certa distância um do outro.

— Acabou entre vocês? — Reed perguntou.

— Honestamente? — Eva esfregou as palmas das mãos nos braços da cadeira. — Acho que nunca vai acabar. Estou apaixonada por ele. Minha paixão por Alec é eterna.

Assentindo devagar, o olhar de Reed permaneceu nela, mas estava distante. Disperso.

— A questão é que tenho certeza de que, até certo ponto, também estou apaixonada por você — Eva completou.

A tensão tomou conta de Reed.

— Prossiga.

— Não tenho ideia de como isso ainda é possível, mas... Sei que você não é bom pra mim. Você é carente e egocêntrico...

— Eva...

— ... mas eu te desejo como desejo chocolate.

— E o que você pensa que Caim é? — ele indagou, ríspido. — Saudável pra você? Dá um tempo!

— Ele é mais saudável, mas gosto de doces. Isso não significa que você é meu prazer proibido. Não entenda dessa maneira.

— Você não sabe o que está fazendo.

— Sei que não posso ter os dois. E não posso escolher entre vocês. Acho que isso me deixa sem nenhum de vocês.

— Nem fodendo — Reed replicou, sem fúria. — Eu agora tenho você do jeito que eu quero.

— Sério? — Eva tentou conter um sorriso, mas sentiu os lábios traírem-na.

— Ah, sim. — Reed veio em sua direção, curvou-se sobre ela e beijou-lhe na testa. — Obrigado.

— Pelo quê?

Reed recuou o suficiente para encontrar o olhar dela.

— Por tudo, na verdade. Especialmente por não me castrar por causa da oferta de enviá-la ao Inferno. Você disse que não confia em mim, mas não podia provar mais claramente que confia.

— Qual é o seu plano? Reunir todos aqui amanhã, e depois o quê? Da maneira como vejo, você teria de entrar no negócio assumindo que eles deixaram Riesgo e Gadara escapar. Sabe que não vale a pena confiar num demônio.

Reed esboçou um sorriso presunçoso.

— Ah, mas eles não sabem que não vale a pena confiar em mim. Essa é a beleza da coisa. Asmodeus é muito valioso pra Samael. Ele é um dos sete príncipes do Inferno. Assim que ele se certificar de que você e Caim estão aqui, no local, não será capaz de resistir à possibilidade de capturá-la. Asmodeus só consegue ver as coisas de sua própria perspectiva e, pra ele, deve ser uma grande tentação se livrar de Caim. Não lhe ocorrerá que eu possa tê-lo enganado e vá aprisioná-lo.

— E se as coisas falharem?

— Caim estará com você pra protegê-la. Apesar de todas as suas cagadas, tenho certeza de que, quando a coisa ficar feia, ele te dará cobertura. E tenho certeza de que Samael não quer matá-lo.

— Isso não era o que você estava pensando quando o ofereceu.

Reed piscou.

— Prove.

— Bem, se Saraquiel fizer o que pretende, você também estará ali pra me proteger.

Ele aprumou-se abruptamente:

— Sara?

Eva falou da imagem do encontro de Saraquiel com Asmodeus.

— Meu palpite é o seguinte: Asmodeus está apostando que consegue capturar nós três ao mesmo tempo. Com a ajuda de Sara. Por que não?

— Num dia, você diz que acha que Sara me ama. No outro, você afirma que ela me quer queimando no Inferno.

— É pelo fato de amá-lo que ela quer que você queime no Inferno.

Bufando, Reed afirmou:

— Essa é uma lógica bem feminina.

— O que eu posso dizer? Somos perversas.

— Não se junte ao grupo de Sara. — Reed passou a língua na ponta do nariz de Eva. — Vou acertar as contas com ela hoje. Neste momento, na realidade.

— Sendo assim, preciso que você encontre Asmodeus.

— Amanhã. Preciso de tempo para organizar as coisas.

— Eu já organizei as coisas. Ismael ajudou. Você sabe o quão meticuloso ele é.

— Tem ideia do tipo de recursos humanos que necessitaremos para capturar Asmodeus?

— Não vamos capturá-lo. Só o queremos aqui.

De súbito, Reed se agachou diante de Eva, nivelando os olhares.

— Fale! Coloque tudo pra fora. Tudo!

— Você tem razão. Asmodeus é valioso pra Satanás, mas não pelo motivo que você pensa. Satanás conhece seu plano. Ele procurou agir de modo indiferente a respeito dele, mas eu li nas entrelinhas. Ele está chateado e vai tirar Asmodeus de operação.

— Ótimo. Deixemos assim.

— Certo. — Eva abriu a mente para Reed, permitindo-lhe ver suas conversas com o Diabo. — Mas não agora. Você barganhou com Asmodeus, mas, na realidade, a transação é entre mim e Satanás.

— Querida... —Então, Reed fez um som exasperado e deixou sua cabeça pender no colo dela. — Você é um desastre ambulante.

— Escute. — Eva ergueu o rosto dele com as mãos. — Ele me prometeu algo, e depois quebrou a promessa.

— E isso é uma surpresa pra você? Por favor, Eva...

— Ele não quebraria a promessa que me fez, Reed — ela insistiu. — Por algum motivo, Satã quer que eu confie nele. E vai cumprir com o nosso acordo.

— Não foi o que ele te falou!

— O que Samael disse foi que vou precisar deixar que se esgotem os movimentos que você e Sara fizeram.

— Samael afirmou que não é capaz de soltar o que não possui — Reed replicou. — Um jeito melodramático de dizer que ele conseguiu o que quis e que você está por sua própria conta.

— Ou é um jeito tortuoso de informar que alguém o roubou. — Eva lançou-lhe um olhar irônico. — Acha mesmo que ele vai se esquecer disso?

— Ele não precisa de você pra fazer Asmodeus andar na linha.

— Correto. Satã só precisa cumprir com sua parte no acordo. Ele me deu duas opções: ajudar você ou Sara em seus planos ou deixar tudo nas mãos de Deus. Mas ele sabe que não sou uma crente religiosa. Satã louvou meu agnosticismo e afirmou que é um dos motivos pelos quais ele gosta de mim. Ele aprecia meu ceticismo.

— Samael está sempre tentando atrair os Marcados pro lado negro. Ele não gosta de você. Ele não dá a mínima pra você, a não ser pelo fato de que, ferrando você, também acaba ferrando muitas outras pessoas.

Eva prosseguiu enfaticamente, apesar das dificuldades:

— Acho que a afirmação dele ficou incompleta. Penso que o que ele estava de fato dizendo era: "Você deixará isso nas mãos de Deus... ou nas minhas." Essa foi a base de nossas conversas anteriores. Samael afirmou que Deus não vai me dar o que eu preciso, mas ele sim. Essa é a chance dele de provar isso. Acho que Satã vai aguentar a parada pelo simples fato de querer baixar bastante a bola de Asmodeus.

Reed agarrou as mãos de Eva com firmeza.

— Os Marcados passam sua carreira inteira esperando nunca encontrar Samael. Mas você, não. Você carece do gene da autopreservação.

Eva podia sentir o quanto Reed temia por ela na conexão entre os dois. Ela também se sentia angustiada, mas as coisas estavam saindo do controle: Gadara, o padre, Caim, o Nix e Satanás movendo-se ao seu redor, como bem lhe aprouvesse. Chegara a hora de consertar o mundo.

Eva apertou os dedos de Reed.

— Hank me disse que Satanás está usando um emissário pra conseguir se encontrar comigo cara a cara. Precisamos saber quem é. Tenho uma teoria...

— Qual?

— É muito perigoso compartilhá-la até eu saber com certeza.

Reed cerrou os dentes.

— É Caim, não é?

— Confie em mim, ok? Convença Asmodeus a dar as caras e veremos se o emissário transmite a notícia pra Satanás, de modo que ele possa aparecer.

— Você não vai descansar até me enlouquecer, certo? — Reed inclinou a cabeça e a beijou. O beijo começou leve e doce, mas logo esquentou.

Quando ele se endireitou, Eva protestou baixinho.

— Você me deve algumas coisas: um jantar, uma roupa sexy, nenhuma roupa íntima, sapatos de salto alto.

— Você é um safado...

— Não consigo resistir. Acho que estou apaixonado. Por que mais eu concordaria com essa merda?

Reed se teletransportou antes que Eva fosse capaz de responder. Por um instante, ela ficou sentada ali, refletindo. Até outra figura alta e sombria preencher a porta de seu escritório.

Alec entrou com uma caneca e se sentou na mesa dela. Pela aparência do café com leite, Eva soube que ele se ajeitara muito bem. E, por sua expressão, soube que escutara a declaração de Reed.

— Bom dia — Alec a cumprimentou.

— Bom dia. — Eva ergueu a caneca. — Obrigada.

— Por nada. — Alec conseguiu esboçar um sorriso tímido. — Achei que devia vir mais cedo, pra dar início ao dia.

— Você é sempre bem-vindo aqui.

Alec se dirigiu ao *futon*.

— Segui suas ordens. Parece que sou muito valioso pra ser morto.

— Eu poderia ter lhe dito isso — Eva afirmou, sorridente.

— Mas eu perderia a empresa.

Eva bebeu um gole do café e, em seguida, recolocou a caneca na mesa.

— Sinto muito. Eu sei o quanto você quis isso.

Alec reclinou-se e cruzou os braços:

— Eu também quero você. Mas não posso ter as duas coisas. Então, tenho de ceder algo.

Eva sabia como era aquilo.

Alec estava sentado com as pernas estendidas, com os pés calçados com botas repousando no piso acarpetado. O jeans se achava gasto nos lugares certos e as mangas da camiseta se esticavam em torno de bíceps vistosos. Ele não envelhecera um único dia desde que ela o vira pela primeira vez, dez anos antes.

— Você não está perturbado? — ela perguntou, estudando-o em busca de indícios de desapontamento ou frustração.

— Sabe que isso não me faz bem, Eva — ele afirmou, ríspido. — Tenho de ser pego pelo colarinho, como um cão, pra me controlar.

— Falou sobre isso com quem você foi ver ontem à noite?

Alec fez que não com a cabeça.

— Por que não?

— Achei que ele talvez mudasse de ideia e decidisse me deixar fora de combate.

Eva ficou de pé, deslocou-se para se sentar ao lado dele e pôs a mão em sua perna.

— O que há com os homens que não querem pedir ajuda?

— Faz anos que venho pedindo. Mas ninguém responde — Alec disse, batendo o pé de leve no carpete. — Durante muito tempo, especulou-se que minha mãe era infiel e eu era o resultado dessa infidelidade.

— Você acredita nisso?

Alec a encarou.

— Você não quer me contar sobre o colar, e eu também não consigo obter nada dos meus pais. Nunca é bom quando não conseguimos respostas. Se não houvesse nada com que se preocupar, não haveria nada pra se esconder.

— Alec... — Eva apertou a perna dele, que era dura como pedra. — No que está pensando?

— Você disse que este colar suprime as características dos Demoníacos, e a mostruosidade dentro de mim se silencia quando eu o uso. O que isso lhe diz?

— Que você acha que é metade demônio?

— Naqueles tempos, minha mãe não teve muitas opções de homens — Alec afirmou, seco, e se inclinou na direção de Eva. — Talvez minha ascensão tenha ativado alguma genética reprimida. E se ela não puder ser aprisionada de novo, como a caixa de Pandora ou algo assim? Eu seria uma grande ameaça pra se manter por perto.

Enlaçando os braços em torno de Alec, Eva beijou-lhe a testa. O cheiro da pele dele e a sensação de Alec ao seu lado lhe eram familiares e queridos.

— Não sei responder a sua pergunta.

— Entendo.

E Eva lembrou que, se não agisse ativamente para mantê-lo fora de sua mente, ele teria livre acesso a tudo. Assim, ela o afastou, com delicadeza, mas firme.

— Se há uma história, não é minha, e por esse motivo não há posso contar. Mas não quero segredos como esse entre nós.

Alec deslizou um braço entre ela e o *futon*, e então colocou-a em seu colo.

— Não quero nada entre mim e você. Quero consertar as coisas entre nós dois.

— Estamos quebrados?

— Abel deslizou pra dentro pelas fendas. Então, devemos estar.

— Você quis essa promoção. Meu entendimento é que teve de barganhar por isso, provavelmente com condições desfavoráveis pra você. Não abra mão disso por mim. Quero que seja feliz, Alec.

— Sinto-me infeliz sem você. Traremos Raguel de volta, a vida voltará a ser o que era antes e ficará tudo bem entre nós. Mais do que tudo bem.

— Tem certeza?

— Absoluta.

O telefone tocou. Eva saiu do colo de Alec e voltou para sua mesa, pegando o aparelho sem fio.

— Alô?

— Senhorita Hollis? Investigador Ingram.

— Bom dia, investigador.

— Sua secretária me informou que a senhorita não viria ao escritório hoje. Foi o carro de seu namorado que se envolveu naquele grave acidente de ontem na Harbor, certo? Pouco depois de a senhorita deixar a delegacia?

— Sim. Felizmente, não me machuquei, e o carro dele tem seguro — Eva disse. — Sei que precisa do restante de minha declaração, mas o senhor ainda está com o meu carro.

— Se a senhorita estiver disponível, eu irei até sua casa. As primeiras quarenta e oito horas após um desaparecimento são decisivas, senhorita Hollis. Talvez você tenha informações que poderemos usar e não se deu conta disso.

— A que horas seria bom para o senhor?

— Meu parceiro e eu poderemos estar aí em cerca de uma hora e meia.

— Está ótimo. Eu os vejo, então. — Eva desligou e olhou para Alec. — Visitas em noventa minutos.

— Você não podia adiar?

— Eles estão em cima de mim. Se eu adiar mais um pouco, talvez seja pior.

Asmodeus já declarara seu desejo pela extração mais limpa possível. Se ele viesse, esperaria até o perigo passar.

— Anjo...

Eva ficou de pé.

— Você saberá o que fazer quando chegar a hora.

— Odeio isso — ele rosnou. — Odeio não saber quando tirar o corpo fora.

— Você adora isso — ela contrapôs, aproximando-se o suficiente para pôr a mão nos músculos firmes do abdome dele. — A imprevisibilidade é o seu forte.

— Já tive bastante disso nas últimas semanas. — Alec tomou a mão dela e a levou ao coração. — Estou pronto para a estabilidade.

— Não percebeu que estou com déficit de normalidade? O caos reina na minha vida. Se eu sou sua melhor opção de estabilidade, você está numa enrascada.

— Não me diga! — Alec soltou uma gargalhada.

OS INVESTIGADORES CHEGARAM EM MENOS DE UMA

hora. Eva suspeitou que a intenção deles agindo assim fosse mantê-la tensa.

Montevista e Sydney pegaram o elevador com Eva e Alec, mas eles se separaram no andar térreo. Os seguranças se encaminharam para o pátio ao ar livre onde ficava a piscina. Eva e Alec foram até a porta de vidro da frente e deixaram os investigadores entrarem.

— Espero que a senhorita não se importe com o fato de chegarmos adiantados — Jones disse quando eles entraram no salão. Ele usava um terno verde-abacate e tinha o olhar severamente avaliador, ao qual Eva começava a se familiarizar. — Estávamos na vizinhança.

Ingram apertou a mão de Eva com a palma fria e úmida por causa da garrafa de água gelada que carregava, lançando para ela um olhar de lado quando cumprimentou Alec da mesma maneira, denunciando sua visão ambígua a respeito de seus relacionamentos.

— Vi bombeiros em volta do prédio — Jones observou. — O que está acontecendo?

— Uma suspeita de vazamento de gás em um dos andares — Eva mentiu, irritando-se quando sua marca queimou.

Isso é realmente necessário?, ela reclamou, com o olhar dirigido para o céu. *É uma mentira inofensiva.*

— Devemos ir a outro lugar? — Ingram perguntou.

— Meu andar está limpo, mas podemos nos sentar no pátio. — Eva indicou a direção.

Eles seguiram atrás dela, e todos se reuniram em torno de uma mesa circular de vidro, uma das poucas que careciam de guarda-sol, pois a temperatura era baixa, e o sol, cálido. Estavam enchendo a piscina. Uma pequena torneira liberava uma torrente de água, elevando o nível da piscina. O som tilintante criava uma atmosfera tranquila. De propósito, Eva escolheu uma cadeira que mantinha suas costas junto a um vaso que ladeava uma parede. Montevista e Sydney, profissionais que eram, estavam imperceptíveis.

Jones trazia a pasta que Eva passara a temer. Ele a pôs sobre o cimento áspero e retirou dela sua declaração inacabada. Depois de empurrá-la sobre o tampo na direção de Eva, ele se recostou no espaldar.

— Estive revisando nossas discussões anteriores — Jones comentou.

Eva pegou a caneta que ele lhe deu.

— Sim?

— E eu acho...

Uma erupção de vermelho. Uma dispersão de penas negras. A cadeira de Alec balançou para trás, sobre as pernas traseira, derrubando-o. O estampido de armas de fogo ecoou.

Alec ficou estendido no pátio antes que alguém registrasse o ataque--surpresa.

REED ESPERAVA À MESA DE SARA QUANDO ELA ENTROU.
Sua saia listrada, perigosamente curta, combinava com a camisa social branca justa e os sapatos com saltos de dez centímetros. A extensão das pernas expostas e a ausência de um sutiã não passaram despercebidas a ele, mas não o impressionaram.

Sara se deteve logo depois de atravessar a porta, observando-o cuidadosamente.

— Abel, o que está fazendo?

Ele sorriu. A cadeira que ocupava se achava em paralelo com o comprimento da mesa. Seu braço direito se apoiava nela e os dedos tamborilavam no tampo de nogueira.

— Não lhe disse que mandar aquele vídeo pra Evangeline seria contraproducente?

Sara se aproximou, desviou o olhar para o monitor do computador, e viu que a pasta "Enviados" de seu e-mail estava aberta.

— Você foi longe demais.

— Acha mesmo? Mas eu nem cheguei perto de você. Por exemplo, ainda não ofereci trocá-la por um príncipe do Inferno.

Reed tinha de reconhecer: Sara nem mesmo piscou.

— Estamos combinando hoje, *mon chéri*. Ficamos tão bem juntos. Perfeitos um pro outro. — Sara o alcançou e se acomodou no colo dele, com seus braços esguios enlaçando seus ombros. — Jamais desejaria me livrar de você.

Reed a puxou para si e murmurou:

— Não posso dizer o mesmo a seu respeito.

Um instante depois, eles ocupavam um sofá no escritório de Miguel. Em Jerusalém, passavam das seis da tarde e o chefe da empresa asiática saía pela porta quando percebeu as visitas.

— Abel. Saraquiel. — Ele se deteve e enfiou as mãos nos bolsos da calça. Sua voz era intensamente ressonante, poderosa de uma maneira que alguns serafins jamais alcançariam. — Sugiro que encontrem outro lugar pra disputar seus jogos.

Indelicado, Reed empurrou Sara para a poltrona ao lado dele e se manteve de pé. Retirou o *pen-drive* que trouxera consigo e o atirou no ar, na direção de Miguel.

— O último jogo de Sara é um que talvez você não queira que ela continue jogando.

Miguel esticou o braço e agarrou o dispositivo. Ele observou o *pen-drive* em sua mão e tornou a olhar para Reed. Uma sobrancelha escura se ergueu.

— Parece que sua adorável Sara começou a fazer negócios com demônios — Reed explicou.

As íris de Miguel brilharam numa chama azulada. Ele fitou Sara, que projetou o queixo em desafio, ajeitando a saia.

Reed cruzou os braços e se preparou para apreciar o espetáculo. Então, Eva o atingiu como um trem de carga. Ele cambaleou por causa do golpe.

— Tenho de ir embora — ele murmurou.

Sara se endireitou.

— Você não pode me deixar aqui! No mínimo, precisarei de um dia pra voltar...

Reed se teletransportou antes de ela terminar a frase.

QUANDO ALEC CAIU, INGRAM GRITOU E TIROU A ARMA do paletó. Uma bala explodiu em seu ombro direito, numa chuva de carne e sangue. Sua cadeira tombou para a esquerda. Seus braços se debateram e, então, seu crânio bateu na quina do vaso de estuque. Ingram desabou no chão, imóvel.

Eva escorregou para debaixo da mesa. Entre as pernas de metal, ela estendeu a mão para pegar a arma de Ingram e a sacou do coldre. Outro disparo ressoou e Jones sacudiu violentamente. Sua cabeça desabou sobre o tampo da mesa, despedaçando o vidro com o impacto. Os estilhaços choveram sobre Eva, espetando seus braços desnudos e se espalhando pelo pátio.

Um grito de guerra precedeu a abertura das asas de Alec, que se lançou do piso do pátio, ascendendo com tanta potência que o movimento do ar empurrou Eva contra o vaso.

Enquanto Alec visava um atirador na janela do terceiro andar, Eva se esforçava para se ajoelhar. Ele desapareceu no interior do prédio e, pouco depois, um berro aterrador foi ouvido do nada.

Sydney apareceu na extremidade do pátio e correu na direção de Eva, desviando-se dos obstáculos entre elas. Rajadas de fogo infernal verde pontilharam o chão atrás de Sydney, imitando seus passos e a incitado a adotar um ritmo mais veloz. Gritando, Montevista correu a extensão do lado oposto da piscina, procurando atrair para si os tiros dirigidos tanto contra Eva como contra sua parceira.

Eva moveu-se rápido, rastejando sobre a poça de sangue debaixo de Jones. O corpo dele pairava sobre a mesa quebrada, dobrado na altura da cintura, com braços, tronco e cabeça presos dentro da estrutura vazia.

Eva pulou para o vaso situado atrás de si e se abrigou atrás de uma palmeira, de onde pretendia pegar a arma de Ingram, que estava perto. As janelas do andar superior estavam cheias de demônios. Ela e os dois seguranças Marcados se encontravam numa espécie de aquário, com os inimigos posicionados ao redor das beiradas.

Ao esvaziar o prédio para proteção dos mortais, eles abriram todo o condomínio a uma infestação de Demoníacos. Eva não se admirou de como eles passaram pelos seguranças do perímetro. Ela tornara isso possível.

Sydney pulou até o vaso situado atrás de Eva, protegendo as costas dela com uma espada flamejante. Montevista foi para trás de uma lata de lixo, onde se agachou, segurando duas adagas sem chamas. De vez em quando, ele aparecia subitamente, arremessando as armas em janelas estratégicas e, depois, desaparecia, para se rearmar para o próximo arremesso.

— Diego está nos dando cobertura! — Eva gritou. — Podemos alcançar o salão!

— Teremos de correr! — Sydney respondeu.

Eva repeliu as emoções que não tinha tempo de sentir e revelou seu plano todo para seu treinador, numa onda poderosa de pensamento.

Uma sombra imensa cobriu o pátio. Era Alec, voando pelo espaço entre uma janela e outra. Outro grito rasgou a calma da manhã, seguido por mais um rastro de sombra quando ele se lançou para o lado oposto, criando uma espécie de cobertura com seu corpo — uma barreira entre Eva e os Demoníacos acima.

Chamas puderam ser vistas atrás de muitas janelas depois que os Marcados que tinham estado na vigilância da rua se juntaram ao combate. A marca de Eva começou a zumbir, bombeando adrenalina e agressividade, como um coquetel, em suas veias. Ela e Sydney se entreolharam. Numa contagem silenciosa até três, elas, sincronizadamente, afastaram-se do vaso em alta velocidade.

— *Não tão rápido.*

Eva se virou. Uma... *coisa* de três cabeças galopava desajeitadamente em sua direção. Ela mirou e apertou o gatilho. A coisa se desviou tão depressa quanto um raio, esquivando-se da bala antes de dar o bote. Eva foi jogada na piscina e bateu com as costas na água. O demônio a empurrou para baixo, afundando-a.

O choque com a água fez Eva deixar cair a arma, que alcançou o fundo da piscina com um som abafado e escorregou para longe. Ela não podia recuperá-la enquanto imobilizada a uma profundidade de quase três metros.

O colar.

Quando o pensamento lhe ocorreu, uma sombra tirou o brilho do sol. Um objeto bateu na água e afundou. No momento em que Alec se moveu para fora do caminho da luz, a corrente dourada resplandeceu, capturando um raio do sol. E o colar seguiu na direção de Eva como se ela fosse um ímã.

De súbito, o demônio libertou Eva, arrancando um pedaço da pele de sua coxa e se projetando para fora da piscina como um míssil. O amuleto se acomodou em torno do pescoço de Eva e, nadando, ela emergiu, quase sem fôlego.

— Hollis! — Sydney, na beirada, tinha uma das mangas da camiseta manchada de sangue, mas estendia-lhe o outro braço.

Com um impulso alimentado pela marca, Eva nadou até ela, pegando e segurando com força a mão de Sydney. A Marcada puxou Eva para fora da água, soltando-a no chão.

Eva ficou de pé, mas se abaixou rapidamente quando uma adaga flamejante voou na direção de sua cabeça. Ela levantou os olhos em busca de Sidney, mas a Marcada, olhando para além dela, arremessava adagas como se fosse uma barragem de artilharia.

Eva girou a cabeça por cima do ombro. Um homem imenso se aproximava, molhado e nu, com cabelos escuros ensopados e olhos de laser vermelho-vivo. Ele agarrava cada adaga cravada em seu peito e a arrancava, sem deter seus passos ferozes e implacáveis.

Batendo as asas, Alec descendeu, provocando uma intensa rajada de vento, e pousou no caminho entre Eva e o demônio. Então, rugiu como uma besta. Como *muitas* bestas. Um som tão apavorante que as paredes tremeram e a água da piscina escapou sobre a borda numa onda.

O colar estava com Eva. Portanto, naquele momento, não havia nada controlando Alec.

Suas asas, com envergadura de quase dez metros, recolheram-se em suas costas como se nunca tivessem existido. O demônio acocorou-se antes de se lançar numa corrida a toda a velocidade, empunhando adagas ensanguentadas com os braços erguidos. Seu avanço era impressionante, com cada passo fazendo o chão tremer como se fosse um abalo sísmico. Alec agachou-se, firmando-se contra o impacto.

— Caim! — o demônio berrou, saltando alto e se lançando com violência para baixo. Ele estava diretamente acima de Alec quando então se deteve, pairando por um instante antes de ser puxado para trás como se estivesse envolto por um elástico.

O voo do demônio foi interrompido por uma colisão brutal contra algo no caminho para pedestres. Seu corpo escorregou para baixo, revelando Satanás parado, rígido, atrás dele. Garras se formaram nas mãos do Diabo, que foram enterradas no tronco do demônio, detendo o escorregamento e parecendo um abraço.

Eva olhou para os investigadores, que jaziam imóveis. Os dois estariam mortos, como baixas de uma guerra que eles não sabiam que vinha sendo travada?

Ela tornou a fitar Satanás e o encontrou olhando para ela.

— Você demorou muito pra intervir — Eva murmurou.

Alec se moveu para trás com passos cautelosos, forçando Eva a se levantar e sair de seu caminho. Num momento, ela estava atrás de Alec; no seguinte, foi lançada sobre o ombro de Reed.

— Esse era o seu plano? — ele perguntou e a levou para perto de um corpo deitado de bruços no chão.

Montevista. Caído como uma árvore cortada, com os olhos abertos e cegos. Os brancos engolidos pelo negro.

— Droga... — Eva sussurrou.

Ela pôs Montevista em seu colo, tirou da testa os cabelos escuros dele e se curvou de forma protetora, entrelaçando os dedos com os dele e levando a mão de Diego ao peito. Alec surgiu com Sydney uma fração de segundo depois.

Da posição deles, no lado oposto da piscina, Eva observou, horrorizada, como Satanás reafirmava seu poder.

— Você quer o que é meu, Asmodeus? — o Diabo perguntou. Suas garras rasgavam o tronco do demônio, provocando gritos tão lancinantes que arrancaram lágrimas de Eva.

Através das lacerações em sua pele de mortal, a forma verdadeira de Asmodeus podia ser vista. O corpo monstruoso, com diversos membros, retorceu-se e chiou dentro da pele rasgada. A fumaça emanou da cavidade larga e encheu o ar com o fedor da alma putrefata.

— Vai custar caro — Satanás sussurrou, com os lábios no ouvido do demônio, como se eles fossem amantes.

O Diabo jogou o corpo dizimado na piscina, como lixo. Em reação, a água tingiu-se de vermelho, encrespando-se, borbulhando, entrando em ebulição e soltando vapor. Um jato quente irrompeu no centro da piscina, elevando-se a uma altura de mais de cinco metros.

Eva olhou para Satanás, que ofereceu seu sorriso deslumbrante. Usando calça e colete de veludo preto, ele estava belo de um modo clássico e elegante.

Alguma coisa perpassou sua expressão. Os olhos estremeceram e, depois, se arregalaram. Ele estufou o peito, curvou-se e gemeu.

Montevista agarrou a mão de Eva com força.

— Eva...

Surpresa, ela baixou os olhos na direção do amigo. O corpo vigoroso de Montevista começou a estremecer. Os olhos eram os dele. Não estavam mais negros.

— É a única maneira — ele disse, ofegante.

O colar alcançou inadvertidamente as mãos entrelaçadas dos dois, despertando a marca nele e libertando-o para invocar a adaga e cravá-la em seu coração.

— Não. — Eva pegou o pulso de Reed.

Ele desviou o olhar de Satanás e o dirigiu a Montevista.

— Ah, droga...

— Leve-o para a Torre de Gadara. Rápido! — Eva pediu.

Reed pegou o Marcado e se teletransportou com ele, desaparecendo num piscar de olhos.

— Eva... — Satanás rosnou, com o braço estendido na direção da piscina, as veias salientes ao longo dos músculos rígidos.

A terra tremeu e gemeu. A água no centro da piscina se trançou numa corda e formou um arco sobre o cimento, criando o esboço de um homem cujos braços intermináveis se estendiam numa ação desesperada para agarrar Alec.

A forma do Diabo tremeluziu, com seu rosto se contorcendo em raiva e frustração. Em seguida, ele desapareceu.

Eva se colocou no caminho do Nix, que a agarrou, rindo e puxando-a para a piscina.

— Vá se foder! — ela gritou, tirando o amuleto do pescoço e o encostando no tronco dele.

De imediato, o Nix ganhou forma, materializando-se num homem tão nu quanto os outros antes dele, e sua pele se abriu no lugar onde o amuleto encostava. Sem perda de tempo, Eva afastou a mão, deixando o colar dentro do Nix, cuja pele se fechou, mantendo o objeto em seu interior.

O Nix caiu sobre Eva, contorcendo-se. Ela cerrou o punho e o golpeou, mandando-o para o alto com as costas arqueadas.

— *Parado! Polícia!*

Desesperado, o Nix arranhava seu peito de mortal, lutando para extirpar o colar.

Um tiro ecoou no espaço semifechado, logo seguido por outro. O Nix estremeceu a cada impacto, emitindo um som inumano quando dois buracos apareceram em seu tronco. O sangue esguichou em Eva. O Nix caiu para o lado, convulsionando antes de alcançar a imobilidade.

Eva olhou por sobre o ombro. O investigador Ingram estava ajoelhado ao lado de seu companheiro caído, com a arma de Jones na mão. Quando ele e Eva se entreolharam, a arma caiu ao seu lado. Um rastro de sangue manchava sua têmpora e a lateral de seu pescoço.

— Você está bem? — Ingram perguntou, inclinando-se para um lado.

— Ingram...

Ele revirou os olhos e perdeu a consciência, desabando no chão antes de Eva conseguir responder.

— Puta merda! — Eva sentiu o estômago embrulhar.

Enquanto ela tentava se recuperar, a água da piscina permanecia em ebulição. Eva observava aquilo sem piscar.

Quando Gadara emergiu das profundezas num turbilhão de asas sujas e desgastadas, com Riesgo embalado em seus braços, Eva sentia-se entorpecida demais para ficar surpresa. O arcanjo pousou com os dois pés e, em seguida, caiu sobre um joelho. Riesgo jazia no colo de Gadara, com os braços abertos e a cabeça jogada para trás, respirando fracamente. O quadro formado por eles — um anjo ferido protegendo a frágil humanidade — a impressionou com sua mensagem de fé e boa vontade.

— Alec... — Eva disse, baixinho.

Ele se teletransportou para seu lado e a abraçou.

21

EVA PROCURAVA NÃO PARECER DESAPONTADA QUANDO Reed a empurrou pela entrada do hospital numa cadeira de rodas.

— *Sinto-me ridícula nesta coisa* — ela murmurou.

— *Você parecia ridícula tentando andar de muletas* — ele replicou. — Boa tarde, investigador.

Ingram acenou para eles, esbarrando no tubo intravenoso ligado ao dorso de sua mão. O outro braço do policial estava engessado. Ele aparentava cansaço, com o azul-claro da camisola hospitalar apenas enfatizando o quão abatido se encontrava. A outra cama do quarto se achava fechada por uma cortina, deixando o investigador sozinho com uma policial feminina uniformizada, que ele apresentou como sua irmã.

— Prazer em conhecê-la. — Eva estendeu a mão quando a policial Ingram ficou de pé.

A irmã do investigador, mais nova que ele, era elegante e esbelta, com traços atraentes e cabelos loiros cortados bem rentes.

— Você está bem? — a policial perguntou.

— Sim. Estou me recuperando bem, pelo que me disseram.

Na realidade, Eva não precisava da cadeira de rodas. Nas últimas quarenta e oito horas, a marca fechara o corte profundo em sua coxa e apenas restava uma leve vermelhidão. No entanto, o subterfúgio era necessário, pois a cicatrização daquele tipo de ferimento demandaria semanas no caso de um Não Marcado.

— Você é um sujeito popular, investigador. — Eva indicou a profusão de flores e balões.

— Deviam ter mandado essas flores pra funerária — Ingram resmungou, amargo.

Reed acariciou a lateral do pescoço de Eva, numa demonstração silenciosa de conforto.

— Sinto muito pela sua perda — ela afirmou, baixinho.

— Todos nós perdemos — Ingram lamentou com um suspiro. — Jones era um grande policial. Foi uma honra trabalhar com ele.

Eva conteve as lágrimas ante a voz embargada do policial.

— Preciso te agradecer, investigador. O senhor salvou minha vida.

— Só estava cumprindo o meu dever. — Ingram ruborizou.

— O senhor também é um grande policial. Algo pelo qual sou profundamente grata. — Eva mudou de assunto, como aprendera a fazer quando seu pai se sentia desconfortável com sentimentalismos: — Quanto tempo ficará internado?

— Minha alta está prevista pra amanhã. Graças a Deus.

Eva assentiu e conseguiu dar um sorriso.

— Vou visitar o padre Riesgo agora, mas passo aqui de novo antes de ir pra casa.

Ingram olhou para sua irmã.

— O padre voltou?

— Apareceu de repente, ontem — ela confirmou. — Disseram que ele decidiu voltar caminhando pra casa.

— De Anaheim para Huntington Beach? — Ingram franziu a testa, com ceticismo. — Por que ele foi internado?

— Desidratação grave.

— Da caminhada pra casa? Não, não responda. — Ingram tornou a suspirar. — Juro que o mundo está caminhando para sua ruína.

Reed virou a cadeira de rodas de Eva e a empurrou de volta para o corredor. Ao pegar a direção do quarto de Riesgo, ele murmurou:

— Bem, eles vão largar do seu pé agora.

— Está vendo? Deu tudo certo.

— Ah, não, querida. Você não sairá do sufoco tão fácil. Seu plano era mais idiota que o meu.

— Sem essa. — Eva inclinou a cabeça para trás para observá-lo.

— Tudo se resolveu à perfeição: a camuflagem está controlada, o Lobisomem e o Nix estão finalmente mortos, assim como os cães do Inferno, a polícia saiu do meu pé e os Tengus estão erradicados do Olivet Place. Enfim, sinto que posso passar uma esponja no passado e recomeçar, como todos os outros Marcados.

— Se a forma como a merda toda aconteceu é sua ideia de perfeição, temos muito o que conversar — Reed afirmou, seco.

Ele reduziu a velocidade e, então, entrou num quarto. Das duas camas, uma estava ocupada. O paciente no leito mais distante dormia. E não era Riesgo.

— Quarto errado — Eva disse.

Recuando, Reed olhou para o número na porta.

— Não. É o número que nos deram na recepção. — Ele parou uma enfermeira que passava. — Você sabe em que quarto está Miguel Riesgo?

— Ele recebeu alta — ela informou, muito rápido. — Há alguns minutos.

— Obrigada — Eva agradeceu.

Reed pousou a mão no ombro de Eva.

— Você não deixou uma mensagem dizendo que estava vindo?

— Sim, esta manhã. — Eva estendeu a mão para entrelaçar os dedos nos dele. — Reed, estou preocupada com ele.

Riesgo pareceu muito fraco em seu retorno. Meio morto. A expectativa de Eva era de que o estado emocional do padre estivesse melhor que o estado físico. Ela não relaxaria enquanto não visse por si mesma.

— Iremos atrás dele quando sairmos daqui — Reed prometeu, apertando a mão dela para tranquilizá-la. — Vamos nos certificar de que o padre está bem.

EVA QUERIA PODER DESAPARECER ENQUANTO OLHAVA para a transmissão via satélite. No entanto, não havia jeito de se esconder dos muitos olhos a encará-la.

— Como ninguém percebeu o que acontecera com Diego Montevista? — Gabriel perguntou. — Ele trabalhava diretamente com todos vocês, que o viam todos os dias.

Perturbados, cinco belos rostos franziram as sobrancelhas ao mesmo tempo na imensa tela de cristal líquido pendurada na parede diretamente na frente de Eva. A tela se dividia em seis espaços de tamanhos iguais, com um deles deixado em branco porque Saraquiel estava presente a uma extremidade da mesa. Gadara se encontrava sentado na outra extremidade, separado por vários metros. Hank, Alec, Reed, Sydney e Eva eram os outros ocupantes da sala. Uma persiana fora baixada sobre a parede de janelas, para reduzir a luz do sol do meio da manhã.

Hank se inclinou para a frente, e todos os olhares se dirigiram a ele.

— Parece que Montevista podia ser deixado inativo de vez em quando e ativo outras vezes.

— Mas você suspeitou dele, Evangeline? — Como a maioria dos demais arcanjos, Ramiel tinha cabelos escuros. Ao contrário dos outros, porém, seus olhos eram amendoados, e seus traços, decididamente asiáticos.

Eva pigarreou e disse:

— De início, não. Mas quando Hank me contou de suas experiências com o Tengu e eu vi o quão violentamente a criatura reagiu à mistura responsável pela camuflagem, comecei a pensar em Montevista e sua ressurreição a partir do sangue do cão do Inferno. Os únicos outros *ressuscitados*... é essa a palavra?... conhecidos eram o Lobisomem e o Nix, e os dois agiram de modo errático depois que voltaram à vida. Pareceu razoável supor que Montevista não seria o único não afetado.

— É um salto considerável... — Miguel afirmou, numa entonação que era ao mesmo tempo muito sedutora e aterrorizante. Havia poder naquela voz; ela sublinhava cada palavra com uma ameaça. O fato de ele ser um homem deslumbrante só o deixava ainda mais assustador. — ... decidir que ele era o emissário de Samael por causa do comportamento de dois demônios inferiores.

— Eu *supus* — Eva o corrigiu. — E não só porque o Lobisomem e o Nix pareceram ter perdido toda a noção de autopreservação após o cozimento no agente mascarante. — Ela olhou para Alec. — Caim também se tornou errático. Não era mais ele mesmo. Como todos vocês possuem a mesma organização que ele em suas empresas... a conexão com os Marcados e os Demoníacos trabalhando abaixo de vocês... Bem, eu considerei as diferenças entre a situação de Caim e a de vocês.

— Tudo a respeito da situação de Caim é singular — Uriel afirmou.

— Incluindo Montevista — Eva disse. — Imaginei que, se ele estava conectado a Samael por meio da camuflagem, algo daquele mal se infiltraria em Caim. Isso explicaria grande parte do comportamento dele, se esse fosse o caso.

— Existiam outras possíveis explicações pra isso.

Eva e o arcanjo se fitaram. Ela entendeu que ele se referia ao boato sobre a paternidade de Caim, algo que afligia muito Alec.

— Não excluo nada. A camuflagem, os problemas de Caim, a maneira como Montevista perdia a consciência sempre que Satanás se manifestava... havia muitas considerações envolvidas. No entanto, como não sabia com certeza, eu não ia acusá-lo diretamente. Seria muito perigoso pra Montevista. Esperava que, se eu constatasse que tinha razão, Hank pudesse salvá-lo.

— Estou preocupado com o quão frequentemente você trabalha sozinha — Ramiel afirmou. — Você tem um mentor. Não podemos nos permitir ter esses tipos de batalhas de grande escala travadas em lugares públicos.

— E eu não posso me permitir substituir cada carro de luxo que tem a falta de sorte de cruzar com ela pelo caminho. — Gadara disse, ríspido.

— Não tive muita escolha — Eva protestou. — Nesse caso, Montevista era um curinga. Eu achava que ele estava envolvido de alguma maneira. Assim, como poderia compartilhar informações com Caim, sabendo que talvez vazassem pra Montevista? Se Satanás soubesse que estávamos em cima dele, o que ele faria? Foi essa a minha preocupação.

— Você devia ter abordado seu treinador.

— Ela fez isso. — Reed se curvou para a frente, para apoiar os cotovelos na mesa. — Eva me pediu pra entrar em contato com Asmodeus e, quando tudo explodiu, ela me disse pra ficar de olho em Montevista. Quando ele apagou, isso provou a teoria dela. Eva também manteve

Ismael e Hank informados. Ela não tem um complexo de Messias, se é isso que você está inferindo. Eva conhece seus limites.

— *Não encha o saco deles* — Eva protestou, sabendo que Reed já estava arcando com as consequências por seu acordo com Asmodeus.

— *Eles é que estão me enchendo* — Reed replicou.

Rafael recostou-se em sua cadeira giratória.

— E Saraquiel se colocou em perigo com sua associação com Asmodeus, então, você não podia recorrer a ela. Você se associou a Samael e conspirou com ele por sua própria conta. Disse-nos que ele convocou deliberadamente o Nix pra que você conseguisse derrotá-lo antes de ele perder contato com Montevista. Portanto, entenda, senhorita Hollis, que é claro que a oferta que Samael lhe fez nos preocupa.

— *Tudo bem, eles também estão me enchendo* — Eva resmungou.

— Há alguma notícia do padre? — Uriel quis saber.

Gadara se inclinou para a frente. Não havia nada em sua postura ou em seus traços que testemunhasse seu suplício, mas estava em seus olhos. Sobretudo quando ele olhava para Alec.

— Nenhuma — ele respondeu. — Riesgo não foi visto desde que se recuperou. Ele deixou a igreja e rescindiu seu contrato de aluguel. Eu vou encontrá-lo. É mera questão de tempo.

O silêncio tomou conta quando os arcanjos folhearam cópias dos diversos relatórios em busca de questões em aberto. Eva esperou que perguntassem de *ima* ou do colar, mas isso não aconteceu.

Sydney levantou a mão, o que fez erguer-se uma das sobrancelhas de Gadara, em sinal de surpresa.

— Sim, senhorita Sydney?

— Montevista... ele conseguiu entrar?

— Ele se suicidou — Saraquiel respondeu.

— Eu sei disso. O que isso significa? — Sydney desviou o olhar da tela e o dirigiu a Gadara. — Diego fez isso por nós. Pra nos salvar. Pra salvar todos nós.

— Eu testemunhei em favor dele, senhorita Sydney — Gadara murmurou.

— Assim como eu — Alec afirmou.

— É isso? — Então, Sydney olhou para Eva e as lágrimas rolaram. — Isso é tudo?

— Acredito que terminamos. — Miguel respirou fundo. — Se tivermos outras perguntas, poderemos retomar essa discussão.

Rapidamente, Eva se viu no corredor fora da sala de reuniões. Sydney saiu correndo, com os ombros tensos e a postura defensiva. Saraquiel, Gadara e Reed ficaram para trás, conversando com dureza.

Hank vinha em direção a Eva quando Alec apareceu ao lado dela e, pegando-lhe o braço, pediu ao ocultista:

— Você pode esperar um pouco, Hank?

— Claro que sim. — Ele sorriu. — É ótimo ter você de volta, Caim.

Alec abriu um sorriso largo. Num piscar de olhos, Eva se viu parada no meio de uma cidade, à noite. As paisagens, os sons e os cheiros eram estrangeiros e exóticos. Sua desorientação durou um instante. Então, ela se soltou de Alec e bateu no braço dele.

— Não faça isso sem falar comigo primeiro!

— Você já esteve no Cairo antes?

— Cairo... — Eva repetiu. — Não, nunca.

— Há uma primeira vez pra tudo. — O brilho nos olhos de Alec revelou a Eva que ele pensava em uma primeira vez mais íntima entre os dois. — Está com fome?

— Quando não estou hoje em dia?

— Ótimo. — Alec pegou a mão de Eva e a puxou para fora das sombras. — Há um ótimo restaurante nesta rua ao qual quero muito levá-la...

LILITH, NA FRENTE DA JANELA, DE COSTAS PARA SAMAEL, estava vestida de branco da cabeça aos pés: gola rulê, calça larga e botas de salto alto. Seus cabelos, que chegavam até a cintura, estavam tão esbranquiçados que combinavam com o resto. Como um todo, sua insinuante brancura fazia um contraste completo com os verdes e azuis determinados por Samael para exibi-la com perfeição.

O mesmo estalo de dedos de Samael que acarretou a mudança instantânea da paleta de cores também a estimulou a se virar. Então, Lilith o viu, e tudo nela mudou. Os ombros se retraíram e a postura se expandiu, assumindo uma agressividade defensiva.

— Lilith — Samael murmurou —, que gentil de sua parte vir tão rápido.

— Como se eu tivesse escolha — ela replicou.

Samael a apavorava. Ele conseguia fazê-la tremer, chorar, encolher-se de medo e suplicar. E ela adorava aquilo, o que dava a ele um poder ao qual Lilith preferiria não ceder. Ela era grata por Samael ter se cansado dela, muitos e muitos séculos atrás.

O que levanta uma questão: o que a possuíra para provocar esta ira, se até mesmo o prazer dele era um horror para ela?

— Você tinha uma escolha. — Ele sentou-se na espreguiçadeira ao lado da lareira. — E escolheu negociar a troca de uma coisa minha pra seu próprio ganho. Esse é o motivo pelo qual está aqui agora, Lilith. Se tivesse escolhido negociar a troca de um pertence seu, não estaria aqui.

Em desafio, Lilith projetou o queixo para a frente.

— Você tem algo que é de minha propriedade. Eu precisava de algo seu pra instigá-lo a me devolver.

— Você fala quase por enigmas. Tenho de puni-la logo. Portanto, apresse-se e me diga o que quer.

Lilith hesitou, com o olhar se movendo rapidamente, como se estivesse aprisionada. E estava de fato. Samael não podia permitir que ninguém roubasse dele. Esses delitos tinham de ser tratados com crueldade e sem delongas, como ele agira em relação a Asmodeus.

— Eu quero Awan.

A surpresa tomou conta de Samael, seguida por um crescente prazer.

— Eu tinha me esquecido dela.

— Eu não.

— Você poderia ter simplesmente me pedido.

Ela entrelaçou as mãos nas costas.

— Eu sabia que você não a entregaria pra mim.

— Sabia? E como chegou a essa conclusão?

— Você sempre deixou claro que eu jamais conseguiria o que quero. — Lilith fez um beicinho.

Samael apoiou a cabeça em uma das mãos e olhou para a lareira.

— Você se superestima ao acreditar que lhe digo "não" por simples prazer.

— Prove que estou errada.

Ele a observou com um olhar insolente.

— Nada a seu respeito me dá prazer, exceto esse pedido.

Lilith permaneceu paralisada. Então, seu belo rosto assumiu uma expressão de espanto.

— Você vai reciclá-la?

— Sim, mas você não a verá por algum tempo — Samael respondeu. — Recentemente, uma cela de prisão ficou vaga e deve ser ocupada.

Lilith bufou, em revolta.

— Vamos... — Samael murmurou. — Sentiram saudade de você por aqui. Irá receber muitas visitas, Lilith. A maioria das pessoas ficará ansiosa por revê-la. E não tenha medo. Eu não serei uma delas.

Ele acenou e dois demônios emergiram para agarrar Lilith pelos braços.

— Eu te odeio! — ela vociferou.

— Minha querida Lilith... — Samael deu risada. — Sem dúvida, isso não aconteceria de nenhuma outra maneira.

— VOCÊ ESTÁ BEM?

Eva ergueu os olhos para Reed, que se sentou ao seu lado no banco da mesa de piquenique. A brisa do mar despenteava os cabelos dele, dando-lhe uma aparência deliciosamente desordenada de um homem recém-saído da cama. Ela só o vira daquele jeito poucas vezes, e adorava.

— Eu perdi Montevista — Eva admitiu —, e fico revoltada com isso. Não é justo.

— Querida... — Reed murmurou, com as sobrancelhas franzindo acima de seus óculos escuros Armani, denunciando sua preocupação. — Ele está num lugar melhor. Confie em mim.

— Olhe pra Sydney. — Eva apontou seu queixo na direção da Marcada triste, sentada a uma mesa perto da grelha onde Alec preparava os hambúrgueres. — Ela começava a recuperar sua magia. Agora, terá de começar tudo de novo.

— Esse trabalho é duro. — Reed acariciava com discrição o dedo mínimo de Eva. — Eu me preocupo com o que ele fará com você.

Eva também; motivo pelo qual ela trouxera seus pais para a reunião. Eles a mantinham com os pés no chão. Seu pai estava sentado a uma mesa com Kobe Denner e Ken Callaghan, um dos colegas de classe de Eva no treinamento dos Marcados. Sua mãe se enturmava por meio de uma bandeja de sushis e de seu senso de humor surpreendentemente malicioso. Se alguns Marcados sentiam inveja pelo fato de Eva ainda ter pais em sua vida, não demonstravam. Montevista estava na lembrança de todos e o pesar superava tudo a todo momento.

— Vou me sentar com ela. — Eva se ergueu do banco.

Reed a acompanhou.

Sydney aceitava um prato que Alec lhe oferecia quando eles se juntaram a ela. A grelha que ele manobrava era imensa; grande o bastante para preparar hambúrgueres para uma dúzia de Marcados esfomeados de uma vez. Foi necessária uma carreta para trazê-la para a confraternização realizada numa escala pertinente às Empresas Gadara. Eva mencionara o desejo de fazer alguma coisa para os Marcados que foram alvos dos ataques por causa do prêmio e Ismael, sem demora, elevou a coisa a um novo patamar.

— Olá — Alec saudou, inclinando-se e dando um beijinho na testa de Eva. — Como se sente hoje? Ao ponto ou malpassada?

Eva estava prestes a responder quando o ronco distante de uma Harley a deteve. Desgrudando mechas de cabelos despenteadas pelo vento de seu *gloss* labial, ela observou através dos óculos escuros a loira platinada sobre a moto entrar no estacionamento. Usando calça e colete de couro preto, a motociclista atraiu os olhares de todos, exceto o de Alec.

A moto parou ao lado da carreta quando Alec virou a cabeça. A bela loira piscou para Eva e, depois, soprou um beijo para Alec.

Assombrado, ele deixou a espátula cair com um estrépito no cimento.

Eva olhou para Reed.

— Quem é ela?

— Awan — ele respondeu, rindo com incrível malícia. — A mulher de Caim.

— Ex-mulher — Alec corrigiu, rápido.

Awan passou a língua nos lábios e murmurou:

— Oi, querido. Cheguei.

Ela era uma Lili. Os olhos verdes demoníacos a denunciavam. Eram brilhantes como laser e estavam cheios de maldade.

Eva ficou de pé. Aquela era a mãe dos filhos de Alec; a única descendência que ele teria. Awan tinha um pedaço dele que ninguém mais jamais poderia ter.

A confusão de Eva devia ter alcançado Alec, pois ele cerrou os punhos. Awan deu risada. Com um aceno atrevido, a Lili desapareceu tão rápido quanto aparecera.

Por um tempo relativamente longo, todos permaneceram calados.

Então, Sydney quebrou o silêncio tenso:

— Achei que sua mulher fosse sua irmã.

Alec apanhou a espátula do chão e a jogou na traseira da carreta.

— Meu pai despachou Lilith bem antes de eu nascer. Não há relação entre mim e as crianças dela.

Eva pigarreou:

— Seus filhos são metade demônios?

Alec passou os dedos pelos cabelos.

— Um quarto demônios.

O que Eva poderia dizer?

Sua mãe se aproximou com uma bandeja vazia e um imenso sorriso.

— Que festa incrível!

EVA JOGOU A TOALHA DE BANHO NO CESTO E SAIU DO banheiro. Um olhar de relance no relógio lhe informou que eram quase oito da noite. Ela vestiu seu pijama preferido e sacudiu os cabelos úmidos, considerando qual seria a melhor maneira de passar a noite. Ver um filme romântico deitada no sofá seria o paraíso para ela. Em geral, Eva preferia filmes de ação com muitas explosões, mas vira muitas explosões nos últimos tempos. Talvez "Amor e inocência" desse conta do recado, ou algo divertidíssimo como "Escorregando para a glória".

Eva pegou o corredor e se dirigiu à cozinha, em busca de uma comida reconfortante. Café quente, talvez. E algo doce. Ela merecia isso depois desse dia.

Bem em frente, a porta da varanda estava fechada. Começava a esfriar à noite. Aos poucos, o verão se transformava em outono. Que ano tinha sido aquele... No último Natal, ela resmungara ao responder ao convite para a festa de fim de ano do Grupo Weisenberg por não ter um namorado. Agora, tinha um emprego dos sonhos nas Empresas Gadara e dois homens determinados, aos quais ela era incapaz de resistir.

Era bem verdade que o emprego dos sonhos era mais um pesadelo e que os relacionamentos que mantinha com os dois homens não estavam em seu momento mais animador, mas, naquele momento, Eva não iria pensar em nada daquilo.

Ela entrava na cozinha quando a bela música "Crystal", de Stevie Nicks, substituiu o silêncio. Eva estacou no meio do passo. Em seguida, recomeçou a caminhar, com cautela, seguindo até onde o corredor desembocava, na sala de estar.

Sobre a mesa de centro, um balde de prata continha uma garrafa de champanhe envolta num guardanapo. Ao lado do balde, duas taças cheias. Junto ao *home theater*, o homem sentiu o olhar dela e se virou para encará-la. Embora ele parecesse casual e relaxado, seu olhar misterioso estava ávido.

— Oi.

— Oi pra você.

Ele se aproximou, pegando as taças pelo caminho.

— Espero que não se importe com minha visita inesperada.

— Você é sempre bem-vindo. Nada vai mudar isso.

Ele entregou a ela uma taça. Eva baixou os olhos, distinguindo algo circular brilhando no fundo. Ela respirou fundo.

— Fico feliz em ouvir isso. — Os dedos cálidos dele entrelaçaram os dela. — Porque eu tenho uma pergunta pra te fazer...

APÊNDICE

OS SETE ARCANJOS

1. Estes são os nomes dos anjos que vigiam;
2. Uriel, um dos anjos sagrados, o que preside sobre o clamor e o terror;
3. Rafael, um dos anjos sagrados, o que preside sobre o espírito dos homens;
4. Raguel, um dos anjos sagrados, o que assume a vingança em relação ao mundo dos luminares;
5. Miguel, um dos anjos sagrados, a saber, o que é nomeado para comandar a melhor parte da humanidade e combater o caos;
6. Saraquiel, um dos anjos sagrados, a que é nomeada para comandar os espíritos que pecam em espírito;
7. Gabriel, um dos anjos sagrados, o que está acima do Paraíso, das serpentes e dos querubins;
8. Ramiel, um dos anjos sagrados, a quem Deus nomeou comandante daqueles que ascendem.

— *O livro de Enoque 20,1-8.*

A HIERARQUIA CRISTÃ DOS ANJOS

Primeira Esfera: anjos que atuam como guardiões do trono de Deus:
Serafins;
Querubins;
Tronos (*Erelins*).

Segunda esfera: anjos que atuam como governadores:
Dominações (*Hashmallins*);
Virtudes;
Poderes/Autoridades (Potestades).

Terceira esfera: anjos que atuam como mensageiros e soldados:
Principados;
Arcanjos;
Anjos (*Malakhins*).

TRILHA SONORA RESUMIDA (SEQUÊNCIA NÃO ESPECÍFICA)

"The Judas Kiss", Metallica
"Dare You to Move", Switchfoot
"Love Remains the Same", Gavin Rossdale
"Broken, Beat & Scarred", Metallica
"Crystal", Stevie Nicks

CONHEÇA TAMBÉM A SÉRIE AMOR & MENTIRAS:

"UMA SÉRIE SOBRE AMOR MUITO REALISTA, NA QUAL NÃO EXISTEM MOCINHOS, CAPAZ DE SURPREENDER A CADA NOVA PÁGINA."

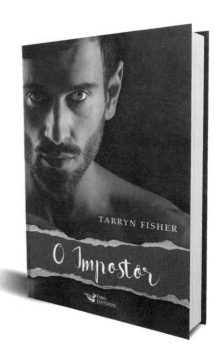

Conheça a história sob o ponto de vista de três pessoas lutando pelo amor de suas vidas, Olivia Kaspen, Leah Smith e Caleb Drake.

Reviravoltas, tramas encobertas e fatos surpreendentes... Cada um tem a chance de apresentar a sua versão.

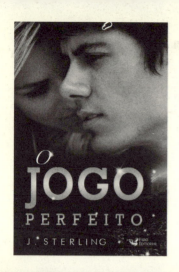 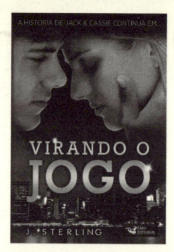 

A VIDA ÀS VEZES FICA TRISTE ANTES DE SE TORNAR MARAVILHOSA...

Ele é o tipo de jogo que ela nunca pensou em jogar.
Ela é a virada no jogo que ele nunca soube que precisava.

O jogo perfeito conta a história de dois jovens universitários, Cassie Andrews e Jack Carter.

Quando Cassie percebe o olhar sedutor e insistente de Jack, o astro do beisebol em ascensão, ela sente o perigo e decide manter distância dele e de sua atitude arrogante.

Mas Jack tem outras coisas em mente...

Acostumado a ser disputado pelas mulheres, faz tudo para conseguir ao menos um encontro com Cass.

Porém, todas as suas investidas são tratadas com frieza.

Ambos passaram por muitos desgostos, viviam prevenidos, cheios de desconfianças antes de encontrar um ao outro, (e encontrar a si mesmos) nesta jornada afetiva que envolve amor e perdão. Eles criam uma conexão tão intensa que não vai apenas partir o seu coração, mas restaurá-lo, tornando-o inteiro novamente.

VICTOR BONINI

COLEGA DE QUARTO

E se o seu maior pesadelo ganhasse vida?

Eric Schatz, carioca que se mudou para São Paulo por conta do curso universitário, começa a perceber indícios de que há mais alguém frequentando o seu apartamento.

Primeiro, surge um novo par de chinelos.

Então, uma outra escova de dentes. Depois, um micro-ondas que é ligado sozinho durante a noite, barulhos estranhos a qualquer hora e luzes que se apagam de modo misterioso.

Até que, num final de tarde, Eric enxerga o vulto do colega de quarto entrar em seu apartamento pela porta da frente.

Desesperado, o rapaz vai atrás de um detetive particular, mas parece ser tarde demais. Em menos de 24 horas, tudo acontece de modo acelerado e depois de uma ligação desesperada, cortada abruptamente, Eric despenca da janela do seu apartamento.

Em seu livro de estréia, o autor nos apresenta uma história urbana de tirar o fôlego. Um mistério que passa por uma relação familiar complicada, suspeitas por todos os lados, e camadas e camadas de culpados. Há alguém inocente?

E AGUARDEM PARA 2017 O LIVRO:

MARCA DE GUERRA

A CONCLUSÃO DA SÉRIE DE SYLVIA DAY.

ASSINE NOSSA NEWSLETTER E RECEBA INFORMAÇÕES DE TODOS OS LANÇAMENTOS

www.faroeditorial.com.br

ESTA OBRA FOI IMPRESSA PELA SERMOGRAF EM OUTUBRO DE 2016